anagramma

596

Della stessa autrice

Ti prego lasciati odiare
Come inciampare nel principe azzurro
Tutti i difetti che amo di te
Finché amore non ci separi
Un giorno perfetto per innamorarsi
L'amore non è mai una cosa semplice
L'importanza di chiamarti amore
È solo una storia d'amore
Un imprevisto chiamato amore

Prima edizione: gennaio 2018

ISBN 978-88-227-1345-2

www.newtoncompton.com

Realizzazione a cura di Corpotre, Roma
Stampato nel gennaio 2018 da Puntoweb s.r.l., Ariccia (Roma)
su carta prodotta con pasta termomeccanica, senza utilizzo di cloro,
proveniente da foreste controllate, nel rispetto delle normative ambientali vigenti

Anna Premoli

Non ho tempo per amarti

Newton Compton editori

Per mia sorella Marija che, essendo sempre più avanti degli altri, ha da poco impalmato un uomo più giovane di lei. Alberto, benvenuto ufficialmente in famiglia, ci serviva proprio un avvocato. Tranquillo, siamo strani ma non mordiamo (almeno, non troppo... ;-)).

We are all a little weird. And life is a little weird. And when we find someone whose weirdness is compatible with ours, we join up with them and fall into mutually satisfying weirdness – and call it love – true love.

Robert Fulghum, *True Love*

Capitolo 1

Il duca le afferrò la mano e a Lady Eleonor per poco non mancò il fiato. Portavano entrambi i guanti, ma certi contatti andavano oltre la stoffa. Il calore le si propagò lungo il braccio e arrossì, sebbene fosse nota per essere sempre padrona della situazione. Come se non bastasse, lui continuava a fissarla. O, per meglio dire, fissava la sua bocca. Sembrava che volesse quasi accarezzarle le labbra con il solo sguardo.

In quel momento Lady Eleonor, che si considerava la debuttante con più testa sulle spalle della storia, capì che in verità era uguale a tutte le altre. Se non peggio. Le altre almeno rimanevano immobili ad attendere un bacio, mentre lei era terribilmente tentata di sollevarsi sulla punta dei piedi e dare a quell'uomo arrogante un bacio a effetto. La tentazione, ora che ci pensava, l'aveva portata a sporgersi nella sua direzione quasi senza accorgersene. La sua mano libera si fermò sulla giacca perfettamente rifinita del duca, il suo volto si avvicinò, le sue labbra si...

Bum!
Bum! Bum! Bum!

«Ma che diavolo...», impreco ad alta voce, pur essendo sola in casa. Trovo che certe esclamazioni abbiano molto più effetto se pronunciate nella giusta maniera.

Sollevo le mani dalla tastiera, infastidita per essere stata disturbata in un momento così importante per Lady Eleonor, e rimango in attesa di capire se poter andare avanti o meno. I primi baci sono roba seria e meritano il massimo impegno.

Allungo le orecchie e vengo confortata da un piacevole silenzio, tanto da sorridere a me stessa. Ok, deve essersi trattato di un falso allarme. Inspiro in cerca di concentrazione e poi riporto le mani sulla tastiera, intenzionata a riprendere. Se non fosse che il bombardamento sopra la mia testa riprende persino più forte di prima.

Ma stiamo scherzando?

Tamburello le dita sul tavolo, impaziente e alquanto seccata. A quanto pare Lady Eleonor è destinata a dover attendere ancora un po' questo primo bacio ribelle, a giudicare dall'anomalo rumore molesto che ha deciso di intaccare la mia quiete mattutina.

Mi alzo dalla sedia e mi incammino verso la porta d'ingresso, decisa a scoprire il motivo di tanto fracasso. Questo è sempre stato un condominio di gente educata e silenziosa fino al ridicolo. L'età media dei condomini, va detto, è piuttosto alta. Motivo per cui, niente baccano, niente feste fino a ore impensabili, niente schiamazzi.

Non che quelli che sento siano davvero tali; assomigliano più che altro al rumore di sassi da duecento chili che vengono sbattuti con violenza sul mio soffitto. Ho quasi paura che ceda e che qualcosa o *qualcuno* plani nella mia sala. Sarebbe una grossa scocciatura. A quel punto Lady Eleonor sarebbe *davvero* costretta a morire zitella.

La scoperta, una volta aperto l'uscio, è di quelle da acidità di stomaco dovuta a indigestione di peperoni verdi (personalmente reputo che a questo mondo ne dovrebbero esistere solo rossi). O a scorpacciata di fritto. Mai eccedere con i fritti, se si vuole rimanere vivi nell'epoca dell'olio geneticamente modificato. Mio grandissimo punto debole, ahimè, motivo per cui ho già messo in conto di morire giovane. O "diversamente giovane", come piace a mia madre definirmi: non ho più l'età anagrafica per far parte della categoria ma ho dalla mia lo spirito. E quello conta. Conta eccome.

Le scale del palazzo brulicano infatti di gente peggio di Saks a pochi giorni dal Natale. Si tratta di traslocatori impegnati a trasportare una miriade di scatole nell'appartamento all'ultimo piano, il famigerato mega attico sopra la mia testa. In questo anno e mezzo, da quando abito qui, è sempre rimasto disabitato, con mia somma gioia. No, non era in vendita e nemmeno in affitto, se è per quello. Giravano storie, sempre che i condomini attempati siano davvero capaci di gossip... La verità mi sembrava molto più banale: il legittimo proprietario aveva solo deciso che, pur possedendo un simile immobile nell'Upper West Side, a pochi passi dal museo di Scienze Naturali, fosse perfettamente normale non metterci mai piede. D'altronde, questa è l'epoca in cui la gente fa costantemente cose strane: cerca l'amore della propria vita tramite app, elegge gente totalmente improbabile alla Casa Bianca, non batte ciglio di fronte a un gelato al gusto verdure, ritiene l'avocado una sorta di Sacro Graal capace di guarire tutti i malanni e perciò finge di trovarlo gustoso. Voglio dire, ci sono cose ben più strane che dimenticarsi di mettere a reddito una casa...

La mia curiosità iniziale riguardo all'appartamento disabitato pian piano si è trasformata in una comoda abitudine (a chi non piace vivere in santa pace?), tanto che alla fine avevo del tutto rimosso la cosa. Dopo la disastrosa fine della mia convivenza con "lo stronzo", all'anagrafe Allen, avevo fatto il clamoroso errore di affittare il primo appartamento che mi era piaciuto.

Grande errore! Mai fare sciocchezze simili se si abita in una città complicata come New York.

Sono infatti scappata da quel posto dopo sei mesi di rumori molesti, gente che urlava e litigava a tutte le ore, cani e gatti che guaivano a più non posso. Essendo io una scrittrice e lavorando da casa, al secondo tentativo di trovare un appartamento decente avevo perciò prestato molta più attenzione al *banale* concetto di "vicini". Mi ero appostata fuori per giorni, prendendo nota della gente che entrava e usciva e dei suoi orari.

Atteggiamento un po' da stalker? Giusto un po'... ma motivato da ragioni assolutamente sensate.

Avevo così scoperto che questo condominio era una specie di dono del cielo: gente molto presa e poco presente, con un'età media di tutto rispetto e quello che in altre circostanze avrei etichettato come un preoccupante odio per i bambini e gli animali domestici.

Appunto, in altre circostanze…

Ero certa che l'universo si stesse sdebitando a suo modo: sia dello stronzo che dei sei mesi d'inferno da cui ero reduce. Ecco perché, per quanto fosse *logico* attendersi che prima o poi qualcuno venisse ad abitare sopra la mia testa, con il trascorrere delle giornate mi ero dimenticata del piano alto. Per la prima volta da un sacco di tempo sembrava che la buona sorte fosse dalla mia. Mai fidarsi della benevolenza del karma, a quanto pare.

«Mi scusi, potreste evitare di far cadere con così tanta violenza le scatole? Sa, abito sotto e sto cercando di lavorare…», mi rivolgo a uno dei traslocatori. Gli scatoloni sono così numerosi e così grossi che il portiere deve averli costretti a portare tutto a mano, invece di usare l'ascensore, per paura di farlo bloccare.

Lui scrolla le spalle, per nulla turbato. «Deve parlare con il proprietario», mi liquida, continuando a salire.

«Che sarebbe?»

«Al piano di sopra», risponde ridendo.

Certo. Dove, se no?

Osservo velocemente il mio abbigliamento: jeans vecchi, ampio maglione fucsia con in bella vista la stampa della fata di Cenerentola, pantofole a forma di unicorno. Le pantofole sono un tocco di classe, me ne rendo conto. Ma anche la fata ha un suo perché.

Sopprimo l'istintiva benché inutile tentazione di mettermi addosso qualcosa di più serio, visto che non ho la minima intenzione di fermarmi a lungo. Giusto il tempo necessario a presentarmi, sorridere al mio nuovo vicino e supplicarlo di fare meno baccano. C'è da sperare che sia un gestore di hedge fund e che trascorra tutte le sue giornate e conseguenti nottate in ufficio. L'industria finanziaria produce davvero i migliori vicini che una donna come me potrebbe mai volere e di questo sono molto, molto grata. Un po' meno della recente crisi finanziaria, ma immagino non si possa avere tutto nella vita. Sì, sì, quelli che lavorano in finanza saranno anche simpatici come la devitalizzazione di un dente e non avranno mai del sale da prestarti, ma sono disposta a mangiare insipido per il resto dei miei giorni, se questo vuol dire continuare con la stessa vita di sempre.

Mi faccio forza e affronto anch'io le scale, seguendo il flusso di persone che trasportano di tutto. *Letteralmente* di tutto: i due uomini che mi precedono hanno le mani piene di chitarre, quello che mi segue un pezzo di batteria.

Che il padrone di casa sia un gestore di hedge fund che ama collezionare strumenti musicali?

Non sono assolutamente pronta a considerare l'alternativa.

La porta dell'attico è spalancata. Non sapendo bene come annunciarmi, seguo i traslocatori dentro l'appartamento. E lì mi fermo, perché dall'ingresso si accede subito a un'immensa sala, al momento piuttosto spoglia, con una miriade di vetrate. Il parquet è quello originale ma è stato evidentemente riverniciato perché brilla, creando l'effetto da sala da ballo. Una cosa è certa: un posto simile, con una tale metratura, sarà costato dei gran bei soldi…

Riprendo a sorridere, perché la storia della professione finanziaria torna a essere la più verosimile. Per la gioia di noi newyorkesi – veri o anche solo d'adozione come me – i ragazzini pieni di sé e ancora di più di quattrini, reduci da Silicon Valley e da qualche ridicola IPO a prezzi assolutamente ingiustificati, sono al momento tutti concentrati a far schizzare alle stelle il mercato immobiliare della costa Ovest. E sono gentilmente pregati di rimanerci a vita. Il real estate dalle nostre parti ha già i suoi problemi, anche senza la loro ingerenza.

«I quadri in camera da letto. Le chitarre invece vanno di là», sento dire da una voce in fondo alla stanza.

Mi sporgo, curiosa mio malgrado, perché l'uomo che sta parlando ha un chiaro accento britannico. La mia è evidente deformazione professionale: non si possono scrivere libri su libri che hanno come protagonisti lord inglesi e poi rimanere indifferenti di fronte a un bell'accento. È un mio noto punto debole, motivo per cui ormai conosco telefilm quali *Downton Abbey* a memoria. E no, non è un'iperbole; niente figure retoriche nel mio caso. Ancora singhiozzo quando rivedo Matthew inginocchiarsi nelle neve, sebbene sia perfettamente cosciente che nella vita reale una scena simile avrebbe come unica conseguenza possibile una polmonite assicurata.

In tema di abbigliamento o costose scarpe da dislocazione automatica della caviglia, sono al riparo da qualsiasi tentazione, come testimonia appunto la mia mise odierna. Ma quando si tratta di cibo calorico o di uomini inglesi...

«Mi scusi...», provo a richiamare l'attenzione del mio nuovo vicino, avanzando con un pizzico di timore. Non mi considero una persona timida, non nel vero senso della parola, ma non faccio nemmeno parte della categoria di quelli che interagiscono facilmente con gli sconosciuti. Mi tocca sempre sforzarmi per riuscire a essere naturale in certe occasioni. Il che è un controsenso, me ne rendo conto, perché uno dovrebbe essere naturale comunque, e non imporselo. Diciamo pure che per alcune persone la naturalezza è meno immediata che per altre.

«Mi scusi...», provo una seconda volta, sforzandomi di imprimere maggiore determinazione alla voce.

Il mio tono deve rivelarsi efficace, perché finalmente l'uomo si degna di girarsi nella mia direzione.

Uomo... parola grossa. Al massimo un ragazzo, sui vent'anni. O almeno credo, visto com'è vestito: giubbotto di pelle, maglietta sbrindellata e un intricato labirinto di tatuaggi sulle sue mani. Sulla testa ha ben piantato un cappellino dei Mets mentre gli occhi sono coperti da un enorme paio di occhiali scurissimi. Per inciso, trovo che i Mets siano una pessima scelta. Io sono una fedele fan degli Yankees da quando mi sono trasferita in questa città.

«La donna delle pulizie?», ha la faccia tosta di domandarmi, dopo avermi osservato dalla testa ai piedi e aver sorriso, una volta arrivato alle mie pantofole.

La mia bocca si apre indignata: toccatemi tutto ma non gli unicorni. «No!», esclamo con particolare enfasi. Sto quasi per partire con l'ormai ben oliato discorso sulla libertà di vestirsi come si vuole – anche perché, inter nos, da che pulpito quel sorrisetto? – quando mi ricordo di non avere tempo da perdere con un ragazzino. Ho cose ben più importanti da fare, io. «Mi potresti dire dov'è tuo padre, cortesemente?». È evidente che il vero padrone di casa deve essersi nascosto da qualche altra parte.

«Chi?», mi chiede ridendo.

«Tuo padre. Il proprietario».

«*Io* sono il proprietario», replica con un'espressione divertita.

Di bene in meglio. Il papà milionario ha regalato l'attico al figlio scemo...

Sbuffo. «Sì, be', *signor proprietario*, ti dispiacerebbe toglierti quegli occhiali da sole? Non te l'hanno insegnato che è da maleducati parlare con la gente in questo modo?». La giornata è alquanto grigia e la minaccia di pioggia piuttosto seria.

Lui inclina la testa, osservandomi curioso. Non ho la più pallida idea di cosa gli passi per la mente, visto che non posso vedere il suo sguardo, ma deve essere qualcosa di molto più complesso di quello che mi sarei mai aspettata, a giudicare dal tempo che si sta prendendo. Nemmeno fosse una decisione di vita o di morte...

Sono psicologicamente pronta a sentirmi mandare al diavolo, quando invece avviene l'insperato e si decide a fare come gli ho chiesto: solleva la mano e con calma – estrema ed esasperante lentezza che serve solo a rendermi ancora di più di cattivo umore – si sfila gli occhiali scuri. Due grandi occhi azzurri si incollano alla mia persona.

Trovo che si possa capire molto dallo sguardo. E questi sono occhi intelligenti. Guardinghi, come in attesa di chissà quale reazione esagerata da parte mia, ma comunque intelligenti.

Senza mai sbattere le palpebre, aggrotta le sopracciglia e mi scruta con una buffa smorfia di preoccupazione. E quando dico scruta, intendo che mi trapassa da parte a parte con espressione sfacciatamente intensa. Bellissima tonalità d'azzurro, a proposito. Non capisco davvero perché tenesse nascosti quegli occhi. Che abbia un'allergia o roba simile? Strane malattie vampiresche per cui non può esporsi alla luce?

Per qualche istante di troppo non succede niente.

Io osservo lui.

Lui osserva me.

Ho la strana e francamente inusuale sensazione che mi stia sfuggendo qualcosa…

«Niente?», mi chiede infine.

Mi sta *decisamente* sfuggendo qualcosa.

«Niente in che senso?», non mi rimane che domandare confusa.

A quel punto avviene l'impensabile perché, senza alcun preavviso, le sue labbra si sollevano fino a rivelare un sorriso sorprendentemente sincero e una dentatura assolutamente perfetta. I genitori di queste nuove generazioni non hanno davvero lesinato quando si trattava di investire nell'ortodonzia. Con mia grande sorpresa non si ferma agli occhiali: si toglie pure il cappellino, passandosi la mano tra i capelli per scompigliarli. Biondi e neri.

No, non sono impazzita, anche se ci sono giornate in cui arrivo a dubitare di me stessa. I suoi capelli sono davvero un mix di platino e nero corvino che nessuna persona al mondo oserebbe portare.

Nessuno a parte lui, a quanto pare.

«Ancora niente?», chiede di nuovo. Ma il suo umore è del tutto cambiato rispetto a qualche minuto fa e ora è visibilmente più divertito che preoccupato.

Io però continuo a non capire. In che senso *niente*?

«Senti, io sono la vicina. Abito al piano di sotto. Lavoro da casa, per cui, se poteste fare un po' più d'attenzione...». Non ho nemmeno finito la frase che il rumore di uno scatolone che viene scaraventato a terra fa sobbalzare entrambi.

«Questi traslocatori sono un mezzo disastro», ride divertito.

Francamente non so cosa abbia da ridacchiare: se quella scatola conteneva piatti o bicchieri, può dire addio al suo contenuto. Si fosse trattato dei *miei* traslocatori, avrei di certo reagito in modo differente.

«Sì, me ne sono accorta...», borbotto.

«Ma sono discreti. La discrezione di questi tempi è un grande valore», commenta riflessivo.

«E io che pensavo che riuscire a infilare le scatole senza rompere tutto il loro contenuto fosse un requisito professionale per dei traslocatori...», commento sarcastica.

Lui alza le spalle, per nulla toccato. «I bicchieri si ricomprano».

«Meraviglioso. Felice che ci sia ancora qualcuno disposto a far girare l'economia americana. Questa amministrazione demenziale che si illude di poter creare PIL dal nulla te ne sarà grata. Comunque, tornando a noi, io qui sotto lavoro. Quindi, se poteste fare un po' meno rumore...».

«Che genere di lavoro?», mi chiede all'improvviso, tornando con lo sguardo sulle mie pantofole. Forse avrei sul serio fatto meglio a cambiare scarpe prima di salire qui: il mio nuovo vicino non mi sta affatto prendendo sul serio.

«Scrivo, sono una scrittrice», gli rispondo cercando di darmi un tono. Concordo che gli unicorni, ora come ora, non stiano giocando a mio favore.

«Di fiabe per bambini?», chiede ironico. I suoi occhi si sono spostati sulla fata del mio maglione.

«No, per donne adulte. Scrivo romanzi d'amore storici».
«Ah...», commenta solo, tornando a sorridere.
Ah un corno, per quel che mi riguarda.
«Qualcosa da ridire a proposito?», gli domando facendomi davvero belligerante per la prima volta da quando ho messo piede in casa sua. Anni di commenti idioti sulla mia professione hanno in parte inquinato il mio amore per il prossimo, temo.
Lui scuote la testa, trattenendo a fatica una risata. Di bene in meglio. «Sei famosa? Ho già sentito parlare di te?»
«Non lo so, la fama è un concetto piuttosto relativo...».
«No, non lo è. Uno o è famoso oppure non lo è», ribatte come se l'argomento gli stesse molto a cuore.
Lo osservo senza capire. «Poco importa. Sono Julie Morgan». E gli porgo la mano, da perfetta vicina di casa quale sono. O almeno aspiro a essere, sempre che lui non si riveli il solito imbecille.
Lui guarda prima me, poi la mia mano, e infine i miei unicorni. Deve avere una passione segreta. Infine sospira, quasi indeciso sul da farsi.
Sono sul punto di ritirare la mano, offesa, quando il suo palmo – assolutamente enorme – stritola il mio. «Terrence Graham», pronuncia a fatica, tornando a concentrarsi sul mio volto.
Ha uno sguardo così penetrante che per un attimo il mio cuore accelera. Salvo tornare alla normalità non appena il mio cervello, quello che per fortuna non mi ha ancora abbandonato, mi ricorda che questo tizio è solo un ragazzo. Deve avere una decina di anni meno di me. E poi non sono mai stata il tipo da metallari tatuati nemmeno quando avevo ancora gli anni per potermelo permettere, figurarsi oggi che di anni ne ho trentasei. Sono *decisamente* fuori tempo massimo per balbettare imbarazzata di fronte a uomini improbabili.
In mia difesa vorrei addurre il suo accento inglese: certe parole, più che pronunciarle, le sospira. E le sospira in modo

sexy. Potrebbe fare un sacco di soldi incidendo parole a caso. Per donne diversamente giovani come la sottoscritta sarebbe un richiamo quasi irresistibile.

Dopo aver pronunciato il suo nome solleva ancora una volta quel sopracciglio perfettamente delineato, come se si aspettasse chissà quale reazione da parte mia.

Questo tizio è pazzo, non vedo alternative.

La mia solita fortuna… Mi pareva strano che la mia buona stella brillasse così tanto a lungo.

Ritraggo a fatica la mano. «Bene. Io ora tornerei alla mia scrittura. Se potete fare meno rumore…», mi congedo.

«Cercheremo», promette con aria solenne, sbattendo le palpebre. Mi pare sinceramente sorpreso. Anche se non ho ben capito da cosa.

«Grazie».

«Non c'è di che».

E poi mi sforzo di andarmene. Uno, perché rimanere oltre sarebbe ridicolo. Due, perché il duca della signorina Eleonor ha un bacio da ricevere. E se a me va male nella vita reale, è il caso che almeno ai miei personaggi le cose inizino a girare per il verso giusto.

«Lady Eleonor si sollevò in punta di piedi, accarezzò una ruvida guancia del duca di Harmore, avvicinò la sua bocca e…».

Drum!

Drum! Drum! Drum!

«E ora cosa diavolo succede?», esclamo arrabbiata.

Ho atteso, con *notevole* pazienza, va detto, che il trasloco del mio *amabile* vicino fosse finalmente terminato, prima di riprendere a scrivere la scena. Perché una, per quanto talento abbia, non può proprio creare poesia quando ti martellano sopra la testa!

Ho sopportato un'intera giornata di rumori molesti e ho fatto persino il bucato nella lavanderia condominiale – e io *odio* fare il bucato! – pur di far passare il tempo. Il tutto, pregustando la sensazione dell'attimo in cui Lady Eleonor avrebbe potuto finalmente vendicarsi del duca. E invece ora, al posto del silenzio, sopra la mia testa risuona una chitarra. Mica classica – no, sarebbe troppa grazia in questa giornata sfigata – bensì una vera chitarra elettrica. Era chiaro che fosse una pia illusione che un tipo vestito come Terrence Graham si limitasse a collezionare le chitarre, invece di suonarle.

Spazientita e anche un po' risentita, sentimento che in genere tento di non abbracciare se non in casi di assoluta necessità, mi dirigo di nuovo al piano di sopra, dove suono il campanello.

Con decisione.

Ho le braccia incrociate e il piede ballerino in quella che è nota universalmente come posizione di giramento di scatole. E non è che una si incavola meno, solo perché calza pantofole con unicorni, no?

Il ragazzo metallaro impiega parecchio tempo per aprire la sua stramaledetta porta. E va bene che abita in un attico, ma ha due gambe lunghe che non mi sono sfuggite questa mattina. Ora sarebbe il momento ideale per metterle in moto.

Lo sento controllare lo spioncino. Una, due, tre volte.

Ma che problemi ha questo, di preciso?

Apre la porta, ma con la lentezza esasperante con cui pare fare quasi tutto. Osserva poi con circospezione il pianerottolo, come se si aspettasse di veder comparire chissà quale figura minacciosa. Per inciso, qui di minaccioso al momento ci sono solo io. Ma basto e avanzo.

«Scusami, non per essere scortese, ma mi è parso di udire una chitarra...», borbotto sarcastica.

Lui ha la faccia tosta di sorridermi. «Sì!», conferma.

«Ricordi cosa ti ho detto questa mattina?», domando con aria molto meno pacifica di poche ore fa.

«Hmm, cosa?», chiede confuso.

«Che io scrivo! Ho atteso tutto il giorno che la finiste con questo caos! Devo scrivere una scena importante!», esplodo infine. Di solito non sono un tipo aggressivo, ma lo divento, a forza di esasperazione.

«E io suono», ribatte l'ovvio.

«C'è un regolamento condominiale. Non puoi metterti a suonare alle dieci di sera!».

«Sì che posso», mi risponde con altrettanta ostinazione. «Si dà il caso che abbia letto da cima a fondo il tuo amato regolamento: si può suonare fino alle undici». E mi sorride, il bastardo. «È una delle prime cose che ho controllato, quando ho comprato questa casa, tempo fa. Avete un regolamento condominiale molto, molto permissivo...».

Davvero? E io perché non ne sapevo niente? Sospetto perché ho dato per scontato che la gente che ho visto entrare e uscire non avesse assolutamente l'aria di poter anche solo *pensare* di prendere in mano una chitarra elettrica, figurarsi suonare davvero.

«Senti, io posso anche capire l'hobby per la musica...».

«L'hobby?», mi interrompe ridendo. È terribilmente divertito, inteso nel peggiore dei modi.

C'è qualcosa di molto sospetto nel suo tono. All'improvviso sono costretta a fare un passo indietro e a riguardarlo con la dovuta attenzione: il suo abbigliamento, il suo aspetto, la sua faccia.

«Sei un musicista?», gli domando con terrore.

Sì, terrore, perché nel caso mi risponda in modo affermativo – come sto iniziando a temere faccia – mi toccherà buttarmi dalla finestra.

«*Terry Graham*», ripete scandendo il suo nome. «Ti dice niente?»

«No», mi tocca confessargli. Ma io ho gusti musicali piuttosto antichi. Non conosco nemmeno mezzo musicista di moda di questi tempi. Sono antica io, i miei libri e persino la musica che ascolto. Ho avuto un solo breve innamoramento musicale moderno, quando avevo la metà dei miei anni di oggi: i Take That. Erano inglesi e io avevo già una mezza ossessione per la terra di Sua Maestà. Il loro scioglimento è stata una brutta botta. Ne ho dedotto che tornare alla musica per vecchi evitasse colpi al cuore. Non puoi soffrire per uno che è già morto, no?

«Alien Temptation?», chiede ancora il mio vicino.

Qualcosa nel mio cervello deve attivarsi perché mi arriva da lontano una specie di ricordo non ben definito. A quanto pare sono sì antica, ma non così tanto.

«Tu sei il cantante degli Alien Temptation...», mormoro orripilata. Devo averlo già visto da qualche parte. Lui e quei suoi capelli folli. Su un giornale, o magari in televisione. Lo sapevo che avrei fatto meglio a non comprarla mai.

L'espressione del signor musicista da divertita diventa confusa, di fronte alla mia reazione allarmata.

«La gente in genere è contenta di conoscere una celebrità...», commenta.

«Io non posso vivere sotto a un musicista! Ho bisogno di pace e serenità per scrivere. Enfasi su molta pace e su molta serenità!», esclamo.

Ora è lui a incrociare le braccia al petto con fare seccato. I miei occhi cadono sui suoi avambracci. Notevoli, nonostante sia tatuato e io non sopporti i tatuaggi. Non che questo abbia importanza. È poco più che un ragazzino, per l'amore del cielo...

«Sì, be', si dà il caso che questa sia casa mia. E che io faccia il musicista. Per cui, se proprio non sei contenta della cosa, trasferisciti. New York è grande abbastanza». Il suo tono si è fatto tagliente e il suo accento ancora più evidente. Sì, è sexy anche se mi ha fatto incavolare.

«Pago un affitto incredibilmente basso, vista la zona! E poi io amo casa mia!», esclamo inviperita.

«E io amo la mia!».

«Ma se ci abiti da oggi!».

«E allora? La amo. Punto!».

«Bene!».
«Sì, bene!». E così dicendo mi sbatte la porta in faccia. Letteralmente. Il rumore mi fa quasi sobbalzare.
Alzo gli occhi al cielo e sbuffo esasperata. Perché? Perché tutte a me?

Capitolo 2

Laurel non ha smesso di ridere da quando ho iniziato a raccontarle delle mie sfortunate vicende. Ci troviamo da Tea&Sympathy in Greenwich Avenue, davanti a noi una meravigliosa miscela di tè nero cinese pregiatissimo. Il bergamotto si sprigiona con prepotenza dentro il mio naso e mi fa quasi sorridere.

«Prendi una baby quiche», mi incita per consolarmi, tentandomi nonostante sappia benissimo che sono a dieta. Di questi tempi è tutto baby o mignon. Ma le calorie no. Quelle sono sempre maxi.

Al diavolo il peso forma, mi viene da pensare. Al momento ho problemi ben più gravi. Afferro la fetta di quiche e la divoro in un attimo. La beatitudine da cibo è però fin troppo breve. «Davvero, ora dovresti smettere di ridere», le faccio notare risentita.

«Dovrei, ma questa cosa è troppo comica», confessa spudorata.

«Non la penseresti così, se venissero a suonare rock sopra la tua testa».

«Vero, vero... Ma si dà il caso che la mia vicina sia una donna in carriera che non c'è mai. Personaggio ideale».

«Anche a me sarebbe piaciuto qualcuno di terribilmente carrierista», mi lamento.

«E invece ti tocca la rock star...». E riprende a ridere di nuovo. «È figo almeno? Intendo, come nelle foto?»

«Perché, tu sapevi della sua esistenza?», esclamo stupita. Non so perché ma non facevo Laurel tipo da rock band di ragazzini.

«Ma certo! In che epoca vivi, cara mia! Terry Graham è famoso! Intendo, ben più di Aidan, che pure ama atteggiarsi stile George Clouney. Salvo non esserlo affatto», aggiunge perfida.

La mia faccia è tutta un programma. «In ogni caso, famoso o meno, è un ragazzino. Cosa vuoi che me ne importi del suo aspetto fisico...».

«Allora è figo», desume vittoriosa dalla mia non risposta. «Lo sospettavo. Voglio dire, Photoshop fa miracoli, ma non così tanto. E non per essere insistente, ma non puoi non conoscere gli Alien Temptation se vivi nel 2017».

Sbuffo e alzo gli occhi al cielo. «Appunto, io sono rimasta indietro di qualche secolo. *Figo*. Quale orrore. È una parola che disprezzo profondamente. Manca totalmente di classe, se vuoi proprio sapere la mia. Comunque, tornando a noi, immagino che il mio nuovo vicino possa essere definito attraente. Certo, per essere un musicista rock...». Io amo gli uomini in abiti ottocenteschi, è evidente che non sono la persona più adatta a esprimere giudizi a riguardo.

Laurel recupera il suo cellulare dalla borsa e si mette a digitare. «Secondo Wikipedia ha venticinque anni», mi informa.

«Appunto, un bambino», commento cercando di rimanere imperturbabile. Ma invece sono colpita eccome: cielo, è davvero, *davvero* giovane. All'improvviso mi sento una specie di pervertita anche solo per avergli dato una mezza occhiata.

«Be', cara... non è proprio così tanto inesperto». E così dicendo volta lo schermo nella mia direzione, mostrandomi la foto di un suo concerto, dove è chiaramente a petto nudo, perché ormai la gente non ha più pudore e nemmeno buongusto, a quanto pare. Ha le braccia stracolme di tatuaggi. Stranamente solo quelle: per qualche strano motivo il suo petto ne è sprovvisto. Credo che, se non si conciasse i capelli in quel modo ridicolo e se avesse avuto la decenza di salvaguardare qualche centimetro in più delle sue braccia, sarebbe stato un bellissimo ragazzo. Ha la postura e i lineamenti di una persona maledettamente attraente.

Mah… vallo a capire cosa passa per la testa dei giovani d'oggi.

«Un bambino cresciuto, Laurel. Ma un bambino. E sinceramente non capisco quel tuo tono così ironico…».

«E dài, non te la prendere subito. Lo sai che ogni tanto mi piace scherzare».

«La tua ironia ha iniziato a somigliare pericolosamente a quella della tua dolce metà», la avverto.

«Sì, lo temo anch'io. È più forte di me», ammette ridendo. Ne pare quasi fiera.

«*Brrr*, che attacco di glicemia!».

«Non fare così. E poi vedrai, quando arriverà anche per te…».

«Chi? Uno scrittore maledetto con capigliatura anni Ottanta?», non resisto dal punzecchiarla. D'altronde, Laurel è una che ama una buona battuta.

La mia amica ride fino alle lacrime. «No, quello è uno e me lo sono preso io contro la mia stessa volontà. Intendevo l'uomo giusto».

«Il tuo articolo determinativo mi mette ansia. Implica che lì fuori c'è un solo uomo giusto per me e che potrei anche non incontrarlo mai», le faccio presente.

«Questa storia dell'amore mi ha un po' rimbecillito», ha il buongusto di ammettere. «Prima ero più tosta. Meno propensa a credere alle favole. E poi mi sono innamorata».

«Guarda che io *voglio* credere alle favole. Io *vivo* di favole. Ma ho scoperto che c'è un limite a tutto, anche all'illusione», commento amara.

«Ti è solo andata male una convivenza», cerca di rassicurarmi Laurel.

«Certo. Era una convivenza che è durata più di certi matrimoni, ma immagino che tu abbia ragione…».

La verità è che io sono sempre stata una persona romantica. Non sono finita a scrivere rosa storici per caso. Mi ci sono tuffata, prima da lettrice e poi da scrittrice. Mi piacciono certe formalità ormai estinte, l'eleganza di certe epoche, i rapporti compassati che possono sbocciare in amicizie per la vita. E poi mi piacciono i vestiti vaporosi, il pizzo, gli abiti color pastello delle debuttanti e le acconciature assurde e scomode dell'Ottocento. Non passa giorno che non mi chieda perché non sia nata due secoli fa o perché un popolo che ha inventato assurdità come Tinder non sia stato capace di produrre una vera macchina del tempo.

Il mio problema è che la mia indole romantica si è scontrata, due anni fa, con la brutta esperienza di un tradimento. E vorrei poter dire di averla superata… ma invece no. Sono ancora ferma. Nella mente e nel cuore. Non esiste niente di peggio, per un romantico, che scoprire che il suo grande amore era solo un bluff.

Sia chiaro, in linea di principio credo ancora al grande amore e al sentimento che vince su tutto. Ma diciamo che oggi, se anche incontrassi un uomo capace di solleticare il mio interesse, sarei molto meno propensa a lasciarmi andare. Alla mia età pretendo qualche rassicurazione in più prima di spiccare il volo. Sempre che debba volare per forza: magari un treno, al posto di un aereo, a questo giro potrebbe essere un'idea più saggia.

«Julie, devi deciderti a riprendere in mano la tua vita e uscire di nuovo con qualcuno», mi suggerisce Laurel con convinzione.

«Come hai fatto tu?», chiedo ironica. È ormai risaputo che se non fosse stato per la sua dipendenza da strane bevande con caffeina e la sua "piccola" sfida letteraria con il talento – perduto e ritrovato – della letteratura americana d'oggi, anche lei si troverebbe ora nella mia stessa posizione.

Ha, se non altro, il buongusto di arrossire. «No. Appunto, non devi prendermi a esempio. Devi essere migliore, più coraggiosa. Comunque, se ce l'ho fatta io, anche senza appuntamenti ufficiali, vuol dire che c'è speranza per tutti. Dico davvero».

«Vorrei condividere il tuo ottimismo, ma non è facile. Specie se mi toccherà cambiare appartamento». Mi sento male alla sola idea. È vero che Manhattan è piena di palazzi, ma un appartamento degno di questo nome, a un prezzo decente, è un po' come il Santo Graal. Una specie di figura mitologica. E poi amo il quartiere, i negozianti, le persone. Tutte meno una, a quanto pare. Possibile che un solo essere umano, famoso o meno, possa fare tutta questa differenza?

«Forse hai affrontato la cosa nel modo sbagliato...», prova a suggerirmi con tatto la mia amica.

«In che senso?»

«Forse siete solo partiti con il piede sbagliato. Magari questo Terry Graham dai notevoli pettorali è una persona ragionevole, se preso con le buone. È famoso, no? Be', la gente famosa adora essere idolatrata».

«Solo perché Aidan ama il tappeto rosso, non vuol dire che piaccia anche agli altri», mi tocca farle notare.

Scoppia a ridere ancora una volta. «Julie, sono solo uomini. Creature elementari. Famosi o no, tutti amano il tappeto rosso steso di fronte a casa».

«Il problema è, appunto, che casa sua e casa mia condividono troppi muri».

«Guarda che la metà dei newyorkesi dichiara di aver avuto inizi difficili con i vicini. Non è facile, come hai giustamente fatto notare, condividere i muri con perfetti estranei. Bisogna venirsi incontro. Imparare l'arte della diplomazia».

«Ma io sono sempre diplomatica!», ribatto offesa.

Ok, quasi sempre. In effetti, ragionandoci a mente fredda, ieri non ho dato esattamente il meglio di me. Ma avevo una scena determinante da terminare e condizioni non proprio ideali dalla mia. Gli scrittori, persino quelli di solito ragionevoli, possono perdere le staffe quando non riescono a mettere sul computer quello che già pregustavano nella propria mente.

«Quindi, cosa mi stai proponendo di fare?»

«Portagli dei pasticcini», mi suggerisce, indicandomi il bancone davanti a noi. «Nessuno può rimanere impassibile di fronte allo zucchero».

«E del tè», aggiungo illuminandomi. «Vuoi che uno con quell'accento non apprezzi del buon tè?».

Inspiro e mi faccio forza. Questa è la terza volta in due giorni che salgo su questo pianerottolo. Terrence Graham potrebbe quasi avere elementi probatori sufficienti per accusarmi di stalking.

Be', poco male. Ormai sono qui. Che mi faccia portare via con la forza, se proprio ci tiene... Troverebbe alquanto difficile convincere le forze dell'ordine che una con la felpa di Puffetta sia pericolosa.

Suono il campanello, sporgendomi verso la porta nella speranza di intercettare qualche rumore. Quasi mi spavento, qualche secondo dopo, quando finalmente si apre. Il motivo per cui non ho sentito il padrone di casa avvicinarsi è perché camminava a piedi nudi. Bei piedi, a proposito...

«Ma che sorpresa!», esclama ironico, immagino preparandosi al peggio.

«Vengo in segno di pace». Gli sventolo davanti al naso il sacchetto con tè e biscotti. «Tutto rigorosamente inglese», gli faccio notare fiera.

Per qualche attimo Terrence non dice e non fa nulla. Ma poi la sua bocca si solleva e lo osservo cedere con convinzione al sorriso. Vuoi vedere che Laurel ha avuto ragione?

«Mi spiace averti aggredito in quel modo ieri sera. Ero un tantino esasperata», procedo poi a scusarmi.

La sua espressione si ammorbidisce ancora di più mentre le sue braccia, prima incrociate sul petto, si distendono. A giudicare la comunicazione non verbale, questo è un buon segno.

«E a me dispiace averti esasperato prima con il trasloco e poi con la musica. Ero nervoso anch'io. Cosa ne dici di entrare un secondo?», mi chiede, facendosi da parte.

Lo so che l'invito è mera gentilezza. E so anche che potrei benissimo consegnargli il regalo e andarmene via, ma per qualche misterioso motivo decido altrimenti e metto piede in casa sua. Gli porgo il sacchetto, rimanendo ferma nell'atrio. Imbarazzata. Avevo pensato a come fare pace, non a come condurre un'intera conversazione.

«A proposito, vuoi del tè?», mi chiede da perfetto inglese qual è.

«No, grazie. L'ho appena preso. È così che mi sei venuto in mente», gli confesso.

Ancora un sorriso da parte sua. «Solo per sapere: questo regalo è un tentativo di corruzione?»

«Assolutamente», non mi faccio problemi a confessargli. «Funzionerà?».

Scoppia a ridere. Oggettivamente parlando, ha proprio una bella risata. «Dipende dalla miscela». Intuendo la mia intenzione di non muovermi di un millimetro, si avvicina per prendere il sacchetto offerto, indicandomi poi con un braccio la direzione della sala. «Fermati un attimo, visto che sei qui».

Una rock star che conosce le buone maniere, interessante. Forse c'è ancora speranza per le nuove generazioni. Mi lascio tentare dal suo tono cortese anche perché, visto che sono qui per fare pace, non avrebbe senso scappare prima di aver ottenuto il suo consenso al mio piano.

«Ah, oggi hai anche un divano!», esclamo colpita, seguendolo. Ieri mattina questo posto era un deserto mentre ora ha tutt'altro aspetto. Le scatole sono ancora sparse in ogni angolo, ma i traslocatori hanno trasportato anche parecchi mobili, alcune poltrone di pelle nera, un tavolo da pranzo in vetro con modernissime sedie coordinate. E poi c'è la televisione, che deve avere mille pollici e campeggia in bella vista, appesa a una parete. No, non mi sono sfuggite le numerose casse stereo sparse per la stanza. È un bene che Laurel mi abbia convinto a provare a ragionare con lui.

«Ci vorrà ancora del tempo perché finisca di arredarla, ma

un po' per volta... Sai, non amo molto comprare mobili», si giustifica.

«Niente di più semplice: assumi un arredatore che lo faccia al posto tuo».

«Potrei, ma poi saprebbe dove vivo».

Mi volto a osservarlo, perché il suo tono non mi ha aiutato a comprendere se si tratta di uno scherzo o meno. E nemmeno la sua espressione pare tradire granché. «E tu sei peggio di James Bond? Segretezza assoluta?», provo a prenderlo un po' in giro. Per quanto mi riguarda senza ironia non si va da nessuna parte, ma è sempre difficile dosarla in maniera sapiente con una persona che non si conosce.

«Qualcosa del genere...», conferma ridendo. Per fortuna.

«Non per farti notare l'ovvio, ma io so dove abiti».

«Tu non mi preoccupi», liquida in fretta la questione.

Non lo preoccupo. In che senso?

«Siediti», mi dice, e poi fa altrettanto, mettendosi comodo per aprire il mio regalo. «Ah, vedo che ami il classico», commenta osservando l'Earl Grey.

«Io no. Ma secondo me tu sì».

Il suo sorriso abbaglia all'istante la stanza. «Ah, sono così trasparente?»

«No, solo inglese».

«Lo hai letto su Internet?», domanda a un tratto.

«Cosa? No! L'ho capito dal tuo accento. Voglio dire, sei cosciente, vero, di averne uno piuttosto forte?»

«Qualche volta...», ammette scoppiando in una fragorosa risata. «Quindi, quale tentativo di corruzione volevi portare a compimento con il tuo gesto?». Pare sinceramente interessato a scoprirlo, tanto che si sporge nella mia direzione.

L'espressione "fisicità prorompente", particolarmente amata da Audrey nei romanzi e nella vita reale, per me non ha mai avuto così tanto senso come in questo momento. Terrence Graham ha due spalle davvero notevoli. La gioventù di oggi deve amare la palestra.

«Pensavo che potremmo trovare un accordo. Non so: una mattina di silenzio, l'altra di musica e così via. Alternati. E poi mi è venuto in mente che sicuramente avrai una sala prove da qualche parte, no?»

«Sì, ho una sala prove», conferma con mia grande gioia. «Ma io compongo in casa. Da sempre».

«Perché, tu componi?», domando stupita. Pensavo che ormai l'industria musicale fosse tutta uguale: boy band, canzoni scritte da altri, arrangiamenti già decisi...

Mi osserva con aria vagamente offesa. «Tutta farina del mio sacco», insiste con un certo orgoglio.

«Anche la mia», mi affretto a precisare, non so bene per quale motivo.

«Sì, sospettavo che potessi scriverli tu i libri... *Come far capitolare un lord in dieci giorni...*».

Spalanco la bocca per la sorpresa. «*Tu* hai cercato *me* su Internet?». La sola idea è un tantino destabilizzante. Per non dire ridicola. Ok, scrivo libri, ma io di certo non sono una rock star.

Pare divertito dalla mia palese incredulità. «Perché, è vietato? Non volevo che tu avessi un vantaggio su di me».

Mi vergogno anche solo a confessarlo, ma il mio primo pensiero di fronte alla sua ammissione è che avrà di certo scoperto la mia età.

E la cosa non è un problema.

Assolutamente.

Se non fosse che...

«Perché hai l'aria preoccupata?», mi domanda senza farsi problemi.

Mi ricompongo e fingo che tutto vada bene. «Chi, io? Ti sbagli».

Mi osserva senza grande convinzione. «Se lo dici tu... Quindi, questo tentativo di corruzione? Questo patto con il diavolo?».

Gia! «Pensavo che potremmo organizzarci con una specie

di calendario che tenga conto dei rispettivi impegni, degli orari e tutto il resto…».

Corruccia le sopracciglia. «*Tutto?*», ripete, tornando guardingo.

«No, non *tutto*. Solo quello che ha a che fare con le nostre rispettive professioni».

«Mi stai dicendo che secondo il tuo piano dovrei dirti quando vado a incidere, quando sono assente per provare con la band e così via», ragiona.

«Sì, secondo il mio piano dovresti».

«Ma io non sono abituato a dare spiegazioni alla gente…».

«E infatti a me non interessa cosa fai. Ma solo quando non ci sei. In modo da potermi organizzare. Che ne so, devo andare a fare shopping? Be', lo faccio quando sei in casa a comporre».

«Perché, fai shopping?», non resiste dal chiedermi osservando, senza nemmeno dissimulare lo stupore, il mio maglione azzurro con la stampa di Puffetta.

«Puffetta non si tocca», ribatto serissima.

«Ovviamente… E dove vendono Puffetta, per pura curiosità?»

«Online». Sì, sono la classica trentenne sfigata che compra vestiti improponibili tramite Internet perché, pur avendo una certa età, dentro è rimasta bambina. E nei negozi normali al giorno d'oggi è tutto una variazione di nero e grigio. Deprimente. «Perché, tu dove compri le magliette bucate?», gli chiedo come se nulla fosse.

La sua risata parte a razzo e va avanti a lungo. «Ok, ok… pari e palla al centro», mi concede.

«Ma le compri davvero così oppure li fai tu i buchi?», non resisto, seriamente incuriosita.

Terrence ripiomba nel girone della risata, buttando indietro la testa e scoprendo un bel collo. Per fortuna non si è tatuato anche quello. «Oddio, ma tu sei divertente!», esclama profondamente stupito.

«Perché, era scontato che non lo fossi?». Non sono riuscita a dissimulare del tutto l'offesa, temo.

«Non te la prendere. La gente di solito è terribilmente noiosa».

Potrebbe avere ragione. Ma non sono ancora disposta a confessarglielo così facilmente. «Motivo per cui tu ti tingi i capelli di due colori. Per non rischiare di essere noioso».

«Non solo vuoi sapere i miei orari e i miei spostamenti ma miri pure a psicanalizzarmi...», ride. «Donna, almeno prima fammi ubriacare!». E mi fa l'occhiolino.

«Perché, hai l'età legale per farlo?»

«Ah ah ah... molto spiritosa. Perché tu saresti vecchia...».

«No, non sono vecchia. Ma sono una donna, non una ragazza». E di solito la cosa non solo non mi infastidisce, ma è anzi motivo di vanto. Sono sopravvissuta ai miei vent'anni e ad Allen. Credo di meritare una medaglia all'onore.

«Perché ti metti addosso abiti strani. Se fossi vestita in modo normale potresti benissimo passare per una *quasi* trentenne».

Credo che stia cercando di farmi un complimento; in tutta sincerità non so se ridere o piangere del suo maldestro tentativo. «Io non voglio passare per nient'altro che per me stessa. E poi stiamo divagando...».

«Hai iniziato tu con le offese», mi fa notare. Ma è stranamente deliziato da questo anomalo scambio di battute tra vicini.

«Non era un'offesa, solo un'oggettiva constatazione del fatto che sei giovane. Molto, molto giovane».

«E quindi?»

«La gente giovane fa cose stupide».

«Credimi, anche la gente più avanti negli anni. E poi temo che tu mi abbia scambiato per un quindicenne».

«No, ti ho solo preso per una rock star con attico nell'Upper West Side, magliette bucate e capelli bicolore». E gli sorrido soddisfatta.

«Suona terribile...», mi concede.

«L'hai detto tu. Non io».

Si prende qualche momento per studiarmi con una profondità che mi fa sentire quasi a disagio. «Hmm... potrebbe essere che ti abbia sottovalutato...», mormora passandosi la mano sulla mascella.

«Tutta colpa degli unicorni».

Scoppia a ridere di nuovo. «Sì, gli unicorni sono il tuo pezzo forte. Per curiosità, hai altre pantofole ridicole?», domanda seriamente interessato.

«Vorresti saperlo...».

Terrence mi si avvicina e mi risponde con un tono così sensuale che faccio non poca fatica a rimanere seria. «Sì...», sospira con quel suo accento sexy. Questo ragazzo è abituato a mietere vittime, temo.

«Be', mi spiace per te ma ti toccherà tenerti la curiosità», gli rispondo fingendo di non essere stata in alcun modo toccata. Uno dei pochi vantaggi che potrebbe derivarmi dalla mia età è la capacità di rimanere imperturbabile anche di fronte alle cose più sconvolgenti. Lui rientra a pieno titolo nella categoria.

Mi alzo decisa dal divano, intenzionata a svignarmela come ogni persona sana di mente farebbe.

«Allora, vicino, abbiamo un accordo?»

«Non so. Ci penserò», mi risponde.

Ma sorride. E questo, se non altro, è un inizio.

Quando bussano alla mia porta sono del tutto immersa nella scena dei baci di Lady Eleonor e del suo duca. Sì, baci. Perché al primo ne è seguito un secondo e infine un terzo. Anche le debuttanti responsabili si meritano un po' di azione, no?

In genere quello di togliermi dal naso gli occhiali che uso per leggere o scrivere è un gesto quasi istintivo. Ma, come stavo dicendo, oggi sono più rimbambita del solito. Senza contare che apro la porta senza nemmeno controllare di chi si potrebbe trattare, perché io non ho eventuali stalker da cui dovermi difendere e non sono nemmeno così tanto famosa.

Ed è una cosa molto positiva, ora che ci penso. Non volevo infierire troppo ieri sera, ma che vita discretamente di merda che fanno, oggi, le persone davvero famose...

«Begli occhiali», si complimenta come prima cosa Terrence, sorridendo. Indossa jeans neri e una maglietta dello stesso colore che, sebbene lisa, pare aver avuto una vita meno difficile delle altre che gli ho visto addosso finora. Sta così bene, pur con quei vestiti non degni di nota, che la mia mascella quasi tocca terra. Persino quei suoi capelli ridicoli sembrano avere un senso questa sera.

Mi porto la mano al volto per togliere di torno la montatura ma lui mi ferma. «Lasciali, sono simpatici».

Simpatici... Al massimo bizzarri, ma io sono una donna che non ha mai avuto problemi a ridere di se stessa. Motivo per cui non ci ho pensato due volte a scegliere una montatura rosa con un buffo fiocchetto di plastica sopra l'occhio sinistro. Devo ricordarmi di bruciarli, prima di farmi trovare così da un uomo. È un bene che Terrence non rientri in questa categoria.

«Grazie, piacciono molto anche a me».

«Li usi per scrivere?»

«Sì, non vedo molto bene da vicino».

«Sarà la vecchiaia», mi prende in giro, mirando al nostro discorso di ieri.

«Sì, be', non ci vedevo da vicino nemmeno una vita fa, quando avevo i tuoi anni, ma grazie comunque per avermelo fatto notare».

Il bastardo ride e nemmeno nasconde il suo divertimento. «Sto interrompendo un momento molto creativo, quindi?».

Questa volta sono io a osservarlo dubbiosa. «Entra. E chiudi la porta. Tu avrai anche un pianerottolo tutto per te, ma io ho una vicina. La terribile signorina Berry, che ha da sempre aspirato alla regale posizione di flagello del condominio. Certo, questo prima che tu ti trasferissi... Ti va bene che di solito finge di essere sorda come una campana per non dover parlare con nessuno. Ci mancherebbe giusto lei, ora...».

«Ah, un pianerottolo di signorine», ride per nulla spaventato dal mio racconto.
«Termine caduto in disuso. Ma lei ci bada. Ricordatelo, se tieni alla tua vita».
Terrence si sta guardando in giro curioso, come se custodissi chissà quali segreti. «Carino...», commenta.
«Puoi dirlo...».
«Dire cosa?», finge di non comprendere.
«Che è tutto molto pastello».
«In effetti è tutto molto pastello».
«Lo so. Mi piace». E gli sorrido convinta.
Sposta il suo sguardo sui miei piedi, dove questa volta ad attenderlo ci sono due panda. Ogni tanto mi piace cambiare, anche se il mio amore per gli unicorni non conosce uguali.
Scoppia a ridere. «Belli...».
«Se ti comporti bene e vai a letto presto, prometto di fartene avere un paio per il tuo compleanno», lo prendo in giro.
«Oddio sì, ti prego. 18 aprile. Segnatelo in agenda», si presta al gioco.
«Numero?»
«46».
«Ecco, questo potrebbe in effetti costituire un problema...».
«Nel caso, vanno bene anche gli unicorni», mi rassicura.
«Lo terrò a mente. Come mai ai piani bassi, vicino molto famoso? Passavi di qui per caso?»
«A dire il vero no, ho affrontato le scale. Apposta». Sembra piuttosto fiero della cosa. Ho il vago sospetto che Terry Graham non sia abituato a essere trattato dalla gente in modo ordinario. Scommetto che tutti fanno sempre a gara per esaudire i suoi desideri. Magari anticipando addirittura quello che un giorno *potrebbe volere*. E invece ha bisogno ogni tanto di essere una persona assolutamente normale. Uno come tutti.
«Sono onorata, dico davvero».
«Cosa stai ascoltando?», mi chiede interessato.

«Non cosa. Chi. Doris Day».

«Eh?»

«Cielo, voi infanti…». Alzo gli occhi al cielo. «Davvero non comprendo come sia possibile ignorare l'esistenza di un genio della commedia romantica come Doris Day. Senza contare che era pure maledettamente brava a cantare».

«Psss, fammi sentire questa». E così dicendo si siede alla mia postazione di lavoro e si concentra sulla musica. Gli è andata davvero bene: dalle mie casse, un modello mille volte più piccolo delle sue, si ode *It's Magic*, una delle canzoni che preferisco.

«Allora, ragazzo rock?», gli chiedo curiosa, ben cosciente che la sua espressione si è fatta stranamente intensa. È una canzone che non lascia mai indifferenti. A quanto pare nemmeno le rock star.

«Non male. Non male davvero», mormora impressionato. «Ma di che epoca stiamo parlando? Anni Quaranta?», tira a indovinare, lasciandomi di stucco.

«Quarantotto…», gli confermo malvolentieri.

Sorride totalmente compiaciuto. «Quando uno ha classe, ha classe. Certo, ora che conosci un musicista vivo e vegeto e di quest'era geologica, potresti azzardare anche con altri generi».

«Doris Day è viva, caro», ci tengo a sottolineare.

«Centenaria?»

«Quasi. Va per i novantasei».

Terrence trattiene a fatica l'ennesima risata. «Tu, però, non ne hai novantasei e sarebbe carino che fossi più aggiornata. Per curiosità, l'hai mai sentita una nostra canzone?», mi chiede sollevandosi dalla mia sedia. Salvo tornare di nuovo giù, interessato dallo schermo e da quello che contiene. Il famoso terzo bacio infuocato. Cerco di non arrossire, ma sospetto di non riuscirci granché.

«No, mai sentita. Almeno, non credo. E quello non è un testo per minorenni», lo avverto.

«*Cara*, io ho fatto cose che tu nemmeno ti immagini. Ti si appannerebbero gli occhiali...», cerca di impressionarmi. Facendomi però letteralmente morire dalle risate. Il ragazzino è divertente, questo glielo concedo.

«Sei la prima persona che mi deride da un sacco di tempo», mi confessa dopo che mi ha osservato ridere. Ma non è offeso. Tutt'altro.

«Lo so, lo so», lo rassicuro con fare materno. «Mi volevi dire qualcosa, oltre a esserti intrufolato qui per leggere righe vietate e ascoltare canzoni geniali».

«Sì. Ma prima, avrei ancora una domanda».

«Sentiamo».

«Perché non hai cercato una mia canzone? Perché non mi hai cercato su Internet?», insiste come se davvero per lui fosse qualcosa di inconcepibile.

Non deve necessariamente sapere che ero tentata da morire. Si è trattato di una questione di principio. E poi non vedo cosa potrebbe aggiungere.

«Perché, avrei dovuto?», mi fingo superiore.

Mi scruta inclinando la testa. «Sei una donna strana...».

«Concordo. Quindi, cosa dovevi dirmi?».

Terrence si solleva finalmente dalla mia sedia e sfila un foglio di carta dalla tasca posteriore dei suoi pantaloni. «Questo è all'incirca l'orario delle mie registrazioni, più sala prove. Avevo una mezza idea di isolare acusticamente almeno una parte del mio appartamento, ma spero non ti dispiaccia attendere un po' perché alla sola idea di trovarmi nel bel mezzo dei lavori, mi sento male».

Afferro con entusiasmo il foglio che mi viene porto. «Grazie, dico davvero. E no, ora che abbiamo il nostro accordo, non ho problemi ad aspettare». Per qualche strano motivo pensavo che non avrebbe mai accettato di collaborare, e invece si è rivelato sorprendentemente amichevole. «È stato il tè, vero?», chiedo soddisfatta.

«Ah, non lo saprai mai... Un uomo deve mantenere un

minimo di mistero, no?». E mi fa l'occhiolino. Spero che lì fuori giri con la scorta.

«Esci?», gli domando vaga.

«La notte è giovane e bla bla bla...», conferma i miei sospetti.

Già, la gioventù... Non che io uscissi chissà quanto nemmeno alla sua età, ora che ci penso. Come ho scoperto molto presto, l'età è una questione sia mentale che fisica. «Mettiti un maglione», mi sfugge prima che possa bloccarmi. Penserà davvero che io lo tratti peggio di sua madre. E infatti mi scruta con una strana espressione. «Fa freddo, non puoi uscire solo con la maglietta...», cerco di giustificarmi in qualche modo. Ma forse ho solo peggiorato la situazione.

«Sì, signora».

«E mettiti un cappello che chiunque potrebbe riconoscerti».

«Tu non mi hai riconosciuto», mi fa notare.

«Questo perché non c'era niente da riconoscere, ti pare?»

«Ragionamento assolutamente corretto», si mostra d'accordo. «Qualche altra raccomandazione, mamma?», scherza.

«Usa il profilattico. Sempre. E non bere mai così tanto da non capire cosa stai facendo».

Terrence sta cercando di rimanere serio, ma è difficile, glielo concedo.

«Tu sei una donna davvero, davvero strana».

«Lo hai già detto», gli ricordo.

«Era per rimarcare il concetto. Pensavo che l'occasione lo richiedesse».

Scuoto la testa e mi faccio da parte, in modo che possa uscire da casa mia. Prima si toglie di qui, e meno ridicola mi rendo. «Buona serata».

«Buona scrittura», mi risponde. Ma poi rimane lì, nel bel mezzo del mio appartamento.

«Qualche altra cosa?»

«Penso che dovremmo comprarti delle cuffie», aggiunge.

«Cuffie?»

«Per quando comporrò in modo frenetico. Ogni tanto succede. E quando mi capita, non posso fermarmi: non ci sono regole o orari. Il ferro si batte finché è caldo».

Pur facendo una professione molto diversa, ho ben chiaro quello che sta dicendo. Anch'io cerco di non perdere il ritmo, quando sento nelle dita che sto riuscendo a sviluppare una certa scena proprio come avrei voluto.

«Ok, sono a favore delle cuffie», non ho problemi a mostrarmi d'accordo. Lui mi è venuto incontro e io voglio fare altrettanto.

Mi osserva soddisfatto. «Bene. Allora buona serata».

Lo guardo uscire e sorridermi un'ultima volta. «Altrettanto. E prendi quel maglione!», gli urlo prima di richiudere la porta.

Capitolo 3

Audrey non fa che lanciarmi occhiate allusive, dall'altra parte del tavolo.

«Ok, chi è stato a dirtelo?», le chiedo seccata, abbassando il menu.

«Come chi? Laurel!», conferma subito i miei sospetti. La sua espressione assolutamente divertita è un bel contrasto di fronte al mio tono serio.

Mi volto di scatto verso la mia migliore amica. «Laurel *carissima*, quando ti ho detto di tenertelo per te, era esattamente quello che intendevo!», la richiamo arrabbiata.

«Ma a chi vuoi che lo raccontino Audrey e Cindy!», mi liquida in fretta. «E poi non avevo capito che fosse un *tale* segreto».

«E infatti non lo è. Terrence non vuole solo che si venga a sapere dove abita».

«Certo che deve essere terribile essere così tanto famosi da non poter abitare da nessuna parte», commenta Audrey.

«Sì, sai che noia? Comunque, credo che tutto sommato se ne freghi abbastanza. Controllerà anche sospettosamente dallo spioncino, ma non rinuncia a condurre una vita normale. Si mette un cappellino e un paio di occhiali ed esce come se niente fosse».

«Perché è molto, molto giovane. Dagli tempo e si stuferà di dover sempre fare attenzione», ribatte la mia amica. «Adesso è ancora in una fase in cui l'attenzione delle sue fan non può che fargli piacere».

«Dici che le groupie esistono anche al giorno d'oggi?»

«Assolutamente. Avranno un altro nome, ma la sostanza non cambia. Ragazzine esaltate e fuori di testa. Se non altro l'età potrebbe costituire una qualche giustificazione...», riflette.

«Meno male che siamo scrittrici e non cantanti...», mormora Cindy, rabbrividendo.

«Tranquilla, viviamo in un mondo dove nessuno rincorre gli scrittori. È già tanto se una persona qualunque apre un libro...», replica Audrey con ironia. «Lasciamo però i temi cupi sull'ignoranza dell'uomo medio e concentriamoci su argomenti ben più succulenti: com'è una rock star al giorno d'oggi?». La curiosità di Audrey è raramente casuale.

«Non scriverai un libro sadomaso su di lui», la avverto minacciosa.

Scuote la testa ridendo. «Le rock star sono roba superata nella terra dell'eros!», mi rassicura. «Ora vanno di moda i preti».

La osservo vagamente schifata. «Forse preferivo rimanere all'oscuro delle mode della letteratura erotica».

«Non dirlo a me. Non riesco proprio a comprendere come possa essere considerato sexy un prete. O non hanno visto una donna in vita loro oppure, se facenti parte della categoria di quelli a cui è permesso sposarsi, zero inventiva. Vi immaginate? Missionario tutta la vita... Potrebbe mai esistere qualcosa di così deprimente?». Rabbrividisce visibilmente. «Ma stiamo di nuovo divagando. Quindi, la rock star? Che tipo è?»

«È... *simpatico*», le rispondo dopo aver cercato una parola più adatta e aver fallito alla grande. Non so bene cosa vuole che le racconti. Mi sento particolarmente a disagio nel parlare di Terrence.

«Simpatico è uno degli aggettivi più insulsi del pianeta, lascia che te lo dica», mi fa notare.

Sollevo le spalle. «È giovane. Tanto, tanto giovane...».

«Be', il fatto che sia giovane non ti impedisce di guardare, no? Guardare e non toccare».

«Io non voglio né guardare né toccare. Mi sentirei come uno di quei vecchi pervertiti che si accompagnano a ragazzine poco più che maggiorenni», confesso mio malgrado.

«Quindi è carino ma non possiamo ammetterlo per… l'età?», mi chiede conferma Cindy con un sorriso.

«Non sarebbe il mio tipo nemmeno se avesse dieci anni in più», puntualizzo. «Cosa che comunque non ha, giusto per ricordarlo a tutte». E a me per prima.

«Ok, il ragazzino rock star non ti interessa, ma qualcun altro?», mi chiede Laurel.

«Solo perché ti sei innamorata tu, non vuol dire che debbano farlo anche gli altri…».

«E invece sì. Ti sto facendo un favore, spingendoti nella direzione giusta».

«Che sarebbe?», le chiedo giusto per curiosità.

«Quella del sesso a tutte le ore, no?», mi risponde ridendo.

La mia espressione non è affatto convinta. «Laurel, detto con la massima amicizia, tu non stai bene…».

«Ah no, io sto benissimo», ribatte continuando a ridere. «Aidan mi fa molto, molto bene».

«Basta con queste allusioni!», si intromette Audrey. «Julie non è l'unica a non battere chiodo. Abbiate un po' di pietà per noi donne single».

Giusto! Brava Audrey!

«Quindi, che tipo di uomo ti piacerebbe?», torna a concentrarsi su di me Laurel.

Provo a fare una riflessione seria. «Non so, una persona a modo. Garbata, elegante, fedele».

«Nessuno al giorno d'oggi è garbato. La parola si è estinta insieme a una simile tipologia di uomini», mi fa notare Audrey. «E anche sul tema della fedeltà potremmo aprire un lungo capitolo».

«Motivo per cui sono single. A me gli uomini piacciono un po' d'altri tempi».

«Vorresti un gentiluomo, insomma», desume Cindy.

«Sì, qualcuno a modo. Ben vestito. Con un buon carattere...». La mia mente va alle magliette piene di buchi di Terrence. Ecco, l'esatto contrario di quel tipo di abbigliamento.

«Se mi dovesse venire in mente qualcuno che possa avvicinarsi alla tua descrizione, te lo farò presente», si offre Laurel. «Ma ora, tornando alla gente famosa, dimmi un po', si è già vista nel vostro palazzo Liz Tellman?»

«Chi?», domando sinceramente confusa.

«Come chi! La modella! Liz Tellman, quella della campagna dei jeans!».

«Ahhh! Intendi lo stecchino! Io davvero non capisco perché facciano fare la pubblicità dei vestiti a persone che portano una taglia da bambini...», mi lamento lisciando i miei pantaloni assolutamente da adulta. Sono da secoli una 44 sull'orlo del baratro. Sì, baratro più mentale che fisico, ma vivo da sempre con la strana consapevolezza che mi basterebbe smettere di attenermi a tutta una serie di regole per finire dalla parte di quelle robuste. E sono ancora single, come direbbe mia madre...

«Perché gli stecchini vengono bene in foto. Nella vita reale meno, ma a quello non ci pensa mai nessuno», mi risponde Laurel.

«E perché avrebbe dovuto aggirarsi per il mio palazzo?»

«Non puoi essere una scrittrice di rosa e ignorare il gossip!», si indigna Audrey.

«Sì che posso. Specie se è di questo secolo».

«No! Specie se abiti sotto un vip!», ribatte.

«Cosa sarebbe, la sua fidanzata?»

«*Fidanzata*... parola grossa. Diciamo piuttosto una delle fiamme del momento. I giovani d'oggi non mirano di certo ai rapporti duraturi. Comunque è vergognoso che tu non sappia un bel niente sul tizio che abita sopra la tua testa. Ma non l'hai cercato su Google?»

«No», ribatto estremamente fiera. Mi sono mangiata le mani, ma ho resistito alla folle tentazione. Perché cercare informazioni su una persona che ora conosco in carne e ossa significherebbe che in qualche modo mi interessa.

E invece no.

Non me ne potrebbe fregare di meno. Terrence Graham potrebbe uscire con tutta la collezione di angeli di Victoria's Secret e la cosa mi lascerebbe indifferente. A me interessa solo riuscire a scrivere come ho sempre fatto, nella rassicurante calma del mio meraviglioso appartamento.

Audrey mi osserva per nulla convinta. «Be', magari a te non interessa, ma noi siamo curiose. Vero, ragazze?».

Le altre annuiscono con entusiasmo, tirando fuori i rispettivi cellulari. Le bastarde ridacchiano di fronte alle foto che devono essere comparse sui loro schermi.

«Ok, voglio vedere anch'io...», cedo mezzo minuto dopo.

Mezzo minuto non è male, vero? Sarei potuta capitolare ben prima.

«Ah no, noi non vogliamo corrompere la tua anima pura», mi canzona Audrey.

«Lo faccio solo per amicizia, perché tra noi quattro non ci devono essere segreti».

Laurel scuote la testa e ride di fronte alla mia frase, ma almeno mi accontenta. Ed eccola lì, la rock star con la maglietta sbrindellata e la modella stecchino al braccio. Una cosa è lampante: risparmierà sul ristorante. E di certo non dovrà temere che in caso di convivenza finisca i suoi biscotti preferiti. Io lo facevo di continuo, quando vivevo con Allen. E abbiamo visto com'è finita.

«Sono carini», dico sincera. Giovani, affascinanti, famosi.

«No, sono davvero male accoppiati», ribatte Audrey. «Spiccano troppo entrambi. Due così hanno bisogno di qualcuno più normale al loro fianco».

«Due così non sanno cosa farsene della normalità», le faccio notare.

Lei sospira e per la prima volta nella storia la vedo in dubbio. «I vip... tutto un altro mondo».

«Eh già», è il mio solo commento. Perché all'improvviso mi sono rattristata e ho voglia di cambiare argomento: a me basterebbe l'uomo più banale del mondo, purché avesse il cuore buono. Non mi serve che sia attraente, non me ne faccio niente del suo conto in banca e sarei anche pronta a sopportare una suocera ostica. Ma vorrei qualcuno per cui ne valesse la pena. Per cui *io* valessi la pena. E di questi tempi un uomo simile è persino più difficile da incontrare di una rock star...

Il duca le slacciò con frenesia il corsetto, togliendolo di torno con determinazione. «Se andiamo avanti, non potrai più cambiare idea», le ricordò con aria quasi minacciosa. Lady Eleonor invece gli sorrise, perché c'era bisogno che qualcuno spezzasse l'atmosfera e che gli ricordasse che, in un certo senso, lei non aveva mai avuto la possibilità di cambiare idea. Fece cadere volontariamente la sua camicetta e rimase in attesa...

Drin!

Drin! Drin! Drin!

Se queste continue interruzioni capitassero a Laurel, lei avrebbe già fucilato qualcuno. Ma io sto imparando a essere più paziente e a usare i momenti di pausa – quelli in cui Terrence è in casa e compone – per riflettere a fondo sulla storia che sto scrivendo. Non che abbia intenzione di confessarglielo, ma prendermi del tempo, sebbene forzato, mi sta aiutando a scavare più in profondità nelle psicologie dei miei personaggi.

Apro la porta di casa e mi ritrovo faccia a faccia con il ragazzino famoso. Riderebbe a crepapelle, se sapesse che nella mia mente si è guadagnato un simile appellativo.

«Oh, ecco che arriva la gioventù», lo saluto.

«Finirai mai di punzecchiarmi su questa storia dell'età?», mi chiede, appoggiando il braccio sul mio stipite. Indossa un chiodo che gli sta divinamente. Rock&roll al massimo livello. E persino io, che non ho mai subito il fascino di un simile abbigliamento, non posso fare a meno di trovarlo attraente. Mio malgrado.

Terrence si sporge in avanti invadendo la mia casa con una quantità non indifferente di profumo maschile. Le mie narici ne escono quasi stordite. Non sono più tanto abituate a simili sollecitazioni, poverine.

«No, non credo», gli rispondo in un moto di sincerità. Che lo sospetti o meno, prenderlo in giro si sta rivelando piuttosto divertente.

«Lo immaginavo, donna crudele. Motivo per cui sono qui, pronto a corromperti», mi informa vagamente fiero.

«Con cosa, cibo? Sono sempre terribilmente cedevole di fronte alla combinazione zucchero&carboidrati». Pensandoci bene, è probabile che le ragazze che frequenta non si avvicinino nemmeno ai carboidrati.

Lui scoppia a ridere. E come tutte le volte che lo fa, appare ancora più giovane di quanto non sia. «Buono a sapersi per la prossima volta. Ma no, niente biscotti. Per quello che ho in mente dovresti mettere il naso fuori dalla tua caverna e venire con me».

«Chi, io?». Lo osservo confusa.

«Sì, tu. Chi, se no? Vivi con una sorella gemella?».

Questa è davvero bella. «Si dà il caso che io abbia una sorella gemella. Però non vive con me. È in Europa, dove si è trasferita per lavoro».

«Sul serio, ce ne sono due di te?», domanda divertito.

«No, una sola. Gemelle eterozigote. Lei è molto più carina, lo dicono sempre tutti».

«Ma tutti chi? Amor proprio donna!», mi riprende ridendo.

Scrollo solo le spalle. Sono assolutamente a posto con me stessa. La vita non è certo una gara. «Tu hai fratelli?», gli chiedo, cercando di spostare l'attenzione su di lui.

«Uno, più grande. Ma io sono decisamente più bello», risponde sfacciato, facendomi ridere a sua volta.

«Sapevo che avresti finito per dire qualcosa di simile...».

«Perché, non sono forse bello?», va avanti a perorare la sua causa con tono scherzoso.

«Bellissimo», non mi rimane che confermargli tra il serio e il faceto.

«Mi fa piacere che siamo d'accordo su argomenti così fondamentali...». Davvero, questo ragazzo è molto più divertente di quello che uno si potrebbe aspettare. «Però ora abbiamo cose più importanti da fare: dobbiamo uscire».

«Per andare dove?»

«A comprare le cuffie, no? Elementare Watson». La mia espressione non deve convincerlo perché si sporge ancora di più nella mia direzione. «Hai presente quelle cose tonde che si mettono sulle orecchie? Possibilmente molto grosse? Cuffie, appunto».

Non avrei pensato di doverlo ammettere, ma il suo maledetto accento sexy sta diventando un problema. E pure bello grosso.

«Posto che per deformazione professionale una cosa o è esistita nell'Ottocento, o per me non ha ragione d'esistere, sì, so di cosa stai parlando. Strani oggetti per sentire musica».

«O per non sentirla», puntualizza.

«Qualsiasi sia il loro scopo, non c'è bisogno di varcare la porta di casa. Questa non è forse l'epoca degli acquisti compulsivi su Internet?».

Mi osserva incuriosito, come se io fossi uno strano animale. «Solo la gente sfigata compra tutto su Internet. E poi le cuffie si devono provare. Non puoi scegliere le prime che capitano, magari con dei bassi scadenti...».

«Forse ti è sfuggito, ma io ho del tutto abbracciato la filosofia della gente sfigata. Ho la tessera d'onore del partito», gli faccio notare, indicando con una mano la mia felpa gialla canarino con disegnato SpongeBob.

«Scelta inusuale, te lo concedo».

«Voluta», rimarco il concetto.

«Ne sono certo. È impossibile mettersi addosso quel colore per sbaglio». Davvero, perché è così divertente? Non potrebbe essere... che ne so... un pallone gonfiato? Arrogante?

Perché invece è così fastidiosamente adorabile? «Probabilmente brilla nel buio», tira a indovinare con un gran sorriso.

«Vedila così: se dovesse arrivare una calamità – e ultimamente tendono a verificarsi, visto che il nostro governo nega l'esistenza dei cambiamenti climatici – io avrò una felpa senza buchi e senza necessità di torce. Tu no. Tu sarai costretto a cercare di sopravvivere con una triste maglietta a brandelli...».

Scoppia in una fragorosa risata, scuotendo la testa. «Lo stato delle mie magliette ti sta *davvero* a cuore!», esclama incredulo.

«Perché sei evasivo a riguardo. Forza, svelami il mistero. Dimmi che si tratta di una cosa banalissima come un'asciugatrice malfunzionante...».

Oggi indossa una t-shirt grigia. Chiaramente a pezzi.

«Non fingo affatto di non sentirti. La mia è piuttosto una deliberata decisione di non risponderti. Serve ad alimentare il mistero, e di conseguenza il mio fascino». Mi sfugge una mezza risata ma lui finge di non notarlo. «Comunque, mi è difficile risponderti perché non faccio io il bucato».

Certo che non lo fa lui... E certo che deve avere un ambiente lavanderia di prim'ordine.

«Quindi voler prendere freddo è una scelta consapevole di vita. Interessante...».

Mi scruta esasperato. «È la moda, donna! Almeno, lo è per un musicista».

«Mi rassicura la consapevolezza di appartenere a una categoria decisamente meno a rischio. Sai, sono piuttosto freddolosa...».

Terrence sta facendo molta fatica a rimanere serio. Per inciso, il divertimento è comune. «Potremmo stare qui a fare battute per ore...», ragiona a voce alta.

«Potremmo», concordo. «Ma non lo faremo».

«Be', peccato, mi stavo divertendo», mi confessa con una sorprendente sincerità.

«E la cosa ti stupisce? Perché, non ti diverti mai?».

Riflette passandosi la mano sulla mascella. È biondo, capisco mentre osservo con fin troppa attenzione i peli che hanno iniziato a sbucare sulla sua pelle. «Qualche volta. Ma la vita di un musicista offre molti meno divertimenti di quello che si potrebbe pensare».

«Povera piccola rock star...», lo prendo in giro, appoggiando una mano su una sua spalla. Lui sgrana gli occhi e mi osserva ancora più confuso.

Certa di essere arrossita come un peperone, ritraggo la mano e mi giro nell'altra direzione, fingendo di cercare chissà che cosa dentro l'appartamento. «Ma tu non puoi uscire», gli dico mentre cerco di localizzare la mia giacca. Fallendo, come da copione. Dove diavolo l'ho nascosta? «Voglio dire, la gente famosa non va in giro per la città come se niente fosse nel bel mezzo della giornata... Ok la sera, quando è buio, ma oggi è finalmente uscito il sole».

«La maggior parte della gente non si accorge mai di niente».

«Mi vuoi dire che giri a New York del tutto indisturbato?»

«Assolutamente. È per questo che sono voluto tornare a vivere qui. A Los Angeles le persone non vanno mai in giro imbacuccate... il caldo, sai. Ma qui c'è così tanta gente strana che non ti riconosce mai nessuno. Nemmeno la tua vicina di casa», conclude a effetto.

«Io non faccio molto testo», gli faccio notare.

«E invece ti sbagli. Sei parte di una statistica a me molto favorevole».

«Quella relativa alla gente rimasta indietro nel tempo, vuoi dire?»

«No, quella a cui non frega molto delle presunte celebrità. La categoria di persone che preferisco», mi risponde.

Inizio a sospettare che la sua estrema gentilezza degli ultimi giorni dipenda più che altro dal fatto che io riesco a trattarlo da persona e non da pseudo vip. Dico pseudo perché lui sarà sicuramente famoso e con al seguito ragazzine urlanti, ma per me non è altro che il mio vicino, uno strano ragazzo a cui piace girare con magliette logore. E siccome io sono ben più strana di lui, si è creato in fretta un rapporto amichevole tra di noi. È quello che volevo sin dall'inizio no? Essere amichevole con tutti i vicini.

«Allora, andiamo?», gli chiedo dopo aver finalmente trovato la giacca.

Lui si sistema con attenzione le ciocche di capelli, infilandole sotto il suo solito cappellino, che teneva nascosto nell'altra mano. Afferra gli occhiali da mosca che aveva appeso al collo e se li calza sul naso. È proprio buffo.

«Andiamo».

Ho come l'impressione che la sua comparsa in questo palazzo abbia reso necessario rivedere quanto prima l'intera serie di *Downton Abbey.*

Sospirerei, se solo alla mia età avesse ancora un senso.

Ora che ci penso, è un bene che non c'è l'abbia.

«Prova queste», mi incita Terrence, avvicinandosi con un paio di cuffie enormi.

Mi sorprende mettendomele direttamente sulla testa. Un attimo prima il negozio brulicava di rumori e invece ora è tutto silenzioso e ovattato. Lui sta parlando, ma non riesco assolutamente a comprendere cosa mi dica.

«Eh?», gli chiedo a voce fin troppa alta.

Lui mi sorride e me le sfila. «Funzionano così bene?»

«Assolutamente. Non si sente un bel niente con queste sulle orecchie».

«Fammi provare», mi dice curioso. «Prova a dirmi qualcosa!».

«Sei una persona davvero interessante», pronuncio alla fine. E solo perché sono assolutamente certa che non può udire un solo decibel della mia voce.

«Ehhh? Cosa hai detto?». Se le toglie dalle orecchie e mi

scruta divertito. «Figata! Non si sente proprio niente! E ora provamo come si sente la musica».

Mi trascina in direzione di un PC messo lì in bella vista affinché i clienti possano provarlo, inserisce il jack delle cuffie, seleziona YouTube e poi digita Alien Temptation.

«Ma non puoi ascoltare te stesso!», lo rimprovero ridendo.

«Perché, troppo egocentrico?»

«Direi...».

«Volevo farti sentire finalmente una nostra canzone», scrolla le spalle. «Perché, tu cosa proponi invece?»

«Gli ABBA», gli rispondo dopo averci riflettuto due secondi.

«Chi?», esclama incredulo, scoppiando a ridere a crepapelle subito dopo.

«Psss, silenzio. Non vorrai attirare l'attenzione...».

«E allora tu non dire ABBA!».

«Gli ABBA sono meravigliosi», insisto; non sa cosa si sta perdendo. «E non hanno novant'anni».

«Non ancora, ma ci si stanno avvicinando. Oddio, manca solo che tu mi dica che ti piacciono gli Europe...».

La mia espressione deve essere una risposta sufficiente.

«Cielo, ti piacciono gli Europe». Sospira e alza gli occhi al cielo, come se fosse qualcosa di davvero grave. «Sentiamo, cosa scegli tra *Carrie* e *The Final Countdown*?»

«Hmm, *Carrie*?»

«No! Oddio, *Carrie* no! Che strazio...».

È più forte di me, non resisto dall'intonare subito il ritornello. Anche se, ora che ci penso, parlare di intonazione nel mio caso è proprio fuori luogo. Sono gioiosamente stonata come una campana.

«Basta! Basta con questo supplizio!», mi scongiura.

Ho quasi le lacrime agli occhi. «Quale supplizio? La mia voce oppure la canzone?»

«Credo la combinazione letale delle due cose...».

«Grazie, ho sempre segretamente aspirato a essere definita letale almeno in qualcosa».

«Guarda che sono serio: la tua cultura musicale va migliorata».

«Com'è che si dice? I gusti sono gusti».

«No, una donna che ha avuto il coraggio di uscire con una simile maglia deve per forza essere altrettanto coraggiosa nelle scelte musicali. Quindi, riprova e sarai più fortunata».

Mi prendo il mio tempo per farmi venire in mente una canzone che potrebbe apprezzare. «Hmm, vediamo un po'...». Gli faccio segno di spostarsi e poi mi metto a digitare a mia volta: AC/DC, *Thunderstruck*.

Lo sguardo che ne segue è sinceramente colpito. «Ora sì che iniziamo a ragionare... Come mai questa botta di vita?»

«Piacevano a mia sorella anni fa. Io le propinavo gli ABBA e lei rispondeva con il rock duro e puro. La mia è stata un'adolescenza musicalmente sofferta... Anche perché, in tutta onestà, credo di non essermi mai ripresa del tutto dallo scioglimento dei Take That. Sono drammi che ti possono segnare quando sei giovane».

Terrence mi lancia un'occhiataccia. «Mi rifiuto di infierire sul tuo tragico amore per le boy band degli anni Novanta. Dovresti ringraziare tua sorella, piuttosto. Sono stupito che una donna con le ciabatte a forma di unicorno sappia dell'esistenza degli AC/DC», mi prende in giro.

«Oh, ma io conosco un'infinità di cose! È il bello dell'età adulta», non resisto dal punzecchiarlo a mia volta. «A proposito, qualcuno del tuo gruppo saprebbe suonare l'intro?», gli chiedo facendo partire il pezzo e rimettendomi le cuffie. La sua risposta non riesco a udirla, ma il suo volto si è corrucciato. Credo di averlo appena ferito nell'amor proprio. La rock star si offende facilmente, a quanto pare. O almeno quando si mettono in discussione le capacità musicali del suo gruppo. «Cosa hai detto?», gli urlo.

Terrence mi toglie le cuffie con una mossa piuttosto decisa. «Queste le prendiamo. E tu vieni con me». E così dicendo afferra la mia mano e mi trascina con sé.

Destinazione ignoto.

È un bene che oggi mi sia svegliata con un notevole spirito d'avventura.

Capitolo 4

Sono seduta su una sedia girevole e mi sento terribilmente a disagio. Potessi, cercherei di diventare tutt'uno con questo pavimento lucido. Riesco praticamente a specchiarmici e non è un bene: la mia faccia è davvero imbarazzante. Forse, vista l'età, spalmarmi un po' di trucco sul volto tutte le mattine potrebbe essere una buona idea. È finito il tempo in cui la mia carnagione, da sola, bastava e avanzava.

Il problema è che non sono nemmeno l'unica a essere a disagio. Alla mia sinistra è infatti seduto un uomo sulla cinquantina che non fa che guardarmi male. A onor del vero, se una tizia qualsiasi, con indosso una maglia giallo intenso, si presentasse in sala prove trascinata dal proprio artista di punta, anch'io mi preoccuperei. Ma farei male: lui non lo sa, ma io sono la persona meno pericolosa del mondo.

«Sono solo la vicina di Terrence», cerco di rassicurare il manager degli Alien Temptation. «Abito nell'appartamento di sotto». Lui non me l'ha chiesto – non mi ha proprio parlato, se vogliamo essere precisi – ma mi sta scrutando con tale preoccupazione che ho pensato di dover rompere il giacchio in qualche modo.

«Hmm…», è tutto quello che gli esce di bocca, mentre continua a fissarmi incredulo e pensieroso.

«Non sono una stalker, giuro», gli ripeto sorridendo. In genere il mio sorriso funziona anche con le persone più ostiche, ma questo tizio è un osso durissimo. «Sono qui solo perché Terrence ha problemi di autostima», cerco di buttarla sullo scherzo.

«Terry? Mancanza di autostima? Sei certa che stiamo parlando della stessa persona?».

In effetti, a osservarlo ora, qualche dubbio verrebbe anche a me. Si è tolto la giacca di pelle, lasciando in bella vista le sue braccia tatuate. Si è liberato del suo travestimento e sta collegando la chitarra all'amplificatore. Se esistesse un'immagine predefinita dell'aspetto che dovrebbe avere un musicista al giorno d'oggi, Terrence ne sarebbe l'incarnazione perfetta. Quella sua maglietta bucata mi disturba, ovvio, ma cerco di passare oltre, fermandomi sulla postura sicura e sulle mani. Ha delle bellissime mani, ora che ci faccio caso.

Va detto che il manager non è l'unico che mi sta osservando senza comprendere il perché della mia presenza nella sala prove della band. Altre quattro paia di occhi non si sono staccate da me da quando sono arrivata dieci minuti fa. Terrence non ha dato grandi spiegazioni, si è solo limitato a comunicare il mio nome. Immagino non sia abituato a giustificarsi.

Lui no, ma io sì. Sono il genere di persona che si deve giustificare anche con se stessa.

«Ci scaldiamo con gli AC/DC», dice ai suoi compagni di band. «*Thunderstuck*», annuncia come se niente fosse.

«Ah però», mormora un alto ragazzo alla sua destra. Anche lui indossa una maglietta provata dalla difficile vita da stella del rock. Deve essere un must. «L'intro la fai tu oppure vuoi che ci pensi io?», gli chiede.

Terrence solleva lo sguardo, mi trapassa e poi risponde lapidario. «Io».

Il mio vicino di casa pare piuttosto autorevole in questo ambiente. Sono colpita, che io lo voglia ammettere o meno.

«Chi hai detto di essere?», mi richiede a bassa voce il manager, a cui non sfugge la strana occhiata che ci siamo scambiati.

«La vicina di casa», ripeto per la seconda volta.

«Hmm...», borbotta ancora più pensieroso di prima.

Per fortuna la sua attenzione viene catturata da Terrence,

che attacca l'intro della canzone troncando ogni ulteriore tentativo di discussione e…

La mia mascella si spalanca in modo molto poco aggraziato: non sono capace di fare altro che osservarlo imbambolata mentre muove le dita sulla chitarra con una velocità che ha dell'incredibile. Perché Terrence Graham non solo sa suonare, ma a quanto pare lo fa a livelli celestiali.

Lo so che questo è rock duro e puro e che teoricamente non dovrebbe corrispondere ai miei gusti, ma invece mi piace. Non so se è l'effetto della musica dal vivo, se è l'energia che sprigiona il signor proprietario dell'attico oppure altro, ma è da togliere il fiato. E mi spiace per Audrey e per il fatto che gli artisti rock non vadano più di moda nei romanzi erotici, perché Terrence è assolutamente sexy. A livello così ridicolo che mi scappa una mezza risata. Anzi, un mezzo grugnito.

Nessuno canta, ma la musica basta e avanza. Alla fine, non sapendo bene cosa dire o fare, applaudo imbarazzata. Credo di essere arrossita perché, per mezzo secondo circa – ok, facciamo pure qualcosa in più – i miei pensieri sono stati alquanto impuri. Sto iniziando a capire perché le ragazzine gli corrano dietro.

«Wow», mormoro impressionata.

«Già, wow Terry», gli fa il suo amico. «Avevi fretta?», gli chiede ridendo. «Abbiamo fatto una fatica micidiale per starti dietro».

«No, ma mi è stato lanciato il guanto di sfida…». E riprende a fissarmi.

«Veramente non era affatto una sfida», puntualizzo. Terrence solleva appena un sopracciglio e io scoppio a ridere. «Ok, ok, era una sfida…».

«Quindi, ho vinto?», vuole sapere, avvicinandosi.

«Sì, hai vinto», gli concedo seccata. È un chitarrista assolutamente superbo.

Vengo ricompensata con un sorriso da un milione di watt.

«Be', ora che hai rotto il ghiaccio e che abbiamo scoperto che in realtà di musica rock ne sai qualcosa, cosa ne dici di fermarti e ascoltare un pezzo che è stato composto in questo secolo?», mi propone. Presuppongo che intenda passare alla sua musica.

Sono tentata. Terribilmente. Così tanto che mi rendo conto sarebbe una pessima idea.

«Grazie Terrence ma ho da fare».

«Shopping?», mi prende in giro.

«Assolutamente», mi presto al gioco. «Ho numerosi maglioni neri e grigi da acquistare. E se trovo una maglietta intera, potrei anche comprartene una», azzardo.

Terrence scoppia a ridere, con sommo stupore dei presenti. «Perché no? Ma la voglio con un unicorno o niente». E così dicendo afferra la chitarra, tornando al suo posto, pronto a riprendere a suonare.

Sono appena scesa dalla sedia quando lo vedo farmi l'occhiolino in segno di saluto.

«Scusami, chi hai detto di essere?», mi richiede per la terza volta il manager.

«*La vicina di casa*», scandisco prima di uscire dalla sala prove. Anzi, scappare. E pure alla velocità della luce.

«Sventagliami!», ordino a Laurel, mentre ci troviamo in un pub, in attesa che Audrey ci raggiunga. Una birra la sera, bel tempo domani si spera.

«Ti sto sventagliando! Ma tu sei ancora rossa come un peperone! Mi vuoi dire cosa diavolo hai combinato prima di venire qui?», mi chiede con aria sospettosa.

«Tu vai avanti a sventagliare e forse te lo dirò».

«Scusate il ritardo», arriva trafelata Audrey, prendendo posto accanto a Laurel. «Julie, perché hai le guance rosse come un peperone?», domanda ridendo.

«Non lo vuole dire...», le preannuncia Laurel con fare cospiratorio.

«Interessante! Amo le cose segrete. Fanno tanto romanzo erotico», mi provoca.

«Ma che erotico… Smettetela voi due!».

«E si offende pure!». Se Audrey non fosse così tanto simpatica, sarebbe da uccidere.

«È che sono reduce da un'esperienza che mi ha messo a dura prova», la prendo alla larga. Le sottraggo il menu con cui mi stava facendo aria e riprendo alla massima velocità.

«Ovvero, i tuoi protagonisti hanno fatto sesso prima del matrimonio? Quale immensa indecenza…», ride la paladina dell'eros libero.

«Guarda che i romanzi storici non sono più quelli di una volta. E da un bel pezzo, cara. I miei personaggi fanno sesso *eccome* prima del matrimonio», ribatto punta sul vivo.

Mi osserva per nulla convinta. «Sarà. Ma alla fine si sposano tutti. Sempre. Mai una volta che qualcuno dia davvero vita a un bello scandalo. Tutti in chiesa a giurarsi amore eterno… Che schifo».

Va detto che Audrey è sempre stata piuttosto contraria al matrimonio, ma ultimamente lo è a livelli quasi ridicoli. Va bene scrivere di eros, ma non vedo perché non lo si possa accostare felicemente a un sentimento duraturo. Sarà la romantica che è in me, ma trovo che ci siano poche cose più sexy del sesso matrimoniale. Certo, quando non ti cornificano a tua insaputa…

«Cosa volevi che facessero le donne, due secoli fa?», le domando pratica. Chiariamoci, sono assolutamente a favore dei progressi dovuti al femminismo, ma anche in un ipotetico mondo dominato da donne non tutte possono essere guerriere amazzoni. Io, francamente, non credo di averne l'indole, a differenza di Audrey o Laurel, a cui non avrei alcun problema ad affidare eserciti interi.

«Se avessimo iniziato a ribellarci prima alle convenzioni sociali e all'idea demenziale del matrimonio per la vita, avremmo ottenuto molto tempo prima il diritto di voto, di carriera e così via. E magari a quest'ora avremmo un presidente donna invece di...». Si blocca, espressione di puro disgusto. «Insomma, *quella cosa arancione...*».

Le sorrido comprensiva. «Non sono abbastanza ubriaca per parlare di politica. Comunque, ti faccio notare che Cindy è sposata e vive benissimo. Anzi, molto meglio di noi. E Laurel la seguirà, prima o poi».

Audrey spalanca i suoi occhioni verdi e li posa agitata su Laurel, che sta ridendo a più non posso.

«No!!! Non puoi farmi questo! Ti sei fidanzata?», pretende di sapere.

«No. Ma Julie ha ragione. Un giorno lo faremo. Non vedo perché no. L'idea di appartenere a qualcuno, anche dal punto di vista legale, è sottilmente perversa ma molto divertente».

«È proprio il concetto di appartenenza a essere sbagliato! Tu appartieni a te stessa!», esclama come una furia.

Oddio, eccola che riparte. Non voglio generalizzare, ma certe femministe talebane sono davvero pesanti. «Respira, Audrey...», le suggerisco.

«Così ora a essere rosse siete in due», ride Laurel.

«Sì, ma io lo sono perché non vi sento vicine in questa battaglia tra sorelle, mentre Julie lo è perché...». E lascia la frase in sospeso, guardandomi curiosa.

«Perché ho assistito a uno spettacolo pazzesco. Terrence Graham non solo sa suonare la chitarra, ma lo fa divinamente. Sono rimasta senza parole», confesso finalmente.

«Be', certo che sa suonare. È un musicista rock, no?», commenta Laurel.

«Sì. Ma non pensavo che fosse così... non so... *capace*».

«Vuole dire che le si è staccata la mascella e le è colata la bava mentre lo guardava suonare», traduce Audrey.

«Ma cosa dici! Non si può sbavare per un ragazzino!», mi indigno. Salvo arrossire ancora di più.

«Certo che si può. Non è mica minorenne. E poi il picco di potenza sessuale massima si raggiunge proprio intorno ai venticinque anni. Dopo è una lenta decadenza», ha la faccia tosta di pronunciare ad alta voce. Così alta da richiamare su di noi parecchi sguardi curiosi. Ho già detto che intorno a noi ci sono tutti uomini di mezza età con pancia da birra? No? Ah, ecco…

«Potresti non parlare di potenza sessuale in un pub sportivo?», la supplico.

«Potrei, ma non sarebbe così tanto divertente…». E mi fa l'occhiolino.

No, certo che no.

«Giusto per sapere, come mai lo hai sentito suonare? Non dirmi che uno così prova con la band in casa…», mi chiede Laurel.

Mi ritraggo in modo quasi istintivo. «No. Hanno una sala prove». Meno cose dici, e di meno cose potranno accusarti.

«E tu sei andata nella sala prove conciata così?», esclama Audrey totalmente incredula.

«Be'…».

«Laurel, ma ti rendi conto che si è fatta vedere da un gruppo famoso conciata in questo modo!». E indica il mio povero SpongeBob.

«Oddio, quella maglia è troppo persino per te…», mormora Laurel, trattenendosi a stento dal ridere.

Vorrei rispondere che non mi pare che a Terrence il mio abbigliamento avesse dato chissà quale fastidio. Ma taccio, perché sono furba.

«Ma non importa come mi vesto! È solo il mio vicino di casa!», ricordo a entrambe.

«Sì, ma uno come lui frequenterà di certo gente interessante. Magari ha un compagno nella band che potrebbe esserti più vicino come età».

Scuoto la testa. «No. Tutti giovani da far schifo…».

«Certo che se la situazione fosse all'opposto gli uomini non si farebbero di certo problemi. Rifletteteci un attimo: nessuna ragazza venticinquenne avrebbe alcuna remora a uscire con un uomo di trentasei. Eppure, per qualche motivo, l'opposto non funziona. Perché?», chiede Audrey, tornando ad agitarsi.

«Semplice, uomini e donne hanno tempi differenti. Noi possiamo anche vantarci di essere diventate indipendenti e chissà quali altre cose, ma non si sfugge alla questione biologica. L'uomo di fatto non ha una data di scadenza, e non avendola, non si fa problemi a volere figli più avanti negli anni. Capiamoci: le donne alla nostra età hanno ancora tempo, certo, ma non *così tanto*. Se vogliono figli, devono scegliere un compagno serio e affidabile...», risponde Laurel.

«E non sbavare sui ragazzini rock star», mi permetto di ricordare ad Audrey.

Mi scruta con aria di sfida. Sa che ho ragione da vendere. «No, non sbavare sui ragazzini», le tocca darmi ragione. «Motivo per cui io non avrò mai figli», conclude a effetto. «Per cui, se voglio, *io* posso anche sbavare».

È più forte di me, scoppio a ridere a crepapelle. Quasi quasi la sposerei io, se lei non fosse contraria all'idea di fondo.

«Quello che sta passando sotto silenzio, più che altro, è come Julie sia arrivata alla sala prove...», ci ricorda Laurel. Immagino fosse troppo sperare che per una volta lasciasse perdere.

«Siamo vicini di casa. Possiamo essere amici, no?», domando sulla difensiva.

«Non so. Io a malapena conosco il nome di quelli che condividono con me il pianerottolo. Ma io sono io, non mi piace dare confidenza alle persone, a meno che non sia strettamente necessario. Tu sei sempre stata una persona *carina*, questo te lo concedo. Ma un conto è la gentilezza e ben altro ascoltarlo mentre prova con la sua band, no?»

«Mi piace come pronunci la parola "carina". La si potrebbe scambiare per una malattia mortale», commento divertita. «È stato solo un caso. Non mi ha propriamente invitato...». Più che altro trascinato. «E poi credo di aver capito che

Terrence Graham, inarrivabile personaggio della musica d'oggi, in realtà abbia bisogno di un amico. O di un'amica». Si è sciolto come neve al sole quando ha capito che mi fregava meno di zero del suo status di vip, e ancora meno di quello di divinità sexy. È così palese che una come me non rappresenti chissà quale pericolo che in mia compagnia può finalmente rilassarsi ed essere se stesso. Cosa potrei fargli? Infilzarlo con le ciabatte da unicorno?

«Caso o meno, sono gelosa. Dovresti farti dare dei biglietti per qualche sua serata. Potremmo andare a rimorchiare carne giovane...», scherza Audrey. O almeno spero.

«Non voglio essere quel tipo di vicina, quella che scrocca i biglietti per i concerti».

«Be', potresti. Perché lui ti chiederà sicuramente di annaffiare le sue piante».

Mi volto confusa nella sua direzione. «È una battuta a sfondo sessuale, per caso?», le chiedo impaurita. Con Audrey non si sa mai...

«No, scema», mi risponde ridendo. «Intendo sul serio che ti chiederà di occuparti delle sue piante, quando dovrà assentarsi in giro per il mondo! Accade sempre quando i vicini sono *carini* tra di loro».

«Motivo per cui io non ho piante», precisa subito Laurel. Non faccio fatica a crederlo.

«Sì, lei è strana, non farci caso. Noi altri teniamo piante nelle nostre case».

Non oso ribattere perché, per quanto io abbia del verde nel mio appartamento, o è finto oppure viene sostituito con una frequenza preoccupante.

«Ma figurati! Avrà sicuramente un sacco di altra gente a cui dare le chiavi di casa... Mica lo fa con la prima tizia vestita in modo ridicolo che incontra per la sua strada...».

Ma Audrey mi sorride convinta. «Vedrai, vedrai se non ho ragione».

«E se non ce l'hai?», la provoco.

Ci riflette per qualche secondo e poi scuote la testa. «Impossibile. Io ho sempre ragione».
Il vero dramma? In genere è così.

Sbuffo, perché avrei dovuto finire di scrivere una certa scena e invece niente, non ne ho proprio voglia. Per qualche strano motivo immaginarmi aitanti uomini in vestiti eleganti non sta facendo il solito effetto. E non so come mai. Su di me la forma ha sempre un certo ascendente, specie se collegata all'abbigliamento maschile.
Chiudo gli occhi, inspiro e mi trovo invece a rivivere contro il mio stesso volere la scena di ieri pomeriggio. Si è conficcata, malefica e insistente, nella mia testa. Per la prima volta nella mia vita mi verrebbe quasi voglia di scrivere un romanzo contemporaneo, se non fosse che in realtà non sono "moderna" a sufficienza. La mia voce narrante non è affatto avvezza alle relazioni e alle abitudini dei tempi attuali. Io stessa non sono stata che un totale fallimento.
Mi alzo dal tavolo e mi incammino verso la cucina, decisa a farmi un tè. Una tazza fumante risolve sempre tutti i mali, no?
Ho appena riempito la tazza d'acqua e sono sul punto di inserirla nel microonde (sì, lo faccio perché sono pigra da morire), quando sento suonare alla porta. Giuro, questo campanello non è mai stato così usato come nell'ultimo periodo.
Deve trattarsi di Laurel – aveva detto che forse sarebbe passata per pranzo – e invece no, è sempre sua maestà il re del rock. Ha indosso una maglietta che pare essersi miracolosamente salvata dalla tagliola che ha colpito il resto del suo abbigliamento. È bianca e dovrebbe essere banale. Ma invece non lo è. Perché è aderente.
Credo di aver bisogno di sedermi un attimo...
«Ciao!», mi saluta sorridendo.
«Ciao», gli faccio eco. Resisto a fatica alla tentazione di sventagliarmi con la mano.
«Visto, questa è integra!», mi dice fiero di sé e passa poi

a ispezionare il mio abbigliamento. Il suo sorriso si spegne quando, spostando lo sguardo sul mio maglione, si rende conto che oggi indosso un banale capo nero.

«Cos'è successo?», mi chiede preoccupato. «Dove sono i personaggi dei cartoni?».

Scoppio a ridere mio malgrado. Sembra seriamente deluso. «Giorno programmato di bucato. È sempre un avvenimento cupo e tendo a celebrarlo a modo mio».

«Una specie di giorno dei morti?», chiede.

«Sì, be', diciamo che spero che i miei maglioni sopravvivano. Ma non si sa mai cosa potrebbe venirne fuori…».

«Perché i maglioni non si lavano in lavatrice. A mano, cara», mi informa. E arrotola così tanto la erre dell'ultima parola, con chiara cadenza britannica, che io quasi ho un mancamento. Questa storia dell'accento mi sta un po' sfuggendo dal controllo.

«Mano mia non credo proprio. E nemmeno tua: avrai di certo chi lava per te».

«Allora a secco in lavanderia», insiste, come se la cosa gli stesse davvero a cuore. È preoccupato per il bene di tutta la maglieria o è solo la mia a interessarlo?

«Alla gente adulta mi farei problemi a confessarlo, ma a te posso: ho sempre avuto… non so… un certo terrore del lavaggio a secco. È contro natura, non trovi?».

Scuote la testa. «Ammetto di non essermi mai posto il problema. Senz'altro una mia grave mancanza».

«Gravissima…».

«Ah, però gli unicorni ci sono!», esclama soddisfatto, indicando le mie pantofole.

«Temo che potrebbero perdere il corno, se li mettessi in lavatrice».

«Sarebbe una grave perdita», conviene serio.

«Certo, per tutta l'umanità».

«E per Harry Potter».

Sbatto le ciglia e mi trattengo dal ridere. «Qui abbiamo un

problema generazionale, cara la mia rock star: ero già troppo cresciuta, nel momento in cui i libri del maghetto andavano per la maggiore».

«Vuoi dire che non li hai letti?», mi chiede vagamente oltraggiato.

«Certo che li ho letti! Ma anni dopo. Solo che a quel punto ero troppo adulta per provare la famosa *magia*».

Mi osserva per nulla convinto. «Guarda che non si è mai *troppo adulti* – come dici tu – per sentire la magia».

La frase è molto dolce. Dovrei appuntarmela per un prossimo libro. E dovrei anche smetterla di fissare le sue braccia. Non ho mai capito l'ossessione dei ragazzi d'oggi per i tatuaggi senza senso. Vi aspetto tra qualche decennio e vediamo cosa ne penserete allora della vostra scelta di pitturarvi tutto il corpo...

Però su Terrence tutti quei disegni hanno più senso che su chiunque altro abbia mai conosciuto. C'è armonia, in qualche modo, nei tatuaggi che ha scelto. Sospetto che sia una creatura piuttosto armoniosa in quasi tutto quello che fa. Ne ha l'aria.

«Potrei anche essere d'accordo, visto che scrivo storie d'amore. Solo che nei miei romanzi racconto di altri tipi di magie. Mentre tu vorresti trasformare la gente in rane».

«Sarebbe bellissimo. Non lo nego. E sono pronto a scommettere che piacerebbe molto anche a te».

La verità è che, sì, mi piacerebbe eccome. Il che equivale a dire che sono infantile.

Be', immagino di esserlo, a modo mio. D'altronde, mi sono sempre sentita poco parte del tempo in cui vivo, motivo per cui ho finito per scrivere romanzi storici. È stato il mio modo per sopravvivere ai tempi moderni, con buona pace di Chaplin.

«Non confermo e non smentisco. Queste informazioni sono piuttosto compromettenti...».

Ride, rilassato e divertito, mentre si passa una mano tra i

capelli, per spostare il lungo ciuffo mezzo bianco e mezzo nero dagli occhi.

«Brava, non bisogna mai confermare niente. Specie con la stampa», mi suggerisce, tornando per un attimo serio.

«Io non parlerei mai con i giornalisti...», preciso subito.

«Lo so. E infatti non stavo implicando chissà che cosa...». Si ferma per un attimo e scuote la testa. «La vuoi sapere la verità? Temo di essere prevenuto con le persone. Anche con quelle che non se lo meritano. Sono rimasto piuttosto sorpreso da me stesso quando ci siamo conosciuti. In genere non sono la persona più amichevole del mondo, ma tu...».

«È stato l'unicorno», affermo con assoluta certezza.

Il sorriso torna sulle sue labbra. «Sì, deve essere l'unicorno».

«Quindi, ragazzo affascinato dagli unicorni, non che non mi diverta a chiacchierare con te appoggiata sullo stipite, ma sai com'è...».

«Oddio, scusami! Entriamo». E così dicendo fa prima un passo e poi un altro dentro casa mia, costringendomi a indietreggiare.

«Ti devo confessare una cosa», mi dice mentre osserva tutti i miei appunti sparsi sul tavolo. Ci sono libri sui vestiti in voga nell'Ottocento, ci sono mappe di Londra, persino appunti sulle danze del periodo. È visibilmente incuriosito e non fa nulla per nasconderlo.

«Sì?», mi fingo serena.

Solleva lo sguardo e incontra il mio. I suoi occhi, in questa luce mattutina, sono ridicolmente azzurri. Per carità, anche i miei occhi sono azzurri. Ma i suoi di più.

«Ho comprato uno dei tuoi libri», spara a bruciapelo.

Apro la bocca per dire qualcosa – qualsiasi cosa – ma nessun suono pare volerne uscire. Sono piuttosto colpita di fronte all'affermazione.

Il momento di esaltazione interiore immotivata dura però poco e si traduce in un «Oh mio Dio» decisamente carico di panico. Non può leggere un romanzo del genere! È un uomo! O ragazzo che sia, ma per una volta non importa. Gli uomini al massimo si sentono coraggiosi abbastanza da voler provare un contemporaneo (perché, mi pare evidente, c'è il sesso...), ma uno storico! Non scherziamo...

Devo avere una buffa espressione sul viso perché Terrence trattiene a stento la risata. «Non dovevo?», intuisce.

«No... Voglio dire, per carità, questo è un mondo libero... E l'hai letto?», non resisto dal chiedergli.

«Ancora no. Ma devo partire e pensavo di sfruttare il tempo del volo. Sono qui per questo, a proposito. Ti dispiacerebbe molto se ti lasciassi le chiavi per innaffiare ogni tanto le piante di casa mia? Le ho appena comprate e mi seccherebbe che morissero subito...».

Quasi non batto ciglio di fronte alla richiesta. In ogni caso, devo capire perché Audrey è sempre così fastidiosamente avanti rispetto a tutti gli esseri umani di mia conoscenza. «Ma certo! Se ti fidi...». E cerco di stemperare la frase con una risata forzata. Molto, molto forzata.

«Perché, non dovrei?», mi domanda con un velo di preoccupazione.

«Scherzavo. In modo maldestro, a quanto pare. Certo che ti puoi fidare. Sul fatto che non duplicherò le tue chiavi, ovvio. Sulla sopravvivenza delle piante non garantisco».

«Le tue mi paiono stare bene», mi fa notare osservando le foglie rigogliose in fondo alla stanza.

«Quella è finta», mi duole svelargli. «La vera ci ha lasciati tanto tempo fa...».

«Ma ha avuto una vita lunga e meravigliosa», ipotizza speranzoso.

«Hmm, no. A dire il vero è stata una pianta piuttosto sfortunata».

«Però hai anche delle piante vive...». Il suo allarme è ora un po' più evidente.

«Certo. Sul terrazzo». Anche se "terrazzo" è una parola azzardata. Più che altro un cubicolo. Ma da queste parti, vista la penuria di spazi sulla penisola, tutto conta. Mi incammino per mostrargli la mia collezione di rosmarino e basilico.

«Perché sembrano spelacchiate?», mi chiede cercando inutilmente di rimanere serio.

«Perché lo sono. Le mangio».

«Allora le mie non mangiarle», mi supplica ridendo. «Anche perché non so fino a che punto possano essere commestibili».

«Per le tue vedrò di fare un'eccezione».

«Vuoi salire a vederle? Così ti mostro tutto. Se non disturbo, certo...».

Una donna saggia, vista la mia età, si terrebbe lontano dall'appartamento e dalla vita di Terrence Graham, ma io devo essere in una fase di masochismo estremo. «Certo!», gli rispondo. E non perché sono curiosa, ma gentile e carina, come mi hanno giustamente definito le mie amiche. Le vicine ben educate ti annaffiano le piante, no?

Due minuti dopo siamo dentro il suo appartamento.

«Come te la cavi con gli allarmi?», domanda indicandomi quello posto all'ingresso.

«Male. Molto male. La tecnologia di solito non mi è amica».

«Ma questo è facile!», esclama come solo certi ragazzini sanno fare. Per loro tutto è semplice. «È l'ultimo modello, funziona con l'impronta digitale. Aspetta che lo programmiamo anche per la tua...». Sta smanettando come un pazzo su quella tastierina mentre lo osservo con un vago allarme, giusto per rimanere in tema.

«Tu non hai molti amici, vero?», gli chiedo diretta.

Ride nervoso. «Ma certo che ho amici! Tantissimi amici!».

Per qualche strano motivo credo che ci sia una relazione inversa tra il numero di amicizie e la solidità dei legami. Terrence ha talmente tanti amici – gente di cui evidentemente non si fida affatto – che mi sta prendendo la mano e sta posando il mio dito indice sullo schermo scansione del suo allarme. Si ode un suono minaccioso ed eccomi lì, schedata per la vita.

«Ma noi ci conosciamo solo da una settimana», gli ricordo nella speranza che si riprenda da questa follia.

Il mio panico pare invece divertirlo. Sempre tenendomi per mano, si sporge nella mia direzione. «Ho fatto sesso con gente che conoscevo da poche ore. Una settimana, per come la vedo io, è un'eternità». La sua voce si è abbassata pericolosamente, facendo sembrare la frase poco più che un sussurro.

È giovane. È *molto* giovane, cerco di ricordarmi. Io leggevo Jane Austen quando lui era ancora in fasce. Senza contare che esce con modelle stecchini dalla bellezza indiscutibile. Ne fanno almeno tre come quella, con una di me.

«Ok...», rispondo a disagio. Mi riprendo la mano e frappongo della sana distanza di sicurezza tra noi.

Non so se finga di non accorgersi della mia bizzarra reazione o se davvero non ci trovi nulla di strano. In ogni caso, va avanti per la sua strada. «Si fa così: schiacci qui e poi appoggi il dito. Dopo che si sarà accesa la luce verde, sarai libera di girare. E le piante sono... un po' ovunque, in effetti». Gli inglesi e il loro immotivato amore per il verde. «Questa è una dracena. È impossibile ucciderla».

Scommettiamo?

«Questo invece è un banalissimo Ficus Benjamin. L'amico Bengi è più complicato. L'acqua non deve essere né troppa né troppo poca. Direi che serve innaffiarlo due volte a settimana. Ma senza esagerare».

Sul suo tavolino di fronte al maxi schermo rubato a un cinema che lui ha scambiato per televisione giace un bonsai.

Io odio i bonsai. Dico davvero.

Qualcuno li ha allevati con cura per anni e poi arrivi tu e *puf*... morte certa. Schiattano sempre nel momento meno opportuno, i bastardi.

«E quello?», gli chiedo allarmata.

«Ecco, quella è davvero l'unica pianta a cui tengo. Ce l'ho da un sacco di tempo».

Appunto, come sospettavo…
«Senti, tu sei ricco, no?», gli domando sfacciata. «Voglio dire, devi esserlo per forza, se ti sei potuto comprare questo appartamento».
Mi osserva senza comprendere. «Hmm, sì… E allora?»
«Io, fossi in te, assumerei qualcuno con il pollice verde. Non dicevi di avere una donna delle pulizie? Può innaffiare lei le piante, no?»
«Potrebbe, ma ha la mamma malata in Messico e sfrutta la mia assenza per andarla a trovare».
Cacchio, ma le sfighe tutte a me?
«Poca acqua», continua a istruirmi. «Io gli parlo. Puoi farlo anche tu».
«Tu parli al bonsai?», ripeto incredula. Siamo nel 2017, Trump è presidente (anche se spero per molto poco, ancora), le rock star parlano ai bonsai. Mah… direi che ho dei solidissimi motivi per dubitare della modernità.
«Certo! Vieni qui che vi presento. Jimmy, vecchio amico, questa è Julie. Ha gentilmente accettato di prendersi cura di te durante la mia assenza».
Ma è pazzo oppure sono io che sto perdendo il lume della ragione?
«Ciao Jimmy, piacere!», replico accettando di stare al gioco.
Io sto ancora osservando con sospetto più che giustificato il bonsai, che Terrence è già passato oltre. «Bene, ora ci rimangono solo le orchidee».
No, no e no! Tutti sanno che le orchidee sono il fiore peggiore al mondo. Innaffiarle è un'esperienza frustrante! E appassiscono sempre, per motivi misteriosi che sfuggono alla comprensione umana.
«Quante sono?», gli chiedo allarmata, perché il plurale che ha usato suona ridondante.
«Hmmm, quindici. È una collezione». La cosa ridicola è che ha persino l'aria fiera. Cosa vuole, una medaglia?
«E dove le tieni?»

«In bagno», risponde senza esitazione.

Sbatto le palpebre confusa. Quel che è troppo è troppo. «No, fammi capire: tu tieni sul serio quindici orchidee in bagno? E perché?»

«Perché l'umidità gli piace», risponde assolutamente serio.

E sono le uniche. L'umidità a me fa infiammare il nervo sciatico. «Facciamo finta che non te l'abbia chiesto e che tu non mi abbia risposto, ok?», gli propongo scuotendo la testa.

Terrence ride di fronte alle mie espressioni stralunate. «Sei buffa, lo sai?»

«Certo che lo so! E tu lo sei e nemmeno sospetti di esserlo», gli rinfaccio.

«Oh, ma lo so anch'io, invece. È per questo che andiamo d'accordo», afferma con un sorriso scintillante.

«Ovvero, due strani fanno una persona normale?»

«No, in genere due strani fanno sempre e solo due persone strane. Ma almeno non si è da soli».

Punto di vista interessante. Credo che anche questo finirà in un mio libro. «Ok, uomo *non solo*. Mostrami il tuo bagno e la tua collezione floreale...».

Ride mentre mi fa strada. «In genere le donne mi chiedono sempre e solo di vedere la camera da letto», mi prende in giro con aria seducente.

«Perché hanno scarsa fantasia. E poi non sono *donne*», puntualizzo. Il tema mi sta particolarmente a cuore.

Lui mi osserva dall'alto della sua altezza statuaria con una strana espressione. «Non lo so. Non chiedo l'età precisa. L'unica cosa che mi sta a cuore è che siano maggiorenni», confessa candidamente.

«Be', dovresti iniziare a interessartene, invece...».

«Perché?», domanda incuriosito dalla mia espressione scandalizzata.

«Perché... perché è normale! Non è la prima cosa che si domanda, subito dopo il nome?»

«Come sei vecchia», mi rimprovera ridendo. «E non intendo

affatto per l'età, bensì per l'atteggiamento. Ormai i rapporti trascendono un concetto così banale come l'età...».

«Davvero?». La mia faccia è tutta un programma.

«Davvero», afferma fiero.

«E tu quindi usciresti con una della mia età?», domando con aria di sfida. Perché non ci credo nemmeno morta. Sì, è una di quelle cose che la gente blatera di questi tempi. Ma un conto è dirlo, altro pensarlo e ben diverso farlo. Un po' come i sondaggi elettorali e il voto vero e proprio.

«Dipende dalla persona. Ma di certo non ridurrei la scelta di uscire o meno con qualcuno a una mera questione d'età. E questo vale per le venticinquenni come per le trentenni. O anche quarantenni...», conclude a effetto.

«Adesso sono certa che ti stai prendendo gioco di me».

«Chi, io?»

«Tu, tu... e chi altri se no?»

«Va be', vorrà dire che non ci sarà nessuna torbida storia di sesso tra di noi. Però possiamo essere amici».

«Siamo già amici. Fin troppo. Ho appena acconsentito a innaffiare le tue stramaledette piante. Cosa vuoi ancora, un rene?»

«E chi può dirlo», ribatte allusivo. Salvo scoppiare a ridere come un matto un attimo dopo.

Capitolo 5

«Forza Audrey, tu che hai la voce più sensuale tra tutte noi, prova a dire qualcosa a Jimmy».

La mia amica mi fissa confusa. «E chi diavolo sarebbe Jimmy? Un gatto? Il pesce rosso?», chiede scandagliando con minuzia tutta la sala del mega attico, visibilmente impressionata.

«Ma che pesce! Questo affare qui…». E indico la pianta che troneggia su un bellissimo tavolino antico posto accanto al divano. Il fanciullo ha buon gusto.

«Cara mia, nel caso non te ne fossi accorta, *questo* non è un affare qualsiasi. È un bonsai. E non so se te l'hanno mai detto, ma i bonsai non ti possono rispondere».

Alzo gli occhi al cielo. Sono sconfortata e non abbiamo nemmeno iniziato con il giardinaggio in casa Graham. «Dille qualcosa», supplico Laurel. L'ho voluta al mio fianco perché sospettavo che Audrey mi avrebbe esasperato nel giro di cinque minuti. Mi ero sbagliata, a proposito: gliene sono bastati due.

«Oddio, Audrey in genere parla sempre a sproposito, ma a questo giro… Il bonsai non ci sente», si schiera Laurel.

«Questo non potete saperlo. L'unica certezza che abbiamo è che il bonsai è una pianta estremamente complicata. Poche storie, questo bastardo non deve schiattare. Terrence mi ha detto di parlargli, e noi gli parleremo», affermo determinata.

«Se ti sente davvero, non sarà tanto contento di essersi appena sentito chiamare bastardo, non trovi?», mi fa notare Audrey.

Sì, in effetti…

«Carissimo… *coso*…», riprovo avvicinandomi. Esattamente, come ho fatto a ridurmi così? Quand'è che la mia vita mi è del tutto sfuggita di mano? E quale sarà il prossimo passo, trasformarmi in una vecchietta che vive in casa con venti gatti? «Ti prego, non devi morire. Voglio dire, sei liberissimo di tirare le cuoia dopo che Terrence sarà rientrato, ma fino ad allora niente scherzi, intesi?».

Lui non mi risponde. Lo prendo per un sì.

«A proposito, dov'è andata la rock star?», vuole sapere Laurel, curiosa come al solito.

«A Los Angeles, dove vanno quelli come lui. La band si doveva incontrare con un DJ per una collaborazione o qualcosa di simile», ripeto fedelmente quello che mi è stato riferito.

«E tu ci hai chiamato perché hai paura di innaffiare da sola qualche piantina?», ride Audrey. «A proposito, è figo che tu possa entrare qui dentro con l'impronta stile James Bond…».

«È solo un allarme», cerco di limitare il suo entusiasmo. «Non eccitarti per niente».

«C'è penuria di orgasmi, cosa vuoi che ti dica», si presta allo scherzo.

«*Voi* avrete penuria. Se permettete, io me ne tiro fuori», ci fa subito notare Laurel.

«Vuoi sbatterci in faccia la tua vita sessuale?», domanda Audrey.

«Sì, veramente sì». E ride come una scema.

«Scusate, possiamo dimenticarci per un attimo degli orgasmi e tornare al problema più pressante?»

«Che sarebbe annaffiare tre piante? Senti Julie, versi un po' d'acqua… così… e poi passi alla prossima pianta. Tutto chiaro, no? Ciao Jimmy!», saluta alla fine il bonsai.

«Versi acqua così a caso?», chiedo mortalmente preoccupata.

«Non a caso. I bonsai hanno bisogno della giusta dose di umidità».

Osservo Audrey colpita. «Potevi anche dirlo prima che ne sapevi qualcosa di bonsai!», le rinfaccio con tono accusatorio.

«Avrei potuto, ma dove lo metti il divertimento di fronte alla tua faccia pietrificata...».

Lei e Laurel ridono come due matte mentre io mi allontano. «Se riuscite a smettere di ridere, di qua ci sarebbero le perfide orchidee».

Ma Audrey non pare affatto ascoltarmi, perché si dirige da tutt'altra parte. «Eh, non puoi andare dove ti pare!».

«Certo che posso», ribatte con la sua solita ostinazione. «Ti sto aiutando a innaffiare e quindi voglio vedere con i miei occhi come vive una vera rock star. Ho scritto a suo tempo libri su libri sulla categoria e non ho mai avuto modo di toccarne uno dal vivo».

Le lancio un'occhiataccia. «Come vuoi che viva? Come tutti gli esseri umani: respirando. E vediamo di chiarirci subito: tu non toccherai Terrence».

Pronuncio l'ultima frase in modo molto più minaccioso di quanto avrei voluto, tanto che Audrey si volta e mi osserva come se fossi impazzita. «Perché, nel caso saresti gelosa?», mi punzecchia. Temo di essere caduta appieno nella sua trappola. «Dovresti rilassarti, cara: stavo solo scherzando e poi non verrà mai a sapere che abbiamo messo il naso nelle sue cose. Certo, a meno che non abbia telecamere sparse in giro per la casa, nel qual caso...». E si mette a salutare con la mano.

«Oddio, hai visto una telecamera?», chiedo orripilata.

«No, scema. Però non si sa mai. Saluta anche tu».

Giuro, sono sul punto di strozzarla. «Ti prego Laurel, dobbiamo trovarle assolutamente un uomo. Qualcuno che a forza di orgasmi le faccia dimenticare tutto il resto. Io non la reggo più da quando è entrata in questa fase di privazione sessuale».

«In effetti dovrei rimorchiare qualcuno a caso», riflette fingendosi seria. «Questa mancanza di sesso finirà per uccidermi». E noi insieme a lei. «Be', nel frattempo vediamo com'è la camera da letto del famoso Terry Graham…».

Spalanca la prima porta che incontriamo nel corridoio prima che io possa bloccarla, anche di peso. E siccome il karma gioca sempre a suo favore, si tratta proprio della camera da letto.

«Non possiamo!», la richiamo.

«Possiamo, possiamo…».

«Laurel, dille qualcosa».

«In effetti, Audrey, non mi sembra il caso», conviene per una volta la mia amica.

«Perché tu hai già una vita piena. Io no. Quindi mi riduco a frugare tra le cose della gente che nemmeno conosco».

Frugare??? «Qui nessuno frugherà da nessuna parte!». Il mio tono è così definitivo che per una volta Audrey si blocca pensierosa.

«Solo un cassetto. Scegli tu… Forza, dimmi quale», mi propone indicandomi il comodino di legno scuro posto accanto al letto. Un letto enorme, a proposito.

Non voglio pensare cosa ci faccia sopra, non voglio pensare… ah, va be', un pensiero non ha mai ucciso, no?

«Un cassetto e usciamo di qui al volo, intesi?»

«Ma certo. Un patto è un patto. Per chi mi prendi?», osa persino indignarsi.

Indico quello in mezzo. Sarà vuoto. Spero. Si è trasferito da poco, cosa diavolo vuoi che abbia lì dentro?

Audrey non perde tempo e si avvicina per aprirlo. «Ahhh!», esclama poi, positivamente colpita.

«Cosa c'è? Cosa hai visto?». Sia Laurel che io ci sporgiamo nella sua direzione, perché a questo punto la curiosità ha contagiato anche noi. Dentro al cassetto c'è un mare di preservativi – dimensione extra large (come avrei preferito non venirlo mai a scoprire…) – e un vibratore lucente.

«Richiudi subito quel cassetto!», intimo ad Audrey. Che stranamente esegue. «Non avremmo mai dovuto ficcare il naso in cose che non ci riguardano».

«Hai capito, il ragazzo... Vibratori! Secondo voi è per lui o per le sue partner?»
«Audrey!», esclamo terribilmente a disagio.
«Perché ti scaldi tanto? È solo un vibratore...».
Evito di risponderle perché sarebbe tutto fiato sprecato. Ormai è partita per la tangente. «Certe volte mi chiedo quale ipotetica perversione sarebbe in grado di far arrossire te...».
«La scoperta di una vocazione tardiva e il farsi suora?», ipotizza Laurel.
Audrey scoppia a ridere.
«Adesso vediamo di non esagerare con le cose di difficile realizzazione. No, pensavo più che altro a qualcosa come perdere la testa per un uomo che non vuole portarsela a letto».
«E perché non dovrebbe volerlo?», interviene la diretta interessata.
«Cosa ne sai, potrebbe voler aspettare il matrimonio», le preannuncia Laurel.
Questa volta Audrey quasi soffoca dalle risate. Ma com'è che dicono sempre? Ride bene chi ride ultimo...

Le malefiche orchidee sono tutte vive quando Terrence rientra a New York. Perché, per quanto ad Audrey piaccia fare la deficiente, in realtà di piante se ne intende. E io l'ho chiamata per questo.
Lei pensa sempre che la gente non faccia caso a tutto quello che esce dalla sua bocca, e forse quando si tratta del sesso maschile può essere vero – è troppo appariscente perché gli uomini possano concentrarsi sia sulle sue parole che sul suo aspetto – ma noi amiche sappiamo andare oltre. Anche quando lei si ostina a far vedere sempre e solo una certa facciata.
Inoltre, per il rientro del suo padrone anche il bonsai è in splendida forma. Motivo per cui sto digitando con grande soddisfazione sulla mia tastiera, in attesa di udire i famosi passi sopra la mia testa.
Mi sforzo di smettere di pensare al giovane rockettaro e

torno a concentrarmi invece sul duca, che ha litigato pesantemente con Lady Eleonor. Per una volta, incredibile ma vero, non è neppure colpa sua. Lei si è messa in testa che lui si sia proposto di sposarla solo perché si sente in obbligo e non per reale desiderio e non vuole sentire ragioni. Noi donne sappiamo essere cocciute fino allo sfinimento, di tanto in tanto.

Drin!

Drin! Drin! Drin!

Sorrido mio malgrado, perché ormai Terrence ha un modo distintivo di annunciarsi. È grave che io riesca a riconoscere il suo tocco sul campanello?

Mi alzo dalla sedia e mi impongo di non correre, perché sarebbe davvero patetico. E per quanto mi sia già lasciata andare a comportamenti pietosi – quasi un decennio di convivenza con un verme – mi piace pensare di essere diventata più saggia con il tempo. La mia età deve pur avermi insegnato qualcosa, no?

«Eccoti!», esclamo stranamente imbarazzata, dopo aver aperto la porta. Da piccola sono stata piuttosto timida, ma pensavo di aver superato il problema. Sono una donna di mondo, no? Voglio dire, scrivo libri con vere scene di sesso. No, non saranno estreme come quelle di Audrey, ma è buon vecchio sesso. Quindi, perché diavolo sto arrossendo?

«Eccomi!», conferma lui ridendo, imitando il mio tono un tantino troppo enfatico. Ha addosso una felpa nera con il cappuccio ben calato sulla testa ma è innegabilmente lui.

Apre le braccia e rimane in attesa. Cosa vuole che faccia esattamente? Che lo abbracci?

A giudicare dalla buffa espressione che gli si è dipinta sul viso, si è pentito quasi subito del gesto istintivo. Ma ormai l'ha fatto e abbassare le braccia significherebbe dargli un significato che invece non ha. L'attesa si prolunga fino a diventare comica. Per non dire tragicomica.

Nei libri queste cose non succedono mai. In genere l'abbraccio non solo fila liscio come l'olio, ma identifica pure un momento di svolta: gente che si abbraccia come non avesse fatto altro tutta la vita, gente che si confessa le cose più improbabili spinta dall'emozione. Be', questa invece è vita vera, qui l'abbraccio pare solo destinato a creare imbarazzo. E ancora non c'è nemmeno stato.

«Non mordo…», mi fa notare ridendo.

«Sì, lo so».

«E l'anno scorso hanno messo all'asta un mio abbraccio per una causa benefica. Vuoi sapere che cifra ha raggiunto?».

No, chiaramente. L'ignoranza ogni tanto ha una sua ragion d'essere.

Alzo gli occhi al cielo di fronte alla sua frase sfacciata ma mi sporgo comunque in avanti per abbracciarlo. Giusto per finirla qui.

Le sue braccia si stringono attorno a me in modo buffo, come se, pur nell'abbraccio, entrambi avessimo paura di avvicinarci realmente uno all'altra.

«Allora, tutto bene?», mi chiede dopo che ci siamo riappropriati con grande gioia dei nostri rispettivi spazi.

«Le piante sono vive», mi preme informarlo subito, non senza una punta d'orgoglio.

Terrence mi sorride. «Non l'ho mai dubitato…».

Lui magari no. Ma io sì.

«Be', bel viaggio?»

«Produttivo più che altro. E tu? Tutto bene?».

Tutta questa gentilezza finirà per ucciderci prima o poi.

«Certo. Sono quasi alla fine del mio libro. Devo solo convincere una donna cocciuta ad accettare la mano di un pover'uomo. Anche se non è realmente povero…».

«L'argomento mi interessa: come si convincono le donne cocciute?», mi chiede ridendo.

«Nei libri? Di solito con una dichiarazione e un anello degni di nota».

«E nella vita reale?»

«In genere un grosso anello tende a funzionare anche nella vita reale. A meno che tu non sia una rock star, nel qual caso le ragazzine probabilmente si lanciano direttamente ai tuoi piedi senza necessità di grandi cerimonie...».

«Quindi è un bene che io lo sia», scherza, appoggiandosi allo stipite.

Anche se, ora che ci penso, probabilmente dipende dal fatto che non l'ho invitato realmente a entrare... Mi sposto, indicandogli il corridoio con la mano.

Terrence scuote la testa. «Grazie ma devo andare. Sai, disfare i bagagli, iniziare a scrivere qualche canzone...». Pare sinceramente dispiaciuto, ma può darsi che me lo stia immaginando. Voglio dire, non mi sono accorta di dormire con un uomo che mi cornificava da anni. È evidente che non sono molto perspicace.

Ricaccio in gola l'immotivata delusione e gli sorrido. D'altronde, è assolutamente normale che non voglia passare con la sua decrepita e sfigata vicina di casa più tempo di quello strettamente necessario. Al suo posto nemmeno io lo farei.

«Temo che da adesso in poi dovrai usare le famose cuffie», si scusa.

«Nessun problema. Altrimenti per cosa me le hai comprate a fare?», ribatto.

«Già... Be', io vado...».

Ma invece rimane lì, come se il pavimento del mio pianerottolo fosse stato cosparso di colla. Sembra indeciso se aggiungere qualcos'altro o meno. Alla fine apre la bocca ma non fa in tempo a farne uscire alcun suono, perché in quel preciso istante l'altra mia vicina, alias la vecchietta più acida dell'intera penisola di Manhattan, come evocata per magia, compare sull'uscio di casa e ci osserva sospettosa. Lo è sempre, sia chiaro. Un anno e mezzo che abito in questo palazzo e un anno e mezzo che mi scruta come se volessi ucciderla nel sonno.

«Signorina Berry», la saluto sforzandomi di mantenere un tono cordiale. Gente come lei mette *davvero* a dura prova la mia normale impassibilità.

Terrence si volta quanto basta per sorriderle. Sono pronta a scommettere che richiuderà la porta e che scapperà terrorizzata, quando invece avviene l'impensabile: gli sorride anche lei.

Diciotto mesi che sono qui e mai nemmeno un tentativo di essere cordiale.

Con me.

Con Terrence pare che sia tutt'altra storia.

«Signorina Berry, questo è Terrence Graham, il nostro nuovo vicino. Abita da poco al piano di sopra», faccio le presentazioni.

«Ah», esclama, avvicinandosi per osservarlo da vicino. «Per un attimo ho pensato che si fosse trovata un uomo...».

Stringo i denti e sopprimo la tentazione di risponderle a tono. Voglio dire, non si può mandare al diavolo una vecchietta di quasi novant'anni, vero?

«No. Sempre felicemente single». E le sorrido. Se non sai cosa fare, uccidili con la simpatia.

Lei mi lancia un'occhiata affatto convinta, poi sposta lo sguardo su Terrence e torna a sorride. Perché lui sì e io no? «Giovanotto, le dispiacerebbe dare un'occhiata alla mia televisione? Non funziona e non capisco cosa diavolo abbia», gli domanda sfacciata.

Gli va riconosciuto di non esitare nemmeno per un attimo. «Ma certo».

«Sarai stanco», intervengo nella speranza di liberarlo. «Signorina Berry, posso benissimo farlo io», mi offro con un entusiasmo non proprio palpabile.

Lei mi scruta come se mi fossi bevuta il cervello. «No. Sistemare la televisione è un lavoro per uomini», insiste.

Terrence fa fatica a trattenere una risata di fronte alla mia espressione sdegnata. «Signorina Berry, non esistono più lavori maschili e femminili, si deve saper fare tutto...», cerco di perorare la mia causa.

«Sciocchezze. Manca poco e voi femministe di ultima generazione cercherete di convincerci che gli uomini siano persino in grado di partorire». Il modo in cui pronuncia "femministe" nasconde una chiara inflessione sarcastica. «Se proprio non avessi avuto scelta, avrei chiesto a lei. Ma ora ho un'alternativa», conclude soddisfatta.

«Per carità, facciamo come vuole lei», cedo alla fine, alzando le mani in segno di resa. Mia madre ripeteva sempre, quando ero più piccola, riferendosi sfacciatamente alla suocera, che con le persone di una certa età fosse impossibile ragionare.

La signorina Berry sorride soddisfatta.

«Vieni anche tu?», mi chiede Terrence. Sotto sotto deve essere meno sereno di quel che vorrebbe dare a vedere, all'idea di seguire miss Acidità nel suo appartamento.

Annuisco. Perché sono gentile.

Ok, gentile e maledettamente curiosa, a questo punto. Non ho mai e dico mai messo piede nell'appartamento della mia vicina. Eppure ho fatto tutto secondo le regole, quando mi sono trasferita: le ho portato dei dolcetti, quando ho bussato per presentarmi la prima volta. Mi pareva un bel gesto, un modo per farmi accettare. La sua risposta? Mi ha detto che non si possono portare dolci – preconfezionati e non preparati da me, per di più ricchi di zucchero – alle persone di una certa età, a meno che non le si voglia uccidere. Ricordo di esserci rimasta così male, da non aver saputo cosa ribattere. A quel punto lei mi ha richiuso la porta in faccia, segnando per sempre le sorti del nostro rapporto.

Prendo le mie chiavi, chiudo la porta e seguo Terrence e miss Simpatia nella grotta del nemico. L'appartamento della signorina Berry è esattamente come ce lo si potrebbe aspettare: floreale e uscito da una rivista degli anni Cinquanta. Non che il mio denoti chissà quale gusto, ora che ci faccio caso... Forse, alla sua età, arriverò anch'io ad avere un ridicolo arredamento fuori tempo massimo.

«Non capisco perché non voglia accendersi», sta spiegando a Terrence. «Ho seguito passo per passo le solite istruzioni». Così dicendo, afferra un foglio dal tavolino, mostrandoci le istruzioni che, scritte in lettere cubitali, indicano tutti i passaggi per arrivare ad attivare Netflix. Il foglio è quasi giallo, da quanto è stato consumato.

E così, di fronte all'evidenza di come sia difficile vivere soli a una certa età, toccata nel profondo da una banale riga che dice "Premere il tasto rosso per l'accensione", mi sciolgo. La signorina Berry è l'ultima donna del mondo che si meriterebbe un moto di tenerezza da parte mia, ma tant'è. Non posso farci niente. E poi offendersi non è comunque nella mia natura.

«Signorina Morgan, mentre il bel giovanotto sistema la televisione, cose ne dice di aiutarmi a pulire queste mele?», mi incastra, indicandomi la tonnellata di frutta presente sul tavolo della cucina.

Forse, ora che ci penso, l'antipatia potrebbe fare in tempo a tornare...

Zen, devo essere zen, mi ripeto mentre le sorrido a fatica e mi siedo per fare quello che mi è stato chiesto. Afferro il coltellino con cui la vecchietta aveva iniziato a pulire le mele e vado avanti a sbucciarle. Stava facendo molta fatica, a giudicare dallo stato in cui versano le due mele già pulite.

Nel frattempo la nostra rock star in incognito sta sistemando cavi e collegamento Internet della vicina. Vorrei far notare che si è tolto il cappuccio dalla testa e che la signorina Berry non ha battuto ciglio di fronte ai suoi capelli bicolor. Fossero stati i miei, sarebbero seguite critiche senza fine.

E non sono certo una guardona, ma a un certo punto Terrence si è sporto sopra la televisione, sollevando la sua maglietta e rivelando parecchi centimetri di pelle. Se non altro, non ha tatuaggi nella parte inferiore della schiena. Non ho notato boxer o slip di sorta. Che sia il tipo di persona che proprio non li porta?

«Non è molto veloce», mi richiama la signorina Berry.

«Cosa? Ah, no, sono un mezzo disastro in cucina», le confesso senza problemi.

«È per questo che non trova marito», ritorna con prepotenza sul suo argomento preferito.

Esasperata, poso il coltello. Non vorrei che mi venisse l'infantile ma molto appagante impulso di lanciarlo nella sua direzione. «Signorina Berry, non per essere cattiva, ma non trova che sia ipocrita criticarmi se si trova nella mia stessa situazione?». E pure alla sua età?

La vecchietta, quaranta chili al massimo, aguzza gli occhi con fare realmente intimidatorio. Deve essere stata una serial killer in gioventù.

«La mia è stata una scelta», ribatte piccata.

«E anche la mia lo è».

L'evidente animosità viene interrotta dal santo Terrence. «Signorina Berry, venga qui un secondo...».

Lei parte più veloce di un cane che deve riportare la pallina al padrone. «Chiamami Barbara», gli dice affabile. Scuoto la testa e alzo gli occhi al cielo.

«Be', Barbara, cosa ne dici di provare ora?». Il ragazzo è davvero capace di sedurre donne di tutte le età, a quanto pare.

Poco dopo, la mia vicina scoppia a ridere e ad applaudire. «Meraviglioso! Grazie mille! Come sostenevo, si trattava di un lavoro *per uomini*». Perché ho il vago sospetto che l'ultima frase sia rivolta a me? «Signorina Morgan, a che punto è invece con il suo lavoro da donne?».

Pazienza, pazienza, pazienza...

«Procede tutto meravigliosamente», le rispondo con molta faccia tosta. «Scusi, ma cosa ci deve fare con tutte queste mele?»

«Una torta, no?»

«Ah, quindi, nonostante lei cucini, non è comunque riuscita ad accalappiare un uomo», mi sfugge inavvertitamente.

Ok, non è vero: inavvertitamente un corno…

La padrona di casa finge di nuovo di non sentirmi.

Terrence ha finito di sistemare i cavi, si è avvicinato al tavolo e ride di fronte alla mia uscita. «Hai bisogno di una mano?», mi chiede gentile.

Sospiro: cosa sono diventata, il nuovo caso geriatrico? Risolto uno si passa all'altro?

Apprezzo il gesto, ma c'è un limite a tutto. «No, lascia perdere. Tu hai portato a compimento il tuo lavoro e io voglio fare altrettanto con il mio. E poi ho sentito dire che i musicisti quasi non prendono in mano coltelli per non rischiare di tagliarsi. Una volta ho letto un articolo su un famoso pianista che si faceva tagliuzzare il cibo nel piatto peggio di un bambino, per evitare incidenti».

Terrence mi fissa incredulo. «Scommetto che era un musicista classico. Comunque, non mi taglierò», ribatte certo, voltandosi per recuperare un coltello e afferrando una mela, che poi procede a sbucciare a tempo record. Per la cronaca, non solo è veloce, ma è molto, molto più bravo di me. Non che ci voglia molto, sia chiaro.

La cosa non sfugge alla signorina Berry, che è sorda e cieca in modo del tutto selettivo. «Ecco, lui potrebbe tranquillamente trovare una fidanzata, se lo volesse».

«Barbara, lui colleziona fidanzate come io colleziono magliette improponibili», mi tocca aprirle gli occhi.

«Barbara? Continui pure a chiamarmi signorina Berry, grazie. Non ci conosciamo abbastanza da permetterci tutta questa familiarità, non trova?»

«Trovo, trovo…», borbotto stile pentola di fagioli. Al mio fianco Terrence sta morendo dalle risate.

Come se la mia situazione non fosse già sufficientemente difficile, un enorme gatto arancione del peso di una tonnellata arriva correndo da non so bene dove e spicca il volo, conficcandomi le unghie nel braccio.

«Ma che diavolo!», esclamo presa alla sprovvista. Ero del tutto all'oscuro che Barbara, la torturatrice di scrittrici, avesse un animale domestico.

«Attila, buono caro», lo placa la padrona. «Non so cosa gli prenda, in genere è così amabile...».

Certo, al pari della vecchietta. Accoppiata perfetta.

Il malefico felino a quel punto salta in braccio a Terrence, accoccolandosi perfettamente sul suo grembo. Ma questa sarebbe una congiura?

«I gatti mi amano», non si fa problemi a confermarmi.

«I gatti, le piante, le donne...», mormoro a bassa voce, nella speranza di non farmi sentire. Ma dalla sua espressione divertita direi di non esserci riuscita.

Andiamo avanti a sbucciare, mentre Barbara inizia a tirar fuori dalla dispensa vari ingredienti e a mescolare l'impasto della torta. È straordinariamente veloce e precisa. Se fosse più simpatica e disponibile, potrei forse chiederle di insegnarmi qualcosa. Non che creda alla storia che gli uomini vanno presi per la gola, però, a questo punto, non voglio più lasciare niente al caso.

«Mi guardi e cerchi di imparare qualcosa», mi richiama, come se fosse stata in grado di leggermi nel pensiero. «A centottanta gradi per quarantacinque minuti», mi istruisce, richiudendo con un colpo secco il forno. «E mentre aspettiamo che la torta sia cotta, potremmo guardare qualcosa in televisione».

La proposta coglie del tutto impreparati sia Terrence che me, che mi scruta confuso, non sapendo bene come tirarsene fuori. «Veramente... signorina Berry, Terrence è appena tornato da un viaggio di lavoro. Sarà stanco morto. Direi che dobbiamo lasciarlo andare».

La mia vicina tenta di mascherare la delusione. Ma fallisce. Questa non me l'aspettavo proprio. «Ma certo, certo... Capisco. Ci mancherebbe...», mormora.

L'espressione affranta non deve essere sfuggita nemmeno a Terrence, che le si rivolge con fare rassicurante. «Sono stanco, è vero, ma non così tanto da non poter attendere per assaggiare la torta. Cosa vorrebbe vedere, Barbara?», le chiede, alzandosi dalla sedia con Attila sempre in braccio. Quelle lunghe dita affusolate accarezzano ripetutamente il pelo fulvo dell'animale, che emette un chiaro suono di soddisfazione. Lo farei anch'io, se fossi al suo posto.

La signorina Berry impiega mezzo secondo per passare dalla delusione alla gioia. «Pensavo a un grande classico!», è veloce a rispondere.

«Ah, anche a Julie piacciono i classici», le svela Terrence facendomi l'occhiolino.

E con questo cosa vuole dire? Che ha letto sul serio il mio libro? O che si è limitato all'introduzione?

Non sapendo bene cosa fare, mi alzo anch'io dal tavolo e li raggiungo davanti alla televisione. Dal momento che la mia vicina ha preso possesso di quella che desumo sia la sua postazione personale, a me e Terrence non rimane che sederci sul divano di lato. Non mi sfugge come in realtà anche questo sia un segno di solitudine: la poltrona piazzata di fronte alla televisione, al posto del solito divano, è un chiaro indizio che in questa casa vive una persona abituata a fare tutto da sola. Nessuno con cui condividere un film, una torta, un gatto. E a proposito di gatto, pare che Attila non abbia la minima intenzione di mollare Terrence. Apre un occhio giusto il tempo di lanciarmi un'occhiataccia di avvertimento e poi torna a fare le fusa, accarezzato a dovere dall'uomo che mi è seduto accanto.

«Cosa ne dite di… *Il letto racconta*?», ci propone la signorina Berry.

La mia espressione turbata deve essere piuttosto evidente, perché la donna mi scruta in cagnesco. «È una commedia con Doris Day e Rock Hudson», puntualizza.

Per un attimo ho avuto paura. «Rock Hudson aveva il suo perché», commento. «Spalle notevoli».

«Ma non era gay?», si intromette Terrence.
Uomini...
«Non stiamo a sottilizzare... Era comunque notevole».
«Già: alto, muscoloso, moro», interviene Barbara. Pare che alla fine ci siamo trovate d'accordo su qualcosa. Abbiamo dovuto scomodare niente poco di meno che Rock Hudson per riuscirci.
«Motivo per cui io ho pensato bene di essere moro e biondo insieme. Così accontento tutte», mi spiazza Terrence.
La signorina Berry ride divertita. Io alzo gli occhi al cielo.
«Siete pronti?», ci chiede.
Un veloce cenno del capo da parte di entrambi, il telecomando in mano a Terrence e la visione ha inizio. Mi ero dimenticata di questo splendido film: Doris Day è al suo massimo splendore. Elegante ma con vestiti colorati, per non parlare del suo stupendo appartamento dai toni pastello. Lo so, può sembrare un'affermazione azzardata, ma sospetto che mi sarei sentita a mio agio negli anni Cinquanta...
Siamo arrivati giusto a metà del film, quando il timer del forno ci interrompe. Barbara si alza dalla poltrona per sfornare con efficienza la torta di mele, il cui odore divino ha nel frattempo invaso tutto l'appartamento, servendo a ognuno una fetta. Quella di Terrence è enorme, la mia decisamente meno.
«Per la linea», ha il coraggio pure di sottolineare. «E non abbia tutta questa fretta: anche i muri sanno che le torte vanno lasciate raffreddare».
Sono costretta ad allontanare il piattino. «Grazie...», le sorrido acida.
Parliamo del più e del meno mentre attendiamo di avere il suo benestare per mangiare. Inutile a dirsi, impiego molto meno tempo degli altri per finire la mia fetta. Una volta che tutti hanno terminato, mi offro di lavare i piatti.
«Non so come ringraziarvi, ma ora devo andare a dormire», ci informa Barbara serissima.

«Ah...», commento un po' delusa. Non che la sua compagnia fosse chissà quanto brillante, ma il film era divertente. Volevo scoprire come sarebbe andata a finire. Ogni scrittrice di rosa che si rispetti non può che sciogliersi come neve al sole di fronte a una vecchia commedia romantica. Anzi, rettifico, *questa* scrittrice. Audrey avrebbe di certo di che lamentarsi...

«La lasciamo al suo riposo», acconsente subito Terrence, spostando Attila dal suo grembo al divano. Il gatto non pare esserne molto felice.

Salutiamo entrambi Barbara e ci ritroviamo di nuovo sul pianerottolo, che è stato eletto a luogo di grandi incontri e profondi discorsi.

«Gente interessante in questo palazzo», commenta con un sorriso.

«Sono inclusa nella categoria?»

«Sì, ma nel migliore dei sensi», cerca di addolcirmi.

«Scommetto che lo diresti anche alla tua amica Barbara...», lo punzecchio.

«Barbara ha chiaramente buongusto in fatto di uomini».

«*Uomini*... vediamo di non esagerare...».

«Sospetto che tu non faccia altro che rinfacciarmi la mia età solo perché non hai altre armi contro di me...», ride.

«Perché, è una guerra? Devo fare scorta di munizioni?», gli domando sinceramente curiosa.

«Non lo so. Non l'ho ancora capito», mi confessa dopo qualche istante, più serio di quello che mi sarei mai aspettata.

«A scanso di equivoci, vorrei precisare di essere da sempre una pacifista».

«Sono tempi agitati, cara la mia pacifista...».

«Intendi politicamente?»

«Intendo tutto. Qualche volta non hai l'impressione di non riuscire più a capire la direzione che sta prendendo questo mondo?», mi chiede.

Ah, giovani e idealisti... «Se ti dicessi che ho smesso di cercare di capirlo mi prenderesti per cinica?»

«Tu non sei cinica», afferma senza battere ciglio.
No, non lo sono. E mi colpisce che lo abbia capito dal poco tempo che abbiamo passato insieme. «Dài, hai una faccia stravolta. Va' a casa ora», decido di troncare la conversazione.
Lo prendo per un braccio e cerco di indirizzarlo verso la scala. Sotto quella sua felpa è fastidiosamente granitico, tanto che il mio intento cade del tutto nel vuoto. Ritraggo la mano, quasi scottata. «Santo guacamole...», mormoro impressionata.
Terrence mi osserva ridendo. «Hai davvero detto santo guacamole?», chiede incredulo.
«Sono buffa anche nelle esclamazioni, che puoi farci. E lo ridirei pure, a patto di poter tastare anche l'altro braccio!». Lo so, sono spudorata. È evidente che anch'io mi sto avvicinando pericolosamente all'età per cui ci si sente vecchi abbastanza da potersi permettere di dire tutto. O quasi.
Si sposta quanto basta affinché io possa fare esattamente quello che ho avuto la faccia tosta di chiedergli. Si sfila parzialmente la felpa, quasi invitandomi a toccare la sua pelle.
Sono fuori di testa, ma non così tanto, motivo per cui sollevo di nuovo la mano ma mi accontento di toccare il suo bicipite attraverso il morbido cotone della maglietta.
«Madre di tutti gli unicorni...».
La sua risata parte a razzo. «Vale anche il contrario? Posso palpeggiarti a mia volta nel bel mezzo del pianerottolo?», mi domanda a fatica, scosso dalle risate.
Ritraggo la mano, non senza una certa dose di dispiacere. «No, certo che no! Il nostro non è assolutamente un rapporto alla pari. Non riesco proprio a capire chi ti abbia potuto mettere in testa certe cose...».
«Scusami, errore mio», sogghigna osservandomi con una palese luce di divertimento negli occhi.
Sono sempre stata una donna che si presta allo scherzo, ma con Terrence questa mia caratteristica è arrivata a livelli finora inesplorati. E sarà l'età o il fatto che lui sia così differente

rispetto a qualsiasi maschio conosciuto finora, ma in sua compagnia mi posso permettere il lusso di dire praticamente tutto quello che mi passa per la mente. Altri mi troverebbero matta da legare, lui invece pensa che sia spassosa.

Se solo fossi un po' meno cosciente del suo aspetto, maledizione...

«Va' a dormire», gli ripeto un'altra volta, perché all'improvviso sento che è assolutamente necessario che si tolga di torno, in modo che possa finirla con le sciocchezze.

«Vado, vado...», pare finalmente acconsentire.

Salvo tornare subito indietro.

Questo pianerottolo deve avere qualcosa di strano. «Senti, domani sera vieni a cena da me?», mi chiede a bruciapelo.

«Chi, io?». La mia confusione deve essere piuttosto palpabile.

«Sì, tu», conferma con un sorriso. «Ci sono altre persone qui?».

Invece di ringraziare o rispondergli, decido di interrogarlo a mia volta. «Perché?», chiedo con forte sospetto.

La sua espressione risoluta mi fa pensare che si aspettava di doversi giustificare. «Per ringraziarti di esserti presa cura delle piante».

Risposta logica.

Da perfetti vicini di casa.

Smetto di trattenere il respiro. Ora è tutto più chiaro. Nonché rassicurante. Perché ci mancava solo che uno come Terrence Graham si mettesse a invitare a cena una come me. Una che indossa con una certa fierezza un maglione rosa pastello con sopra la Bella Addormentata.

«Ma non devi. Mi hai già ringraziato a voce. E poi avrai di certo di meglio da fare...». Provo a sottrarmi all'invito.

«No, non ho niente da fare», ribatte con tono alquanto perentorio.

«Anche se non hai niente da fare, avrai gente più interessante da frequentare...», riprovo.

«No». Questa volta la sua voce è ancora più determinata. Credo di aver appena scoperto quanto sia difficile convincerlo del contrario, quando si mette in testa qualcosa.

«Be', in questo caso...», cedo. Non mi è venuta in mente nessun'altra scusa.

«Ottimo. Cosa vuoi mangiare?», mi chiede rallegrandosi subito.

«Perché, tu cucini?».

Se mi risponde in modo affermativo, faccio harakiri sul pianerottolo, giuro.

«No. Ma ordino molto bene il cibo d'asporto. Immodestamente, sono il numero uno nel selezionare ristoranti...», si vanta tronfio. «Quindi, cosa vorresti mangiare? Non hai che l'imbarazzo della scelta».

«Hmm, non so....», prendo tempo. Dovrei rispondere l'insalata. «Magari pollo fritto?», azzardo, incapace di resistere alla tentazione.

Game, set e match per il fritto, che ama vincere facile contro l'insalata.

Terrence corruccia in modo piuttosto adorabile le sopracciglia. Ho capito, non dovevo dire pollo fritto...

«O anche altro, se preferisci!», mi affretto ad aggiungere.

«No, no, il pollo fritto è perfetto. Alle sette, ok? Sali da me?».

Annuisco. Non so bene cos'altro dire. Mi sento totalmente mortificata.

Mentre lo osservo salutarmi con la mano e voltarsi indietro, non posso fare a meno di darmi dell'idiota. Il pollo fritto... dirà che sono una sfigata totale.

Cosa che in effetti sono, ora che ci penso.

Capitolo 6

Mi vergogno un po' ad ammetterlo ma ero sul punto di chiamare Laurel e farmi consigliare cosa indossare per questa cena. Ho desistito solo perché sapevo che la mia amica avrebbe ingigantito oltremisura l'invito. E perché in verità mi infastidisce anche solo l'aver preso in considerazione l'idea di mettermi addosso dei vestiti meno ridicoli del mio solito. Punto primo, io *sono* piuttosto ridicola e, punto secondo, cambiarsi e scegliere qualcosa di più adatto avrebbe indicato un interesse.

Che non c'è.

Mi pare ovvio.

La ragione di questa cena è alquanto banale: io non ho ucciso le piante di Terrence e lui vuole ringraziarmi. Ho un vicino di casa gentile, tutto qui. In fin dei conti non c'è niente di eccezionale in un comune pasto a base di pollo fritto.

Se non fosse che quello su cui ho appena posato gli occhi non è la robaccia che mangio di solito, inzuppata nell'olio geneticamente modificato che dalle nostre parti si ostinano a definire "a norma". No, è invece un pollo dall'aria così succulenta e così perfetta che pare finto. Lo so che è stato fritto, ma quasi non si direbbe, a giudicare dall'impanatura leggera.

«Da dove arriva questa cena?», chiedo diffidente al padrone di casa, dopo che ci siamo accomodati a tavola.

Lui solleva quei suoi occhioni azzurri e mi sorride tutto tronfio. Perché sa di aver fatto canestro. E pure da tre punti. «Io non rivelo mai i nomi dei miei pusher».

«Come può del semplice pollo avere un aspetto così invitante?», borbotto quasi seccata.

«Può, eccome. Mordi», mi ordina, avvicinando una coscia dal profumo indecente alla mia bocca. C'è gente che va in estasi di fronte al caviale o al tartufo, e poi ci sono quelli dai gusti molto più plebei, come me, appunto.

Il mio naso riconosce subito l'odore e il mio stomaco emette un suono così forte che è inutile fingere che non sia successo. Terrence mi sorride con maggiore convinzione mentre attende che… non so, che io morda la coscia direttamente dalla sua mano?

«Posala nel mio piatto e forse lo farò».

Finalmente si decide a fare come richiesto e si allontana. Sto per emettere un sonoro sospiro – tanto, peggio di così… – quando afferra il suo piatto e ritorna sui suoi passi per sedersi accanto a me invece che di fronte. Questo tavolo è piuttosto lungo e francamente la distanza mi sarebbe stata d'aiuto.

Terrence mi osserva curioso, come in attesa. Impiego del considerevole tempo per comprendere che vuole vedermi assaggiare lo stramaledetto pollo.

Afferro la coscia e la mordo con decisione. Ho sempre avuto uno sdoppiamento di personalità: principessa Disney da un lato, camionista dall'altro. La camionista non ha nemmeno preso in considerazione l'utilizzo delle posate, temo.

Il sapore esplode quasi subito nella mia bocca, perché questo pollo è così buono che farebbe piangere gli angeli. Dico davvero, non so come lo abbiano cotto ma è il caso che continuino così, perché all'interno è tenerissimo e succulento, con la crosta croccante e saporita. Il contrasto è perfetto. Meraviglioso. Paradisiaco. E io sono una donna che non ha un orgasmo decente da un sacco di tempo e questo cibo godurioso potrebbe sul serio causarmene uno.

Emetto prima un mugugno di piacere e poi un altro. E tutto questo mentre il sorriso del padrone di casa si allarga sempre di più.

«Smettila di fissarmi e mangia», gli intimo perentoria.

«Perché, essere osservata ti toglie l'appetito?», mi prende in giro.

«No, evidentemente», gli rispondo addentando un secondo pezzo di carne.

Ride mentre si serve a sua volta. «Patatine fritte?», va avanti a tentarmi.

Mi pare evidente che questa passerà alla storia come la serata in cui non sono riuscita a resistere alla minima tentazione. Perciò mi servo delle patatine, con abbondanza. Il ragazzo frequenta le modelle stecchino, è probabile che non abbia mai visto una donna mangiare sul serio. Cenare con me deve essere per lui come guardare un documentario. Diciamo che il realismo non manca.

«Osservarti assaporare il cibo è quasi più divertente che mangiare...».

«È solo il fattore novità: la tua ragazza sarà costretta a mangiare sempre e solo insalata», mi sfugge prima che io abbia modo di riflettere sulla frase.

Solleva la testa e mi scruta confuso. «La mia ragazza?»

«Ma sì... Non esci con una modella o roba simile?», mi tocca salvarmi in corner, cercando di minimizzare l'uscita infelice.

«Roba simile?», ripete ridendo.

«Non so perché mi hai invitato, se ti diverte tanto prendermi in giro...».

«È proprio perché mi diverto, veramente».

«Quindi sadico».

«No, quindi solo uno che ama divertirsi».

«Perché, le modelle non sono divertenti?».

Si prende un discreto tempo prima di rispondermi. «A modo loro...», opta per la diplomazia.

«Che non sarebbe il tuo», desumo dalla sua espressione.

«Che non sempre è il mio», mi corregge. «Comunque, è inutile che cerchi di confondermi con le tue solite affermazioni strampalate. Fuori il rospo: come facevi a saperlo? Ti sei finalmente decisa a cercarmi su Google?». Non so bene come interpretare il fatto che mi paia deliziato di fronte a una simile prospettiva.

«No. Me l'hanno riferito...».

«Ah sì? Vuol dire che hai parlato di me».

«Solo perché ho avuto bisogno di aiuto con il bonsai».

«Jimmy».

«Sì, Jimmy. Non ho quasi dormito la notte per paura di ucciderlo».

Scoppia a ridere come se la sola idea fosse totalmente demenziale. Non so se offendermi o invece prenderlo come un complimento. «Jimmy è un osso duro».

«Sì, be', lo sarà, ma io non me la sono sentita di rischiare e ho voluto chiedere aiuto a chi se ne intende più di me di piante. Ci vuole poco, sia chiaro. Comunque, puoi stare tranquillo, le amiche a cui ho chiesto una mano sono discrete, te lo giuro», mi affretto a rassicurarlo. In effetti, prima di far entrare delle persone sconosciute in casa sua, avrei almeno dovuto chiedere il permesso.

«Ti credo, tranquilla. E quindi queste tue amiche ti hanno spiattellato la storia delle modelle...», torna sull'argomento che gli sta più a cuore.

Plurale? Perché, quante sono? Uscite multiple? Sesso a tre? Alla sola idea arrossisco come un peperone.

«Ti chiederei a cosa hai appena pensato, ma non sono certo di volerlo sapere», commenta divertito.

«No, non vuoi assolutamente saperlo. Prendi altre patatine?», chiedo offrendogliele, consapevole di non essere io la padrona di casa.

Ne afferra una e se la porta alle labbra. Belle, bellissime labbra.

Ma in questo posto fa così tanto caldo oppure sono io che mi sento poco bene?

«Non hai caldo?», domando a bruciapelo, sentendomi avvampare.

«No, perché sono in maglietta», mi ricorda. Il mio sguardo ricade sulle sue spalle. «Tu, piuttosto, dovresti toglierti quel maglione».

Cerco di fare mente locale su quello che ho indosso sotto. Hmm, una maglietta che mette in risalto lo stato non proprio ottimale della mia pancia. Che di solito è abbastanza piatta, ma questa sera sto mangiando come un bufalo. Fame nervosa mescolata a fame vera, temo. «Credo che mi terrò il maglione», rispondo con un sorriso tirato. Terrence mi scruta curioso ma per mia fortuna non commenta oltre il mio abbigliamento.

«Tu invece sei single?», vuole sapere. Ha persino smesso di mangiare, concentrandosi su di me e appoggiando il volto sulla mano.

«Io? Assolutamente», replico con la bocca piena di patatine.

«Sembri felice della cosa», osserva curioso.

«Perché lo sono. Ho convissuto con un idiota per quasi dieci anni. Sono come una divorziata acida. Immagino di poter avere persino l'età adatta».

«Tu? Non esagerare…».

«Ah, no, non esagero affatto. L'altro giorno stavo giusto ragionando sul fatto che a quest'ora avrei potuto persino avere dei figli adolescenti. Tante donne partoriscono a poco più di vent'anni».

«E tante lo fanno con un piede stabilmente nei trenta. Non c'è niente di male nel voler aspettare», viene in mio soccorso. Ma per lui è facile parlare: ha venticinque anni e tutto il tempo del mondo. Letteralmente.

«No, se sai cosa stai aspettando. Se invece l'attesa si riduce a un mero passare del tempo, nell'inutile speranza che prima o poi arrivi la persona che saprà comprenderti come nessuno ha mai fatto, allora tanto vale smettere di rimandare. Alla mia età dovrei sapere fronteggiare realtà scomode».

«Julie…», vuole rincuorarmi. «Tu non stai facendo trascorrere il tempo. Vedrai, quando i tempi saranno maturi, ti tornerà la voglia di ributtarti nella mischia».

«Anch'io la pensavo come te, anni fa».

«Ma io non lo sto dicendo perché ho vent'anni. Vedrai, quando arriverà quello giusto...», insiste ostinato.

Caro, dolce ragazzo. Sarà la sua giovane età. Può anche essere una rock star, ma sotto sotto crede alle favole. Quanto piacerebbe anche a me... «E come? Preannunciato da una missiva che mi suggerisce di presentarmi tutta in tiro all'ora x del giorno y?». Inutile dire che il mio scetticismo è ai massimi livelli.

«Ah, quindi saresti capace di vestirti in modo elegante se l'occasione lo richiedesse!», mi punzecchia. Ne ha tutte le ragioni, mi ha sempre e solo vista vestita come una casalinga disperata.

«Ti confesserò una cosa che non svelo mai molto volentieri: io *ero* una di quelle sempre in tiro. Quando vivevo con Allen ero sempre attenta a non farmi mai trovare in tuta o sciatta. Ero perfetta, mai un capello fuori posto, mai il mascara sbavato».

«Finché hai deciso che della perfezione non sapevi più cosa fartene», desume correttamente.

«Sì. Ho buttato via insieme lui e tutti quei vestiti che non mi rappresentavano affatto. Poi mi sono seduta davanti allo specchio e mi sono chiesta, per la prima volta nella vita, che cosa mi piacesse. Mi sono risposta i colori pastello, sospetto perché lui li avrebbe odiati».

«E le ciabatte con gli unicorni...», aggiunge con un sorriso.

«Esatto. Più erano appariscenti, più mi pareva di voltare pagina».

Segue un silenzio piuttosto inusuale. Ma è stranamente rilassante, segno che non mi ero solo illusa che ci fosse dell'affinità tra di noi.

«E ora?», mi domanda.

«E ora... mangio pollo. Per di più con le mani», gli rispondo semplicemente.

Mi aspetterei ogni genere di reazione da parte sua, ma davvero non so come interpretare l'assoluta e autentica comprensione con cui mi fissa. E che mi scalda un po' il cuore, se devo essere sincera, sempre che una frase simile abbia senso nella vita reale.
È un bene che sia solo un inflazionato modo di dire, no?

Capitolo 7

«Cosa ne dici di vederci la fine del film di ieri?». Due chili di pollo fritto dopo – e no, purtroppo non è solo un modo di dire figurato – Terrence se ne esce con la sua proposta. Lo fa con una tale naturalezza, che uno potrebbe essere portato a credere che si tratti di qualcosa che facciamo abitualmente. Intendo, strafogarci senza ritegno e vedere film che sono stati prodotti a colori per il rotto della cuffia.

«Eh?». Sbatto le palpebre del tutto confusa, incapace di rimanere stoica. «Dici sul serio?».

Annuisce con vigore, vagamente divertito dalla mia incredulità. «Non mi piace lasciare le cose a metà. Nemmeno un film».

«Anche se si tratta di una commedia anni Cinquanta?»

«Assolutamente. Sono una persona precisa. Un film puoi vederlo o non vederlo, per quel che mi riguarda, ma non puoi rimanere nella temibile terra di mezzo».

«Fanatico di Tolkien?», lo prendo in giro.

«Non lo sono forse tutti?», ribatte cercando di mettersi comodo sul divano. Solleva le gambe chilometriche e le appoggia sul tavolino. Poi, battendo con una mano, mi indica il posto accanto.

Mi accascio imitandolo. «Mai stata una grande amante del fantasy. Finché non se ne sono usciti con l'adattamento cinematografico. A quel punto ho del tutto rivalutato il genere, ma solo perché mi sono follemente infatuata di Aragorn», gli confesso.

«Davvero si usa ancora il verbo infatuarsi?», commenta ridendo. «Pensavo fosse del tutto caduto in disuso. In ogni caso, hai buongusto: il vecchio Viggo Mortensen ha fatto la storia».

Il mio sguardo è allarmato. «Posto che le parole non si estinguono e che semmai è l'educazione che si è persa per strada, immagino di dover convenire che per te uno come Viggo Mortensen non possa che essere vecchio…».

«Guarda che è vecchio anche per te», ha la faccia tosta di replicare.

«Impossibile. Quanti anni vuoi che abbia?». Per la serie, toccatemi tutto ma non Viggo.

Terrence tira fuori il suo cellulare dalla tasca dei jeans e controlla in fretta. Ai miei tempi, quelli in cui i cellulari servivano più o meno solo per telefonare, si ignorava di più e si viveva meglio.

«Al momento l'oggetto della tua brama ha cinquantanove anni», mi informa tutto soddisfatto. «Ma cosa vuoi che siano ventitré anni di differenza quando c'è di mezzo il grande amore, no?», mi prende in giro.

«Vedo che ti sei informato sulla mia età…», commento inacidita. Voglio dire, sapevo che avrebbe potuto trovare facilmente l'informazione, ma ho sperato fino all'ultimo che l'occhio non gli cadesse su un simile dettaglio. Non so bene perché. In verità la maturità mi ha solo portato vantaggi: niente più traditori seriali nella mia vita, amor proprio prima di tutto e una certa consapevolezza di chi sono e di cosa voglio. A vent'anni dubitavo di tutto, specie di me stessa. Ora dubito solo degli uomini. E a ragione.

«Sei tu che non vuoi cercarmi su Internet. Io non ho mai affermato che avrei fatto altrettanto».

Ma certo che no…

«Anzi», aggiunge alla fine, sfoggiando con disinvoltura un sorriso convinto.

«E comunque Viggo Mortensen era molto più giovane nel momento in cui hanno girato i film», cerco di perorare la mia causa.

«Aveva quarantatré anni», mi informa dopo aver smanettato sul suo iPhone. «Sette anni in più di quelli che hai adesso. Per amore di precisione, ti faccio notare che tra di voi ci sono sempre stati ventitré anni di differenza...».

Sospiro esasperata. «Ok, ok, mi è chiaro. Ho coltivato per anni una cotta per un uomo molto più grande. Sai che novità...». Non sono la prima e di certo non sarò l'ultima. Noi donne subiamo spesso il fascino dell'uomo con esperienza. Per qualche strano motivo il contrario non accade praticamente mai.

«Infatti non ho mai detto che lo fosse. Volevo solo dimostrarti che il tema dell'età è questione di punti di vista». Certo, se la cosa non ti riguarda. «Viggo Mortensen a parte, chi altro ti piaceva quando eri più giovane?», chiede curioso. Il bastardo si sta divertendo parecchio a mie spese.

Mi vergogno come una ladra, ma gli rispondo comunque. Tanto, peggio di così è impossibile. «Tom Hanks», mormoro a bassa voce, dall'altra parte del divano.

«Cosa???», esclama. «Non puoi aver detto Tom Hanks!».

«Sì che posso! Hai presente *C'è posta per te*? Ecco, non ho mai superato il romanticismo di certe scene». Purtroppo.

«Non ho mai visto *C'è posta per te* in vita mia», afferma serio.

«Certo che non l'hai visto: hai venticinque anni. Si tratta di un film dove i computer si connettevano ancora tramite modem. Hai presente il rumorino che facevano?»

«Vagamente...».

Avrei potuto scommetterci. «C'è una scena geniale nella quale i due protagonisti si mettono a litigare in un bar. Lui ha scoperto che Meg Ryan è a tutti gli effetti la persona con cui si scambia da mesi email anonime, mentre lei ignora la sua identità...».

«Perché voi donne trovate sempre così interessante litigare con un uomo?», mi chiede a bruciapelo.

«Non sempre, solo se è attraente. Se è un rospo la tua teoria non funziona».

Terrence cerca di contenere un moto di sincera ilarità. «Ah…».

«Certo, e mi spiace doverti far aprire gli occhi, ma vale anche per i musicisti: le ragazze ti amano perché sei attraente. Non perché fai buona musica».

I suoi occhi chiari si aprono colpiti. «Non so se offendermi perché, pur non avendo mai sentito una mia canzone, dai per scontato che la mia musica faccia schifo o se lasciar perdere e concentrarmi invece sul fatto che mi trovi attraente».

Ho detto così? Ho *davvero* detto così? «Non distorcere le mie parole: ho solo sottinteso che la qualità della tua musica fosse sotto certi aspetti ininfluente».

«Certo che così cambia tutto…», ride.

«E poi tu *sai* di essere attraente», cerco di sminuire in qualche modo la mia accidentale affermazione. Va detto che è operazione piuttosto complessa.

«Sì, ma non ero sicuro che lo sapessi anche *tu*». Il suo è un devastante mix di eccesso di amor proprio e irresistibile simpatia.

«Chiaro che lo sapevo. Sono forse cieca?», chiedo quasi offesa. «Sai benissimo di essere attraente nel tuo modo indosso-solo-magliette-bucate-sebbene-costosissime».

«Le mie magliette non ti piacciono proprio…», sghignazza.

«Sinceramente? All'inizio non ero una grande fan, ma ho imparato a farmene una ragione. Voglio dire, non devo mica indossarle io, no? E poi le magliette sono solo la punta dell'iceberg…».

«Davvero, c'è altro?», chiede divertito.

«I tuoi capelli sono atroci», affermo senza remore.

Tra noi c'è un rapporto oggettivamente strano: so che è un maschio, lo so fin troppo bene, ma la sua età lo rende così tanto *off limits* da permettermi di rilassarmi ed essere me stessa. E io non lo sono praticamente mai con gli uomini attraenti. O almeno non lo sono da quando ho scoperto che quello con cui condividevo la mia vita faceva altrettanto con numerose altre persone. La fiducia è quella piantina fragile che, una volta spezzata, fa davvero fatica a ricrescere.

«E pensare che le ragazze li amano alla follia...».

«Follia è la parola chiave».

«Ero certo che avresti detto qualcosa di simile».

«Felice di averti accontentato, allora».

Si sporge in avanti e recupera il telecomando. «Comunque, direi che mi hai insultato abbastanza. Passiamo al film?», mi propone tutto allegro.

«Io non ti ho insultato. Anzi, ti ho appena confessato che sei attraente», gli faccio notare, non senza ironia.

«Tu hai modi molto discutibili di dire certe cose, cara la mia signorina Morgan... come se fosse una piaga o qualcosa di simile. Comunque, ora appoggiati su questo divano, solleva di nuovo i piedi e goditi il film. O la metà del film». Scorre fino ad arrivare al punto in cui ci siamo interrotti ieri. Salvo fermare la visione esattamente un minuto dopo. Il faccione di Rock Husdon rimane paralizzato in una buffa smorfia. «A proposito, ieri mi sono dimenticato di dirti che ho finito il tuo libro». Si gira nella mia direzione, chiaramente in attesa di qualche reazione da parte mia. È bravo a rimanere impassibile e a non svelare niente di quello che pensa.

«Ti ha fatto schifo? L'hai buttato non appena sceso dall'aereo?», provo a carpire qualche informazione, scherzando.

«Affatto. È un libro sorprendentemente...». E si blocca, cercando la parola giusta. «Sexy», pronuncia alla fine, con mio sommo stupore. Per poco non ci rimango secca.

«Pensavi che scrivessi libri per educante?».

Mi sorride. «No, a dire il vero. Non so nemmeno io che cosa mi aspettassi. Ma sei riuscita a rendere seducente un banale contatto tra mani avvolte nei rispettivi guanti», si complimenta.

«Perché lo era a quei tempi. Devi immaginarti un mondo molto diverso dal nostro, un mondo in cui stare seduti, da soli, in una stessa stanza, era considerato del tutto indecente».

Per inciso, non ho mai imparato ad accettare le lodi. Preferisco di gran lunga spostare l'attenzione da me e focalizzarla su altro, come per esempio gli usi e costumi passati.

«Siamo immersi nello scandalo, a quanto pare. Ti confesso che non l'avrei mai previsto, date le ciabatte con gli unicorni», scoppia a ridere.

Gli lancio un'occhiataccia perché mi sento in qualche modo in dovere di difendere il partito delle donne con le ciabatte ridicole. Più numeroso di quello che gli uomini sospettino. «Quindi, scandalosità di un banale tocco di mani a parte, cosa ne pensi del libro?». Non dovevo chiederlo? O farlo comunque ma in modo meno sfacciato?

«Che sei brava Morgan. Il tuo libro non è esattamente il mio genere, ma solo perché non amo singhiozzare in pubblico. Essere famoso mi impedisce di versare fiumi di lacrime», risponde semiserio. «Ma mi è piaciuto. E mi ha permesso di capire molto di te».

«Ovvero?», chiedo quasi preoccupata.

«Ti piace la forma. L'eleganza. Il rispetto».

«Quando uno vive in un mondo che funziona nel modo opposto, finisce per rimpiangere i tempi andati».

«E gli avanzamenti tecnologici? I social? Il mondo interconnesso e così via?», mi incalza curioso.

Sollevo le spalle. «Cosa vuoi che ti dica: rinuncerei volentieri a tutto, se potessi ottenere un po' di vero rispetto in cambio. E mi piacerebbe un vestito capace di esaltare le mie forme e nascondere tutti gli altri difetti».

«Quali difetti?», chiede confuso. O almeno finge di esserlo.

Sbuffo incredula. «Come quali? Le gambe tozze, per esempio. Ho i cosciotti ereditati dalla famiglia di mio padre. Potrei anche pesare dieci chili in meno e sembrerei comunque pesante. Motivo per cui non ci provo nemmeno. Morire di fame e sembrare comunque tarchiata non è la mia massima aspirazione…».

«Tu non sei affatto tozza. Né tarchiata», afferma con voce seria.

«E invece sì. Ma la natura compensa sempre. Il mio seno non è male».

Terrence strabuzza gli occhi e finisce per scendere fino al mio décolleté. Che chiaramente è del tutto coperto da una maxi felpa con il coniglietto Tippete.

Quando una ha stile, ha stile.

«Sai, non pensavo di arrivare mai a confessartelo, ma sono affascinato. Quasi contro il mio volere», mormora. «Vivo circondato da ragazze con scollature così profonde da poter intravedere il loro ombelico e poi arrivi tu con una felpa simile e io arrivo a interrogarmi».

«Su cosa? Sulla mia sanità mentale?»

«No. Sul colore della tua biancheria», se ne esce come se niente fosse.

Nessun'altra persona che conosco lo avrebbe mai ammesso. O almeno non in questo modo.

Mi sento le guance andare a fuoco. Alla mia età è davvero patetico. Anche perché è chiaro che Terrence stia giocando. Il gioco della serata si chiama "sconvolgi la tua vicina zitella".

«E chi può dirlo. Potrei anche non averla», gli rispondo. Poi mi volto nella sua direzione, mi godo per un attimo la sua espressione affascinata e, sfruttando la sua distrazione, mi impossesso del telecomando, segno universale di potere. Altro che l'anello nella Terra di Mezzo.

Sorrido, mentre il film riparte. Laurel sarebbe stata così fiera di me…

«Ho qualcosa di strano in faccia?», chiedo a Laurel il pomeriggio seguente, quando ci ritroviamo tutte nello spogliatoio, a pochi minuti dall'inizio della solita lezione settimanale di pilates a cui ci costringe a partecipare Audrey. Laurel è molto più atletica di me dal momento che corre spesso. E Cindy non corre ma è comunque più aggraziata – non che ci voglia chissà quanto, sia chiaro. Sono infatti nota per essere il "caso disperato" del gruppo. No, non solo il nostro. Di tutta la numerosa classe. E probabilmente di quella accanto.

«Non hai niente, a eccezione di un'espressione insolita...». La mia amica è così intuitiva che ogni tanto credo legga nella mente. «Qualcosa che non va?»

«Solo un po' di sonno arretrato», mi giustifico velocemente.

«Qualcosa che dovremmo sapere?», si inserisce subito Audrey con tono allusivo, aguzzando le sue antenne da spia mancata.

«Mi spiace doverti deludere, ma niente a che fare col sesso. Si è trattato solo di una serata che si è protratta più del previsto. Non sono più allenata a fare tardi, ahimè».

Audrey si risiede delusa, quando è il turno di Cindy interrogarmi. «Trascorsa a fare cosa, se mi è permesso?»

«A vedere vecchie commedie con Doris Day. *Il letto racconta*, per la precisione». E sorrido con soddisfazione, perché mi rendo conto di essere praticamente inattaccabile con un'affermazione simile.

«Da sola?».

Non so come abbiano fatto, ma devono aver fiutato qualcosa. «Cosa sarebbe questo? Un interrogatorio?», mormoro sulla difensiva.

«Forza, Morgan, con chi ti sei messa a vedere vecchi film per zitelle?», mi stuzzica Audrey.

«Le vecchie commedie romantiche non sono affatto film per zitelle. Sarai felice di sapere che Doris Day alla fine entra in sala parto quasi senza sposarsi».

Il suo gesto della mano è tutto un programma. «Sì, sì... ma alla fine si sposa. Come tutte. Donna senza spina dorsale».

«Audrey, permettimi di farti notare che la tua ostilità per il matrimonio è alquanto anomala: là fuori quasi tutte le persone di sesso femminile fanno a gara per avere un anello al dito...». È una dura realtà da digerire per lei, me ne rendo conto.

Infatti non pare colpita positivamente dalla mia frase. «Punto primo: ti stai appellando a una statistica vecchia di qualche decennio perché, finalmente, le donne hanno smesso di pensare al matrimonio come all'unico scopo della propria vita e direi che, prima o poi, dovremmo festeggiare l'evento. Punto secondo, stai solo cercando di confondere le acque. Rispondi: con chi eri ieri sera?».

Cindy apre bocca prima che io abbia modo di fare altrettanto. «Permettimi una piccola digressione, Audrey: mi spiace informarti ma la verità è che le donne sognano ancora l'anello al dito, semplicemente ora sono più furbe e si fanno giustamente più remore a confessarlo in pubblico. Se lo fanno, gli uomini scappano...».

«E che scappino!», esclama l'altra con pathos. «Io non li sto inseguendo di certo. Comunque, tornando a Julie...».

«Ho guardato il film con Terrence», le rispondo semplicemente. «Ma, per favore, non trarre subito conclusioni sbagliate!».

Quando si dice, parole al vento... «Ah ah, lo sapevo!», esclama soddisfatta.

«Cosa sapevi?»

«Che il fanciullo ti piace».

«Certo, come vicino. È simpatico. E non mi odia, a differenza della temibile signorina Berry».

«Perdonami Julie, ma tu stai cercando sul serio di convincere tre donne con un'intelligenza superiore alla media che tu e la rock star passate le serate a guardare vecchie commedie?». La sua espressione è palesemente incredula.

«*Una* sera. *Una* vecchia commedia. E basta. Si è trattato di una banale cena per sdebitarsi delle attenzioni amorevoli che ho dedicato alle sue piante». Detta così suona persino ragionevole.

«Vorrai dire che *io* ho dedicato alle sue piante», puntualizza Audrey.

«Sì, sì, tu...», l'accontento.

«E quanto è durato questo famoso film?». Laurel si volta nella mia direzione con espressione interessata.
«È che noi... parliamo...».
«*Parlate*», ripete Laurel con il massimo dello scetticismo.
«Sì. Siamo amici, immagino». Abbiamo passato tutta la serata a bloccare il film per commentare i vari passaggi, per ridere, per raccontarci aneddoti e cose assurde. Alla fine sono tornata nel mio appartamento alle due passate. «Parlare con lui è divertente. È intelligente e non se la prende, qualsiasi cosa io dica. Non l'avrei mai pensato, ma in effetti la gente giovane non è così male...».
Audrey ha dipinta sul volto un'espressione di profondo sgomento. «Fammi capire: tu passi la serata con una specie di divinità sexy idolatrata dalle donne di mezzo mondo e tutto quello a cui miri è l'amicizia?». Anzi, ora che ci penso, non è sgomento: è proprio disgusto.
Scoppio a ridere. «In tutta sincerità credo di non aver mai avuto un amico maschio. Da ragazza ero troppo timida, nell'era Allen ero bloccata dalla sua gelosia e forse ora è arrivato finalmente il momento».
«Che spreco mostruoso...», la sento commentare a bassa voce.
«Pensavo che sarebbe stato impossibile, perché tra di noi la differenza d'età non è cosa da poco, ma invece siamo in qualche modo affini. Ridiamo delle stesse cose. Cose sceme, per lo più. Ma almeno ridiamo in due», mi trovo a confessare alle mie amiche. «Avere un amico in certi casi è molto meglio che avere un fidanzato», concludo.
«E gli orgasmi?», chiede alla fine Audrey con sguardo agitato. «Come la mettiamo con gli orgasmi?».
Segue una chiassosa risata collettiva. È bello avere delle certezze: e Audrey lo è.
Passato il momento ludico, Laurel si volta nella mia direzione e mi osserva con dolcezza. «Il fatto è che, metodo un po' brusco a parte, Audrey ha centrato un tema vitale: affinché

una relazione funzioni a lungo termine devi impegnarti per trovare una persona che possa essere sia un amico che un amante».

«Di questi tempi bui, uno deve imparare ad accontentarsi. E per quel che mi riguarda un amico batte un semplice amante mille a zero», mi affretto a precisare. «Quanto vuoi che duri un orgasmo? Persino il re di tutti gli orgasmi, come lo chiamerebbe Audrey?»

«Sì, forse hai ragione...», mormora riflessiva la mia amica.

E poi ci incamminiamo finalmente a lezione, perché va bene che sono un caso perso, ma un minimo di movimento fa bene anche a me.

Sono circa a metà strada, tra Broadway e la Settantanovesima, diretta a passo spedito verso casa, quando il mio cellulare prende a squillare. O sono le ragazze, e quindi ho dimenticato qualcosa in palestra, oppure è mia madre che mi ricorda che Pasqua si sta avvicinando. I miei nonni materni erano cattolici e per quanto mia madre non ci abbia quasi mai fatto mettere piede in chiesa, le piace molto riunire la famiglia in occasione delle feste. Sì, tutte le feste. Dice che sono gli unici momenti in cui può vederci tutti sotto lo stesso tetto.

Mia madre è estremamente metodica in quasi tutto quello che fa, telefonate incluse. Per carità, è una donna simpaticissima ma, come una buona fetta di genitori, alla giusta distanza lo è ancora di più.

«Mamma carissima!», la saluto mentre continuo a camminare veloce. Non farò mai parte del partito degli innamorati della corsa, ma ogni tanto posso azzardare un'andatura decisa, nella speranza che questo mi tenga lontano da verdure poco amabili. Almeno ancora un po'.

«Ti sei ricordata di comprare il biglietto per venirci a trovare?», mi chiede senza perdersi in convenevoli. È sempre piuttosto diretta.

«Assolutamente», mento come mio solito. Mia madre è

quello che io definisco una maniaca dell'organizzazione. È il tipo di persona che prenota una vacanza sei mesi prima, che programma cosa regalare a ognuno per Natale un anno prima... insomma, un po' patologica per chi tende a essere più dell'altra scuola. Quella delle vacanze last minute e dei regali il giorno della vigilia.

«Vieni da sola?»

«E con chi dovrei venire?», le chiedo con una risata.

«Non lo so. Tua sorella porta un uomo. Pare sia una cosa seria e che già convivano», ci tiene a farmi sapere.

Buon per lei. «Mamma, io non sono mia sorella...», le ricordo. A dire il vero i nostri tempi sono sempre stati opposti: lei è rimasta single quando era ventenne e si è goduta la vita, per poi mettere la testa a posto superati i trenta. Da allora ha avuto solo relazioni serie. E sì, nemmeno lei si è sposata, ma non si è mai presentata da sola a una festa familiare, che io ricordi. Io, invece, ho sbagliato tutto: sono rimasta bloccata in una relazione molto seria quando forse ero troppo giovane e ora vivo nel terrore di ricascarci. Diciamo che la vita a due, ora come ora, non mi attira affatto.

«Lo so, lo so... E infatti non sto dicendo niente. Ma stare da soli deve essere brutto, no? Non sei abituata».

Apprezzo che si preoccupi per me, dico davvero. Ma qualche volta questo discorso mi fa letteralmente cascare gli attributi che non ho. «No, non *ero* abituata. Peccato che da allora siano passati due anni. Ti assicuro che ora sono abituatissima».

«Hmm...», commenta con tono pensieroso.

«Mamma, sono felice. Dico davvero», cerco di rasserenarla.

«Sì, tu lo sei sempre. Non capisco come fai».

«Perché sono oggettiva e razionale: ho un lavoro che amo, un appartamento che adoro e una madre che si preoccupa per me», cerco di rabbonirla.

«Tu sei molto, molto furba, Julie Morgan», mi riprende bonariamente. Ma so che ha apprezzato la frase.

«Lo spero bene. Ho preso da te».

«No, hai preso da tuo padre. Vero, Mitch che Julie è in tutto e per tutto una tua copia?». È piuttosto frequente che una conversazione telefonica con mia madre si trasformi in uno scambio di opinioni a tre. I miei sono una di quelle coppie che si sono conosciute da ragazzini. E lo so che dovrei essere contenta per loro, ma ogni tanto l'esempio deprime. Per la serie, sei già a metà della tua vita e non hai ancora incontrato nessuno con cui senti quella particolare affinità, mentre i tuoi genitori alla tua età si amavano da decenni e avevano due figli… Come si compete con un amore simile?

«Papà dice che ho ragione io e che sei la sua copia», afferma soddisfatta qualche secondo dopo.

«Papà ama solo il quieto vivere», la prendo un po' in giro.

«Non credo proprio. Non mi avrebbe mai sposato, in quel caso…».

«Per te facciamo tutti un'eccezione. È il potere del tuo fascino».

«Questo vuol dire che porterai un uomo?», torna alla carica, incurante di tutto il resto.

«Uno a caso? Il primo incontrato per la strada?», non resisto dallo stuzzicarla almeno un po'.

Mi pare di udire il suo borbottio prima ancora che abbia avuto modo di aprire davvero la bocca. «Julie…».

«Mamma, sarà quel che sarà. E se non sarà, pazienza. A meno che tu non voglia che affitti un gigolo». Ora che ci penso, potrebbe non essere un'idea da buttare… Magari per il prossimo Natale.

Dall'altra parte mia madre scoppia a ridere. «Un gigolo? Come in quel film?»

«Sì, qualcosa del genere…».

«Be', potrei anche acconsentire, ma a condizione che sia molto, molto carino».

«Credo che sia obbligatorio, vista la professione: se sei un gigolo, devi essere attraente».

«O ben dotato. Forse questo conta di più», commenta seria.

Direi che abbiamo divagato fin troppo. «Buona serata, mamma», la saluto fingendo di non aver udito la sua ultima affermazione.

«Buona serata, Julie», cinguetta ridendo.

Sto ancora scuotendo la testa ripensando all'atteggiamento rivoluzionario di mia madre quando vengo affiancata da una losca figura tutta vestita di nero: giubbotto di pelle, cappellino scuro ben calzato sulla fronte e occhiali da sole. È un bene che io abbia imparato a riconoscere alla perfezione la sua sagoma o mi sarei spaventata a morte.

«Signora vicina...», mi saluta con quella bella voce.

«Signor vicino... Mi hai quasi fatto prendere un colpo».

«Chiedo scusa: l'atteggiamento furtivo è un po' un mio marchio di fabbrica da quando questa storia della fama mi è sfuggita di mano. A proposito, da dove arrivi?», chiede curioso, osservando il mio abbigliamento. E va bene che sono strana, ma non così tanto: indossare la tuta per altro che non sia l'attività fisica è un limite che nemmeno io mi sento di superare.

«Palestra. Ogni tanto io e le mie amiche fingiamo di fare pilates».

«Fingete?», ride.

«Sì. Ci piazziamo in ultima fila, imitiamo malissimo le posizioni dell'insegnante e spettegoliamo».

«Di uomini», tira a indovinare.

«Di libri. Di uomini. Di quello che ci mangeremo uscite di lì».

«Quindi hai già cenato?»

«In realtà no. Oggi avevano tutte altri impegni: Cindy ha un marito, Laurel un ragazzo e Audrey colleziona appuntamenti».

«E tu?»

«Io sto per comprarmi un maxi hamburger qui all'angolo,

alla faccia della dieta», gli rispondo in un moto di sorprendente sincerità.

«Idea geniale. Direi di comprare *due* maxi hamburger, però d'asporto. E patatine fritte».

Magari potessi… Temo di aver superato la dose mensile consentita ieri sera a casa sua. «Ho dei limiti che mi sono imposta di rispettare con non poca difficoltà. Morale della favola, oggi le patatine no», affermo mostrandomi intransigente. Sia chiaro, sto salivando alla sola idea, ma fingo indifferenza. Sia alle patatine che al fatto che voglia mangiare di nuovo con me. Due sere di fila non sono troppo? Possibile che non abbia di meglio da fare?

«Ok, ok, non insisto. Vuol dire che prenderemo solo una porzione di patatine per me», risolve in fretta la questione.

«Affare fatto. E se dovessi scongiurarti di passarmi una patatina, mi devi promettere che non cederai. Anche se dovessi supplicarti».

Si abbassa per un attimo quei ridicoli occhiali da sole che solo lui riesce a portare persino al buio e mi scruta divertito. «Non cederò». Il suo tono è piuttosto solenne.

«Ti prego, ti scongiuro, solo una…», ripeto incessantemente. Lo sto supplicando da un quarto d'ora ma lui niente, sta resistendo. Sadico. Come si fa a rimanere impassibile di fronte a una povera donna affamata?

Scuote la testa e quella sua massa di capelli bicolore. Non dico di essermi del tutto abituata al suo look bizzarro, però mi ci sto avvicinando. Diciamo che non ci faccio più così tanto caso.

«No, mi hai fatto giurare», mi ricorda implacabile.

Ma proprio ora deve diventare tutto integerrimo? «Ma era per dire…».

«No, non è vero. Hai insistito a lungo». E così dicendo si porta una gustosissima e profumatissima patatina fritta alla bocca. L'ha pure inzuppata ben bene nel ketchup. Che ragazzino crudele…

Sospiro rassegnata. «Sei perfido. Malvagio. Cattivo. E comunque non avresti dovuto prendere le patatine», borbotto con tono d'accusa, a corto di sinonimi per descriverlo.

«Ma se eri d'accordo!».

«Appunto. *Ero*. Ora invece voglio assaggiarne... Solo una, cosa vuoi che sia, no?».

Terrence abbassa le sopracciglia e mi osserva concentrato. Sta meditando se fidarsi o meno. «Ok, una sola», cede alla fine. Alleluia!!!

Non ha quasi finito di pronunciare la frase che io gliel'ho già strappata di mano. Dieci chili di ketchup e la patatina finisce nella mia bocca. Le cose proibite sono sempre così gustose o questa sera è tutto in qualche modo speciale?

«Ho cambiato idea: facciamo due», mormoro a bassa voce. È una dura battaglia tra il mio senso di colpa e il mio amore per i fritti.

«Julie ma sei scandalosa!», ride incredulo.

«Ho avuto una serata difficile», cerco di giustificarmi in qualche modo.

«Non è vero: sei stata a fingere di fare pilates e ti sei appena divorata un maxi hamburger», mi ricorda senza pietà.

«*Divorata*... adesso... Diciamo che avevo appetito». Ma ha assolutamente ragione: ho letteralmente fatto scomparire il mio panino. In mia difesa posso solo dire che avevo fame.

Terrence mi osserva con aria compassionevole. «E va bene, prendi. Comunque non capisco perché tu mi abbia fatto giurare e scongiurare prima. O perché non ti sia comprata direttamente un pacchetto».

Cerco di contenere una risata. «Perché questi grassi saturi finiranno tutti con l'accumularsi sui miei fianchi. Quando hai trentasei anni, tendi a tenerti lontana da fonti inutili di cuscinetti adiposi. E poi, tutte le volte che parlo con mia madre, com'è avvenuto prima che ci incontrassimo per strada, scopro di aver bisogno di qualcosa di forte».

Terrence si toglie quei suoi stivali da rockettaro duro e puro e, in barba a tutte le regole d'etichetta, si mette comodo sul divano. Avevo quasi dimenticato cosa significasse avere vent'anni e rifiutarsi di mangiare al tavolo di tanto in tanto.

«Perché, tua madre è un'arpia?», chiede interessato.

«Donna meravigliosa», gli confermo masticando patatine a più non posso. «Ma terribilmente preoccupata per me».

«Immagino debba essere normale per una madre. Intendo, preoccuparsi».

C'è qualcosa di strano nel suo tono ma lo sguardo contiene una sorta di avvertimento che mi convince a non ficcare il naso in questioni che non mi riguardano. «Presuppongo. Ma sono ormai due anni che mi tiene sotto stretto controllo. E lascia che te lo dica: due anni sono tanti, se ti trovi sotto una lente d'ingrandimento».

«Perché ti sta così tanto addosso?»

«Va' a capirlo... Lo fa da quando sono tornata single».

«Non ci vedo nulla di male. Troverai un uomo, quando avrai voglia», afferma senza esitazione.

Lo osservo colpita. «Grazie. È quello che le ripeto anch'io. Molto meglio soli che male accompagnati, in ogni caso».

Mollo finalmente il pacchetto delle patatine e raccolgo le ginocchia al petto, appoggiandoci il mento. Le mie calze con il faccione di Topolino non sfuggono a Terrence, che mi sorride divertito.

Se qualcuno mi avesse detto che un giorno mi sarei ritrovata a raccontare i miei problemi esistenziali a una giovane rock star con addosso una tuta, calzini ridicoli e del tutto struccata, lo avrei preso per pazzo. Eppure eccoci qui, a condividere calorie che lui smaltirà subito perché alla sua età il metabolismo funziona a meraviglia. Seduti uno di fronte all'altro, ho finalmente modo di osservare da vicino le sue braccia tatuate: c'è una rosa rossa che gli percorre tutto l'avambraccio destro, note, chiavi di violino, simboli tribali. Mi trovo incuriosita e desiderosa di saperne di più. Perché mi pare di percepire l'esistenza di un messaggio.

Lui si accorge del mio sguardo interessato e distende ancora meglio le braccia, affinché possa notare ogni piccolo dettaglio. Sulla mano sinistra ha, tra l'altro, una matrioska, un drago, una maschera.

«Mia madre collezionava mastrioske», mi svela a bassa voce.

L'uso del passato, unito al suo tono solenne, mi fa intuire tutto quello che c'è da sapere. «Collezionava anche draghi?», provo a strappargli un sorriso.

La risata di Terrence è quanto di più musicale possa esistere. «No, ma immagino che le sarebbe piaciuto. Mi raccontava sempre storie di draghi quando ero piccolo. E tu, nascondi qualche unicorno tatuato da qualche parte?».

Scuoto decisa la testa. «Non ho un solo tatuaggio».

«Non sapevo ci fossero ancora persone vergini», mi prende in giro.

«Be', ora lo sai. Comunque, se per qualche stranissimo motivo dovessi mai farmi tatuare qualcosa, credo proprio che sceglierei un unicorno».

«Simbolo di saggezza e purezza...», commenta.

«Uno vi può sempre aspirare, no? E tu, fan di Harry Potter, dovresti comprendere perché ne sono attratta».

Mi sorride. «Capisco, capisco eccome. E poi è sempre meglio che tatuarsi il faccione di Tom Hanks».

Scoppio a ridere alla sola idea. «Ti giuro che era davvero attraente ai tempi di *C'è posta per te*!», cerco di difendere la mia passione segreta.

«Impossibile. E te lo dimostrerò. Sai cosa potremmo fare?», chiede illuminandosi. Nell'impeto del momento, per poco non mi fa cascare dal divano.

«Cosa? Tatuarci Tom Hanks?»

«No, sciocca. Vederci il film», se ne esce come se niente fosse.

Sbatto più volte le palpebre e lo osservo. «Dici sul serio?»

«Assolutamente». Sul suo viso, in effetti, non c'è esitazione.

Credo la stia prendendo come una sorta di sfida. «Certo, dopo una commedia zuccherina simile, propongo di spararci anche *Harry Potter*. Giusto per ristabilire gli equilibri».

Per inciso, solo a uno di venticinque anni verrebbe in mente di rivedersi *Harry Potter*. Ma alzo le spalle e acconsento. Perché, detto sinceramente, non ho proprio niente di meglio da fare questa sera. «Ok».

Mentre lui smanetta sul suo televisore iperconnesso, io cerco in tutti i modi di mettermi comoda. Il suo divano, per quanto enorme e sicuramente di design, è in verità scomodo da morire. L'altra sera me ne sono andata via con un fastidioso mal di schiena.

Mi siedo, mi appoggio allo schienale, mi rialzo e così da capo.

«Tutto bene?», si informa il padrone di casa, cercando di soffocare sul nascere una risata.

«Più o meno…».

«Questo divano è bellissimo ma demoniaco. La prima volta non ci fai caso, ma già la seconda la tua schiena grida vendetta. Ti confesso che ho iniziato a guardare la televisione in camera, sdraiato sul letto. Potremmo farlo anche adesso», mi propone come se niente fosse. La mia espressione deve essere piuttosto sgomenta. «Ho un grande letto», si affretta a precisare. Lo osservo diventare rosso – ho il sospetto che per far arrossire uno come lui ce ne voglia – e continuo a ridere in maniera spudorata. «Intendevo solo specificare che, nel caso accettassi, non avresti nulla da temere perché ci sarà parecchia distanza tra di noi. Pensa alla tua schiena…», mi tenta. «E poi ho appena comprato un materasso pazzesco. Avrà un milione di zone in lattice differenziate. Il tuo osso sacro starebbe una favola, sostenuto a sufficienza».

«Hmm…».

«Guarda che non voglio saltarti addosso…», si sente in dovere di precisare.

La sola idea è così incredibilmente ridicola che, più che ridere, inizio a grugnire. «Oh mio Dio, certo che no!». Lui che salta addosso a me… ma per favore!

«Lo trovi così assurdo?»

«Più che assurdo. Dài, mi hai convinto, mettiamoci pure comodi. Pare che abbia davvero preso un brutto colpo alla schiena. Ucciderei, pur di sdraiarmi in questo momento».

«Uccideresti? Ma tu scrivi gialli o rosa?». Mi fa segno di seguirlo in camera da letto.

Mi incammino lungo il corridoio. «Non hai idea di quanta gente mi chieda di continuo perché non provo a scrivere un giallo, a proposito».

«Vorresti dirmi che preferisci avere a che fare con gente innamorata invece che defunta?», risponde sorridendo, prima di aprire la porta della camera. Mi colpisce che lui lo abbia compreso meglio di tante persone che mi conoscono da molto più tempo…

«Tu la fai facile».

«Julie, certe volte *è* facile. Non sai quante persone mi chiedono quando scriverò una canzone d'amore…».

«Quando la scriverai?», non resisto dal prenderlo in giro almeno un po'.

«Probabilmente mai. Non credo di essere il tipo…».

Preferisco non ribattere perché non ho assolutamente idea della musica che compone di solito. Ed è francamente ridicolo, ora che ci penso. Se Terrence è riuscito nella titanica impresa di leggere un mio libro, io posso benissimo decidermi a fare pace con il cervello e ascoltare finalmente qualche sua canzone. Non so bene di cosa ho timore, ma è evidente che ci sia qualcosa. In ogni caso, abissale differenza d'età o meno, è innegabile che io lo trovi comunque intrigante. Molto più di quanto sarebbe saggio, viste le premesse.

Eccomi qui, sono Julie Morgan e sto per entrare nella camera da letto di una rock star adorata dalle ragazzine. Posso avere una foto per immortalare il momento, in modo da poter vivere di ricordi il giorno – a quanto pare molto vicino – in cui mi ritroverò nelle stesse condizioni della mia vicina di casa? Sola e con un odioso gatto?

Terrence si sistema sulla parte del letto più lontana e mi invita a fare altrettanto. Eseguo, fingendo che cose simili mi capitino di continuo. Magari dovrei immaginare di essere Audrey: lei sì che entra ed esce con nonchalance dai letti altrui.

Mi adagio sul mare infinito di cuscini, facendomi cullare da un materasso assolutamente celestiale. Qualsiasi cifra abbia sborsato, ne è valsa la pena.

«Meglio?», chiede con voce soddisfatta. D'altronde, la mia espressione beata era difficile da dissimulare.

«Graham, in fatto di cuscini e materassi, nonostante la tua giovane età, sai il fatto tuo».

«Oh, ma io so il fatto mio riguardo a un'infinità di cose...». Più cerca di darsi un tono e più a me viene da ridere, temo. La cosa non gli sfugge. «Credo che questa sia la prima volta che una donna mi scoppia a ridere in faccia mentre la invito a salire sul mio letto», mi fa notare, mantenendo inalterato il buonumore.

«Non ne dubito, stella del rock. È una novità sconvolgente?»

«No. Anche perché, prima o poi, arriva per tutti il momento, no?». Mi fa l'occhiolino. «Allora, cosa te ne pare della camera?»

«Molto maschile», rispondo in maniera diplomatica. Lui non lo sa, ma io e la sua camera da letto abbiamo avuto già modo di familiarizzare.

«Insomma, non ti piace».

«Hai visto casa mia. Il tuo è un regno prettamente maschile e il mio è al contrario molto, molto femminile. Siamo agli antipodi, in fatto di arredamento. Ma i tuoi cuscini mi piacciono. Posso portarne uno a casa?», scherzo.

«Tutti quelli che vuoi», mi risponde appoggiandosi su un gomito e voltandosi nella mia direzione.

E va bene che questo letto è immenso e che tra di noi c'è

parecchia distanza, ma all'improvviso mi pare che ne servirebbe altra. Cosa mi diceva mia madre giusto poche ore fa? Di trovarmi un uomo? Be', è evidente che dovrei iniziare a pensarci seriamente perché le mie pulsioni non sono poi così tanto addormentate come pensavo. Tutt'altro.

«Iniziamo con il film?», propone dopo aver finito di scrutarmi, afferrando il telecomando. Di fronte a noi, appeso alla parete, c'è un televisore impressionante al pari di quello della sala.

«Certo. Toglimi una curiosità, però: appartieni a una setta che venera i televisori giganti?»

«Tutti gli uomini vogliono uno schermo enorme! Fa parte dell'ordine naturale delle cose».

«Non tutti», provo a perorare la mia causa, ma lui non vuole sentire ragioni.

«Tutti, assolutamente tutti. Cambia solo il genere di canale che si predilige: la gente seria è perennemente sintonizzata sulla CNN, intenta a guardare Anderson Cooper che ride in faccia a Kellyanne Conway, mentre le persone poco serie come me si accontentano di Tom Hanks da giovane, a quanto pare».

«Nessuno osi toccare Anderson Cooper!», gli ribatto con voce perentoria. In tempi politicamente bui come questi la CNN ricopre quasi un ruolo sociale.

«Lo sai che è gay, vero?», mi chiede ridendo.

«Lo so, lo so... Ma rimane un uomo bellissimo. E intelligente. Amo la gente intelligente, anche se pare sia una qualità che sta pian piano passando di moda. Senza contare che Cooper non invecchia mai. Non so come faccia, ma è più giovane lui a quasi cinquant'anni di quanto lo sembrassi io a venti». Triste ma vero.

«Sciocchezze, io ti avrei dato ventinove anni al massimo».

Scoppio a ridere a crepapelle. «E io te ne avrei dati diciannove al massimo la prima volta che ci siamo visti».

«Il tuo non è un complimento», mi fa notare con una buffa espressione.

«Punti di vista, giovane rock star. Solo punti di vista... Forza, iniziamo a vedere questo film», lo incito per smettere di pensare a cose scomode.

Terrence esegue e ben presto ci immergiamo nella storia della piccola libreria e della sua deliziosa proprietaria, che lottano contro la crudele catena dalle dimensioni imponenti. Persino quest'ultimo punto non è più attuale, mi viene da pensare con una certa malinconia: le piccole librerie sono ormai quasi tutte defunte da secoli e sono ora le grandi catene a essere seriamente in pericolo di vita, data l'avanzata del commercio online. È davvero passato così tanto tempo da quando è uscito questo film oppure è semplicemente la tecnologia ad aver accelerato in maniera esasperante il ciclo di vita di ogni cosa? Possibile che ormai tutto sia condannato a progredire con una tale velocità da non lasciarci scampo?

E nonostante risate e rassicurazioni, c'è comunque dell'imbarazzo iniziale tra me e Terrence. Per fortuna alla seconda scena l'impaccio è quasi del tutto passato e l'atmosfera è tornata rilassata. Rido di fronte alla sua costernazione riguardo ai modelli di portatile dell'anteguerra, ai modem che impiegano un considerevole periodo di tempo per connettersi e, cosa più importante, alla sua espressione attonita di fronte al mio ripetere che sì, sono ancora dell'idea che Tom Hanks fosse attraente all'epoca in cui hanno girato questo film.

«Non so se te l'hanno già detto, ma tu hai un pessimo gusto in fatto di uomini...», esclama mettendosi a sedere. Ho notato che pare far fatica a stare fermo.

«Posto che in linea di massima hai ragione, io rimango della mia: Tom Hanks era attraente».

«Nessuno può essere attraente con quei capelli ridicoli», ha la faccia tosta di affermare.

Stacco gli occhi dallo schermo e li sposto sulla sua persona. «Detto da te?»

«I miei capelli non sono ridicoli», si difende.

«I tuoi capelli sono oltre il ridicolo».

Sono quasi in dubbio che finisca con l'offendersi a morte – d'altronde, giovane età o meno, è comunque della razza maschile – quando la sua bocca si solleva divertita. «Grazie», afferma fiero.

«Non sono certa che fosse un complimento».

«Ma nemmeno che non lo fosse…».

Sto per ribattere con qualcosa di provocatorio, quando mi blocco e rifletto per un attimo. «Terrence, non trovi che la maggior parte delle nostre discussioni siano un tantino assurde?»

«Be', sì. È questo il bello», afferma perfettamente serafico.

«Davvero? Lo definiresti bello?», domando confusa.

«Lo definirei un caso fortunato. Ricordi, due persone strane che riescono a capirsi».

«Lo ricordo, ma non mi è chiaro come sia possibile. Non siamo d'accordo sulla maggior parte delle cose: la musica, i libri, i film, il vestiario…», gli elenco. E potrei andare avanti ancora a lungo.

«È noioso quando si è d'accordo su tutto. In questo modo, se non altro, possiamo confrontarci».

«Ma noi in verità non ci confrontiamo. Più che altro, blateriamo di scemenze», mi tocca fargli aprire gli occhi.

Terrence scoppia a ridere. «Ok, blateriamo di scemenze. Ma non mi era mai capitato prima d'ora di poterlo fare in modo così tanto rilassato, hai presente?».

Il dramma è che, sì, ho *assolutamente* presente.

Dieci minuti dopo, è il momento di salutare Tom e Meg, abbracciati in modo appassionato tra i fiori. Che, per inciso, a New York non sono mai così meravigliosi. Immagino sia licenza poetica…

«E ora tocca a Harry Potter», mi informa Terrence tutto allegro, non appena iniziano a scorrere i titoli di coda.

«Non hai sonno?», gli chiedo un po' a disagio. Giuro che non ho intenzione di venir meno agli accordi, ma le mie palpebre hanno iniziato ad appesantirsi.

«No, per niente», ribatte. «E non voglio sentire storie. Avevamo un patto e i patti si mantengono. Cos'hai di così importante da fare domani?».

La verità? Niente. Ho appena consegnato alla casa editrice la storia di Lady Eleonor e sono in quella nervosa fase che si chiama brainstorming, ovvero come inventarsi una prossima trama decente. In teoria dovrei passare a scrivere la storia della sorella di Lady Eleonor, ma in pratica sono stranamente svogliata e mi sto prendendo del tempo per capire in che direzione proseguire. «E va bene, ma prometti di svegliarmi se mi addormento».

«Certo che ti sveglierò. Cosa vuoi che faccia? Che ti tenga qui segregata?», ride alla sola idea.

In effetti, detta così è oggettivamente comica. «Ok, allora via alla proiezione del film numero due della serata». Rimetto a posto i cuscini e mi ci adagio con ancora maggiore abbandono rispetto a prima. «Ricordati: svegliami senza sensi di colpa, se per caso mi assopisco». Perché mi succede spesso e conosco i miei limiti: sono riuscita a tirar tardi una sera, ma due sarebbe un'impresa titanica.

«Tranquilla. E poi chi vuoi che si addormenti con un capolavoro come *Harry Potter*?».

Già, chi?

Capitolo 8

È uno strano rumore quello che mi costringe a destarmi dal mio sonno profondissimo.

E già questa è una grossa anomalia: di solito, quando mi abbiocco guardando la televisione, faccio sempre in tempo a risvegliarmi a un'ora decente per trasferirmi sul letto. Anche perché il mio sonno è piuttosto tormentato da due anni a questa parte: non capisco se non mi sono ancora del tutto rassegnata all'idea di trovarmi sola nel letto o se ci sia dell'altro perché, se da sveglia riesco a tenere a bada, in un modo o nell'altro, certi "cattivi" pensieri, durante la notte è molto più difficile. Quando tutto si calma il subconscio emerge con una certa prepotenza e mi condanna a sonni agitati.

Ecco perché, per una volta che sto davvero dormendo come Dio comanda, non ho proprio voglia di sollevare le palpebre: il mio materasso mi sembra molto più comodo del solito e poi c'è un inusuale odore maschile che mi solletica le narici. E l'olfatto non è il solo senso all'erta: c'è anche una strana sensazione di calore che aleggia attorno a me. Potrebbe quasi trattarsi della vicinanza di un altro corpo, se non fosse che anche da mezza addormentata mi rendo conto che è impossibile.

«Terry…», sento bisbigliare in lontananza.

Mi sforzo di ridestarmi mio malgrado e scruto la stanza dove mi trovo. È tutto così buio che non riesco a distinguere un bel niente. O, meglio, quasi niente: ora che mi sono almeno in parte ripresa sono assolutamente certa di dormire appiccicata a un altro essere umano. La sensazione di panico mi colpisce in pieno petto. Cosa diavolo stavo facendo prima di svenire mezza morta?

«Terry...», ripete la voce, che ora si è notevolmente avvicinata. «Eh, Terry, sorpresa...».

La stanza passa dal buio più totale alla luce più fastidiosa che qualcuno possa immaginare, tanto da accecarmi. Il corpo accanto a me emette un suono di palese malcontento.

«Terry!», urla la voce sdegnata. «Ma che cazzo stai facendo?».

Lentamente riesco a rimettere a fuoco e mi accorgo così di essere ancora nella stanza di Terrence. Con lui a qualche centimetro di distanza. Ah, a quanto pare ci siamo assopiti uno accanto all'altra. Molto, molto accanto. Le nostre gambe sono ancora attorcigliate.

Cerco di liberarmi in qualche modo dallo strano abbraccio, peggiorando solo le cose.

«Liz?», pronuncia lui con voce rotta dal sonno, sollevandosi e mettendosi a sedere.

A quanto pare la furia urlante è la sua fidanzata. Buono a sapersi. Ci presentiamo così?

«Che cazzo stai facendo?», gli chiede una seconda volta, avvicinandosi minacciosa al letto.

«Calma», cerco di farla ragionare, mettendomi a sedere sul bordo del letto. «Stiamo tutti calmi. Non è successo assolutamente niente». La mia voce è così autorevole da bloccare l'avanzata della furia. Certo, se le furie fossero more, esotiche e pesassero venti chili, vestiti inclusi.

«In che senso non è successo niente? E chi cazzo sei tu?», domanda tornando a digrignare i denti stile chihuahua arrabbiato.

Sarà deformazione professionale, ma trovo davvero fastidiosa l'abitudine di questi giovani d'oggi di usare parolacce come se niente fosse. Uno può manifestare il proprio malcontento anche con grazia, no? È per questo che i genitori investono soldi su soldi nella loro istruzione, perché siano capaci di pronunciare una frase degna di questo nome. Anche nei momenti di stress.

«La vicina di casa. Julie, piacere». Il fatto di aver teso la mano nella sua direzione le fa corrucciare le sopracciglia perfettamente delineate. L'ho chiaramente confusa e ora non sa se stringere il mio palmo o se continuare a urlare. Alla fine decide per la prima alternativa, ma lo fa con particolare attenzione, come se io fossi roba avariata.

«Perché diavolo mi hai dato le chiavi di casa, se avevi intenzione di farti trovare con altre donne nel tuo letto?», si rivolge al suo ragazzo, dopo aver lasciato andare la mia mano. È evidente che si è placata, ma non ha ancora deposto le armi.

Ci voltiamo entrambe in direzione di Terrence, che si sta passando una mano tra i capelli. Ha l'aria adorabilmente arruffata. «Liz, ti giuro che hai capito male. Julie è la mia vicina di casa. Stavamo solo guardando un film e ci siamo addormentati. Guarda, abbiamo ancora tutti i vestiti addosso...».

Liz si rilassa impercettibilmente. «Sarà anche come dici, ma non è stato piacevole entrare qui e trovarti abbracciato a *quella*!», ribatte petulante.

È la prima volta in vita mia che un'altra donna mi definisce "quella". Mi sento quasi fiera, dramma del momento a parte, sia chiaro.

«Lo immagino. Ma Julie è davvero solo la mia vicina di casa. Anche perché...». E si blocca, all'improvviso a disagio.

«Perché?», gli fa eco la ragazza, e io quasi vorrei unirmi a lei. Ho infatti intuito al volo dove voglia andare a parare.

Lo so, e pur sapendolo non so bene come prepararmi al colpo.

«Sì... be'... Julie è...», balbetta. Mai sentito balbettare prima.

«Sono?», gli chiedo a mia volta, con espressione ironica. A questo punto sono davvero, davvero curiosa di vedere come arriverà al nocciolo della questione.

«Julie è...», ripete, deglutendo sonoramente, «parecchio più vecchia di me?».

Oh cielo. La verità è che pur essendo ben preparata a qualcosa di simile, la mortificazione mi colpisce comunque in pieno petto. È come guardare un treno ad alta velocità che avanza pian piano nella tua direzione. Ti centrerà, lo sai che lo farà, e non riesci comunque a fare a meno di rimanerci male.

«In effetti, ora che mi ci fai pensare...», acconsente la sua *dolce* metà.

Non è davvero richiesto che io rimanga qui a sentirmi insultare oltre, vero?

Appoggio i piedi per terra, mi sistemo in qualche modo la criniera impazzita e mi sforzo di sorridere. Dubito sia un sorriso particolarmente riuscito, ma le circostanze non aiutano.

«Be', io andrei», borbotto mentre cerco le scarpe finite chissà dove. Le avevo portare con me, quando eravamo entrati in questa camera, a dimostrazione del fatto che avevo tutte le intenzioni di andarmene prima di svenire dalla stanchezza. Perché diavolo non l'ho fatto?

«Julie...», mi richiama Terrence a disagio.

Ah no, ha finalmente detto quello che pensa sul serio su di me. Ed è giusto che lo pensi, sia chiaro. Io sono molto più vecchia di tutti loro. Sono quella che viene definita "un'altra generazione". Mi viene quasi da sorridere a ripensare ai ventinove anni che diceva di potermi *al massimo* dare solo qualche ora fa. Certo, come no.

Quello che forse mi infastidisce di più di tutta questa storia è che per un attimo avrei davvero voluto essere più giovane. È un desiderio che non avevo mai sentito prima e che non so bene come interpretare: follia del momento? Insensato abbaglio per una persona che mi ha fatto ridere come nessun'altra prima d'ora? Mera empatia umana che stavo iniziando a scambiare per altro, senza alcun motivo?

«Liz, mi spiace per questo equivoco. Davvero, non volevo farti venire un colpo al cuore. Ma noi gente anziana abbiamo problemi di narcolessia, di tanto in tanto...». C'è parecchio sarcasmo nella mia ultima frase. Sarcasmo che lei non coglie minimamente. Mi sorride magnanima, come se, ora che è venuta fuori la storia dell'età, possa permettersi di essere gentile. Anzi, condiscendente. La gentilezza è tutt'altra cosa e questi ragazzi non saprebbero riconoscerla nemmeno se vi sbattessero addosso.

«Julie...», mi richiama ancora una volta Terrence. Il fruscio dei suoi vestiti mi fa intuire che si sta mettendo in piedi. Devo fuggire di qui prima che riesca a raggiungermi. Chi se ne importa delle scarpe, no? Devo solo scendere un piano di scale.

«Buonanotte», saluto entrambi e me la svigno più veloce della luce.

Sono reduce da una lunga doccia bollente che speravo lavasse via il mio senso di umiliazione. Il violento scrub è servito solo a metà: le cellule morte saranno anche state sradicate insieme a qualche strato di epidermide ancora viva, temo, ma la mortificazione non se n'è andata del tutto. Nel frattempo è emersa anche della sacrosanta rabbia perché – che vadano al diavolo le modelle e le rock star – io non sono affatto così decrepita come hanno voluto farmi sentire ieri sera. Sono nel fiore degli anni. Posso ancora avere figli, se mi do una mossa, posso ancora fare un sacco di corse. Posso persino correre la maratona, se mi metto in testa un simile traguardo.

Ok, intera no. Mai e poi mai. Ma diciamo che potrei correre la maratonina, se mi decidessi per una simile impresa.

In ogni caso, quel che conta è che io ho tempo, tutto quello che serve per fare le cose che contano. Certo, sempre che la smetta di tergiversare e trovare sempre nuove scuse.

Sto per chiamare Laurel e proporle un pranzo di sfogo quando sento bussare alla porta d'ingresso. Ho indosso dei leggins neri e un lungo maglione celeste. Sono struccata e i miei capelli hanno immagazzinato tutta l'elettricità statica di Manhattan. A essere sinceri non ho affatto voglia di incontrare Terrence.

Mi sporgo per controllare dallo spioncino e ci rimango persino male nel constatare che non si tratta di lui ma della sua dolce metà. Non ha nemmeno avuto il coraggio di venirmi a parlare ma ha preferito mandare in avanscoperta Liz.

Apro la porta e mi stampo in faccia il miglior sorriso possibile. Decrepita ma almeno sorridente.

«Buongiorno», la saluto allegra. La ragazza ha indosso un paio di pantaloncini neri cortissimi e una maglietta che lascia in bella vista il suo ombelico e parte del suo stomaco perfetto. È inutile che aggiunga che non ha un filo di grasso in tutto il corpo. È truccata alla perfezione e i suoi capelli scuri sono acconciati in meravigliose onde. Mi sono sempre chiesta quale possa essere una giustificazione valida alla perdita di tempo quotidiana per arricciare i capelli. A quanto pare sentirsi superiori a tutti quanti di prima mattina.

«Ciao!», ricambia allegra. «Terrence si è raccomandato di non scendere a importunarti – a quanto pare lui è certo che tu non usi roba simile – ma io gli ho detto che era impossibile. Ogni donna che si rispetti lo usa!». E ride, come se si trattasse di chissà quale battuta.

«Di cosa stiamo parlando?», mi permetto di domandarle.

«Oddio, già! Che sciocca che sono... Del dolcificante! Al giorno d'oggi nessuna donna che si rispetti usa più lo zucchero calorico, no?», aggiunge facendomi l'occhiolino.

È probabile che avrei dovuto invitarla a entrare dentro casa ma a questo punto non ci penso nemmeno morta. «Hmm, no. Io non possiedo del dolcificante», sono lieta di informarla.

Il suo sorrisetto ebete si spegne all'istante. «Ah...», commenta pensierosa.

A quanto pare ora, oltre a essere decrepita, faccio anche parte della brutta categoria di persone che usano lo zucchero. Vedrò di farmene una ragione.

«Ho visto che c'è anche un altro ingresso su questo pianerottolo. Sai per caso se l'altro vicino usa il dolcificante?», domanda speranzosa.

La signorina Berry dovrebbe usare *solo* il dolcificante a causa del suo diabete, ma anche lei ama sgarrare. Potrei mentirle, ma non vedo perché. Sono superiore agli ultimi avvenimenti, no? E poi voglio proprio vedere la sua faccia...

«Potrebbe, in effetti. Ti consiglio di provare».

«Ah, allora faccio subito». La osservo mentre si incammina e suona il campanello della mia temibile vicina di casa. Una persona meno vendicativa avrebbe chiuso la porta, ma oggi sono suscettibile, a quanto pare, e non voglio proprio perdermi la scena.

«Buongiorno!», la saluta allegra Liz. «Io vengo dal piano di sopra e mi chiedevo se per caso avesse del dolcificante da prestarmi», cinguetta con quella sua voce da uccellino. Davvero fastidiosa. Non so come faccia a reggerla uno come Terrence, che in teoria deve amare la musicalità.

La signorina Berry la scruta con aria corrucciata. Poi allunga lo sguardo e mi lancia un'occhiata: c'è della sorprendente comprensione nel suo sguardo. «Buongiorno un corno. E no, non ho del dolcificante». Così dicendo, richiude con forza la porta, e per poco non schiaccia la povera, piccola Liz. Costretta a usare zucchero vero al posto del dolcificante.

La ragazza rimane immobile sull'uscio, incredula. C'è dell'infantile soddisfazione nel guardarla mentre cerca di ricomporre il suo sorriso. Anche noi anziani sappiamo essere infantili, di tanto in tanto.

Dopo essersi ripresa, si volta nella mia direzione. «Oh, va be', fa niente. Vorrà dire che Terry e io usciremo a fare colazione...».

Spero per lei che si vesta prima, perché uscire a marzo con indosso pantaloncini e maglietta stile *Baywatch* può portare alla morte. E nemmeno io arrivo ad augurarle tanto.

«Ti sei davvero addormentata con lui sul letto?», ripete la domanda Laurel. Deve essere la terza volta che me lo chiede, ma la sua incredulità non accenna a placarsi.

«Perché, a te non potrebbe mai capitare?», ribatto piccata.

«Di svenire accanto a una divinità del rock? No, francamente non credo proprio...».

«Ma per me lui è solo il mio vicino di casa», cerco di spiegarle.

«Evidentemente...».

«Evidentemente cosa?»

«Evidentemente sei un caso a parte. Perché la gente non si abbiocca sul letto di uno con quell'aspetto, lascia che te lo dica».

«E cosa fa la gente? Sentiamo...», la provoco.

«Magari gli salta addosso», ipotizza come se niente fosse.

«Ma è fidanzato!», le ricordo. «Io non salto addosso alla gente occupata!». Con quello che ho passato, non potrei mai fare qualcosa di simile.

«Ah, quindi se non lo fosse, lo faresti?», è veloce a domandarmi.

La osservo disgustata. «Ma chi sei tu, un avvocato?».

Ride divertita. «No. Sempre e solo una scrittrice di romanzi rosa. Ma, in effetti, avrei potuto fare l'avvocato. Ho la parlantina adatta».

«Senz'altro».

«Quindi, ti piace?»

«No! Assolutamente no. Ha undici anni meno di me. Capisci? *Undici*...».

«Sei noiosa con questa storia dell'età, lascia che te lo dica».

«Sarò anche noiosa, ma sono certa che nemmeno tu saresti stata capace di rimanere imperturbabile, se ti avessero trattato come un derelitto umano. Terrence mi ha dato della vecchia», ci tengo a ricordarle.

«Magari non intendeva proprio vecchia...», prova a consolarmi Laurel.

«No, credimi, vecchia intendeva e vecchia ha detto».
«Se avesse detto matura sarebbe stato meglio?», ride.
«Ovviamente no. Cosa sono, una pesca?»
«Il tuo incarnato la ricorda, in effetti».
La cameriera nel frattempo ci ha portato le rispettive ordinazioni: pasta per Laurel e insalata per me.
«Mi spieghi perché mangi insalata tutto a un tratto?», mi chiede indicando la mia ciotola. Solo verdure. Niente schifezze di contorno. Vorrei una medaglia all'onore, grazie. «Tu detesti l'insalata».
«Ho trentasei anni e zero uomini nella mia vita. Direi che è il momento di farsi piacere l'insalata».
Laurel scuote la testa. «Tu sei tutta matta... Non capisco cosa diavolo ti abbia preso, ultimamente».
«Si chiama crisi di mezza età», non ho problemi a chiarirle.
«Oggi l'età media è novant'anni. Hai ancora nove anni buoni prima di arrivare nel mezzo».
«Sarà novant'anni in Giappone. In questo Paese, non credo proprio. Mangiamo schifezze, alteriamo geneticamente il mais, droghiamo i maiali, non abbiamo un'assistenza sanitaria pubblica. Mangiare insalata è il minimo che io possa fare». Così dicendo porto alla bocca un grosso boccone d'erba. Mastico ripetutamente e deglutisco con espressione sofferente. Questa cosa fa schifo, punto e basta. Ma, d'altronde, uno non può vivere solo di pollo fritto...
«Cosa ne è stato della mia amica? Quella serena e con la testa sulle spalle?», ironizza Laurel.
«È stata definita vecchia...», grugnisco doppiamente indispettita: per essere stata catalogata come tale e per essermi seccata di fronte all'evidenza.
Laurel posa la forchetta e fissa con decisione i suoi occhi su di me. «Senti, se la cosa ti ha tanto colpito, smettila di passare il tempo con i ragazzi. Esci, per l'amor del cielo! Frequenta uomini della tua età!».

Il suo suggerimento è molto saggio. «Sì, dovrei davvero farlo…».

«Non basta il condizionale. Fallo sul serio. Anzi, te lo fisso io un appuntamento», esclama, illuminandosi in volto.

«Con chi?», chiedo allarmata.

«Non lo so. Sto pensando. Fammi ragionare un attimo: un uomo intelligente, single, della nostra età… Ma certo! Norman!». È così felice della sua idea che temo si metta a saltellare per il ristorante.

«Chi, il tuo agente?»

«Sì, lui. Vi siete incrociati qualche volta. È un bel tipo, non puoi negarlo».

«Be', è attraente. Anche se un tantino rigido, da quel che ricordo…».

Laurel liquida in fretta la mia frase. «Sciocchezze. Norman è un amore. È attraente, è intelligente, magari non proprio super socievole… ma tu sei sciolta, sai come tener viva una conversazione».

«Davvero, lo so fare?», chiedo dubbiosa.

«Assolutamente. I vostri caratteri sarebbero ben bilanciati. E poi amate entrambi i libri. Cosa vuoi di più da una relazione?».

Laurel la sta facendo troppo facile. «Scusami, e un così perfetto esemplare maschile, come mai è ancora single?». Il problema dell'aver superato da qualche anno i trenta è la diffidenza verso il prossimo: se uno della mia età è single, è giustificato solo se viene da una lunga e dolorosa rottura. Altrimenti è strano e basta. E quelli strani sono da evitare. «Ha divorzi alle spalle? Storie d'amore tormentate? È uno da una botta e via?».

La mia amica ha ben compreso il mio ragionamento e si raddrizza impercettibilmente sulla sedia. Cosa non mi sta raccontando, esattamente? «Norman è una persona seria. Tutt'altro che un conquistatore seriale».

«Quindi cos'ha che non va?».

La osservo mentre riflette se condividere o meno con me alcune informazioni. «Sulla carta niente. È perfetto. Lo conosco da anni e ti posso assicurare che è una bravissima persona. Se vuoi però la mia opinione, deve avere qualche storia alle spalle. Ma deve trattarsi di qualcosa di molto vecchio. Ha l'atteggiamento di chi cerca sempre di risultare imperturbabile. Ecco perché ho pensato a lui: sinceramente credo che anche Norman abbia bisogno di uscire con qualcuno. Siete due persone di valore. Non vedo perché tra di voi non debba funzionare».

«Ma non mi avevi raccontato che sospettavi ci fosse una mezza tresca con la sorella di Aidan?», mi tocca ricordarle.

«Oh, cosa vuoi che ti dica. Pare che abbia preso fischi per fiaschi. Allora, organizzo?».

Poso la forchetta anch'io. Non riuscirò mai a finire quest'insalata. Proprio non mi piace. «Va be', organizza. Tanto, non è che abbia di meglio da fare, no?»

«Intendi, oltre a rotolarti nel letto con giovani rock star?», mi punzecchia un'ultima volta.

«Non ti dimenticherai mai di questa storia, vero?», chiedo depressa.

Laurel ride scuotendo la testa. «No, mi spiace. È troppo divertente...». Ma lo pensa solo perché non l'ha vissuta. Personalmente potrei convenire che l'esperienza sia stata formativa, magari necessaria a farmi aprire gli occhi, ma divertente no. Proprio no. «Lascia quell'insalata e mangia un po' della mia pasta. Vedrai che dopo ti sentirai meglio».

Riprendo la forchetta e infilzo i suoi maccheroni al formaggio.

«Allora, non ti senti all'improvviso meno triste?», chiede Laurel con espressione soddisfatta.

«Quasi», le rispondo sincera. «Ed è già un mezzo miracolo».

Esco in punta di piedi dall'ascensore e mi incammino a passo felpato lungo il corridoio che conduce al mio appartamento. Ebbene sì, sto cercando di non dare nell'occhio e di non far rumore perché, sebbene in tutta questa storia io sia quella più matura e quindi sarebbe lecito attendersi da parte mia un comportamento consono, tra il dover parlare con Terrence e l'evitarlo del tutto preferisco di gran lunga la seconda ipotesi. Per una volta, me ne frego di apparire ragionevole.

Sono quasi arrivata alla meta, quando sento la porta della signorina Berry aprirsi con decisione. «Eccola finalmente!», esclama a voce alta la mia vicina di casa.

«Psssss», le sussurro girandomi nella sua direzione.

«Cosa sta facendo? Si sta nascondendo?», chiede ironica.

«Chi io?»

«E parli a voce più alta che sono sorda!».

Sbuffo ma procedo comunque nella sua direzione. «Non mi sto nascondendo», cerco di replicare con convinzione. Peccato che faccia parte della categoria di persone che mente così male da farsi beccare subito.

«Ah no?», chiede poco convinta la mia vicina. «Comunque, la stavo aspettando. Entri dentro», mi ordina.

Sì, ordina. Il tono è quello da generale.

«Veramente io...».

«Non mi dica che ha da fare, perché non le credo».

«Guardi che io lavoro, di tanto in tanto...».

«Sì, sì, lo so che scrive. Ma oggi è di cattivo umore perché il giovanotto al piano di sopra sta facendo vagare lo stuzzicadenti per l'edificio», afferma senza battere ciglio.

Spalanco la mascella. «Signorina Berry!». Evito di commentare in qualsiasi modo la sua affermazione sul mio *presunto* cattivo umore. Sto una favola, non si vede?

«Sono vecchia e sto per morire, perciò posso permettermi di dire tutto quello che voglio».

È oggettivamente difficile ribattere a una simile affermazione. «Come fingere di non avere dolcificante?»

«Non mi ha chiesto se ce l'avevo, ma solo se potevo prestargliene un po'. Ho detto di no. Questo è ancora un Paese libero, sbaglio?»

«Sto iniziando ad avere i miei dubbi, signorina Berry...».

«Ormai sono anni che non ho più la pazienza necessaria per parlare di politica, perciò non ci provi nemmeno a tirare in ballo l'argomento. Entri piuttosto», mi intima di nuovo.

«Vengo, vengo...». Mi ha preso per sfinimento. Oggi è davvero una giornata strana.

«Le voglio insegnare come si fa la mia famosa torta al cioccolato», mi informa con tono ufficiale. Sul suo tavolo della cucina ha già preparato tutti gli ingredienti necessari insieme a quello che presumo sia il libro nero delle ricette segrete. Rigorosamente trascritte a mano. Sorrido mio malgrado.

«Le ricordo che non so cucinare...».

«Sono vecchia, non arteriosclerotica. Lo so benissimo che non sa cucinare, signorina Morgan. E io ho deciso di rettificare la questione».

«Perché?», chiedo confusa.

Mi scruta con una strana espressione. «Lei ha bisogno di una mano».

Mi accascio sulla sedia, depressa, perché le sue parole sono tristemente vere. Non ho quasi finito di sospirare che il maledettissimo gatto mi salta nuovamente in braccio. È l'animale più inquietante che abbia mai incontrato in vita mia.

«Attila è bravo a giudicare le persone. Se lei gli piace, mi sforzerò anch'io di trovarla gradevole», mi informa.

«Grazie...», rispondo solo, non sapendo bene cos'altro aggiungere.

«E ora legga», torna subito alla questione che le sta maggiormente a cuore. Visto che mi sento in minoranza numerica, non posso fare altro che eseguire gli ordini.

Per fortuna si tratta di una ricetta semplice: persino io, un'impedita cronica, riesco a seguire passo dopo passo la ricetta.

«Lo sa come si conquistano gli uomini?», mi chiede a un

tratto la signorina Berry, mentre sto lottando per sciogliere il cioccolato fondente a bagnomaria. Procedimento del tutto misterioso e a mio modesto parere inutile, perché questa è pur sempre l'epoca delle grandi invenzioni tecnologiche.

«No. Però so che potremmo accelerare questo passaggio con il microonde», le propongo.

«Neanche per sogno. Ci vuole pazienza e una giusta quantità di calore. Il microonde secca. E noi non vogliamo che il nostro cioccolato sia secco», tuona. Alzo le mani in segno di resa, con il risultato che il pentolino contenente il cioccolato per poco non si riempie d'acqua. Riesco a salvare la situazione in extremis, meritandomi un'occhiataccia da parte della mia vicina. «I luoghi comuni sono solo un sacco di baggianate, ma ogni tanto qualcuno ha una sua ragion d'essere. Pensi per esempio alla storia degli uomini che vanno presi per la gola... saper cucinare non mi ha mai aiutato granché con l'altro sesso, ma questi sono tempi strani. Motivo per cui sono andata a comprare dello zucchero normale, in modo che lei possa portarsi a casa la sua torta».

Mi volto per osservarla, piuttosto colpita. «Signorina Berry...».

«Non faccia la sentimentale, ora. È solo zucchero», risponde a disagio.

«Lo so che è solo zucchero. Ma oggi pare che tutto ruoti intorno allo zucchero».

Ci prendiamo del tè mentre attendiamo che la torta finisca di cuocere.

«Comunque, lei gli piace», mi dice all'improvviso, mentre siamo sedute con le rispettive tazze in mano.

«Mi scusi?»

«Non faccia la scema, ha capito benissimo di chi sto parlando. Lei gli piace», insiste.

Fingere di non capire a chi stia alludendo non gioverebbe a nessuno. «Sì, come persona. Come amica e vicina di casa».

La vecchietta scuote la testa. «Anche. Ma lei gli piace.

Guardi che alla mia età le cose più elementari si intuiscono al volo».

«Signorina Berry, non so se lo ha notato, ma io ho qualche anno più di Terrence. Vorrei trovare un uomo della mia età. Qualcuno con cui sentirmi alla pari e non in difetto».

«Gli uomini frequentano da sempre donne più giovani e di certo non si sentono in difetto per questo...», mi fa giustamente notare. Non so perché, ma non la facevo un tipo rivoluzionario.

«È un mondo a due velocità, con due unità di misura. E, comunque, se anche io fossi una persona capace di fregarsene delle apparenze, le ricordo che lo stecchino aveva la chiave del suo appartamento».

«E allora? Anche lei ha la chiave, no?», ribatte.

Non ho la più pallida idea di come faccia a saperlo, ma non mi stupisco affatto che sia così. La signorina Berry deve essere stata un agente della CIA in gioventù. «Sì, anch'io ho la chiave. Ma solo perché sono stata investita del ruolo di annaffiatrice di piante».

«Io non starei troppo a pensare alla storia della chiave, dico davvero. È giovane. Gli uomini giovani sono confusi».

«Veramente lo sono anche a una certa età...».

«Appunto. Deve essere comprensiva. Gli uomini hanno bisogno di tempo».

«Il mio problema nella vita, al massimo, è che sono stata *troppo* comprensiva con chi non se lo meritava affatto. Comunque, poco importa. Ho deciso di uscire dal torpore nel quale sono caduta e di prendere il toro per le corna. Signorina Berry, a quanto pare a breve avrò un appuntamento con un uomo affidabile e della mia età».

La mia vicina mi scruta con un mezzo sorriso. «Be', magari sarà la volta buona...».

«O magari no e non importa comunque».

Il suo sguardo è colpito. «Brava, è questo l'atteggiamento giusto».

In quel momento il mio cellulare emette un suono. È Laurel che mi conferma l'appuntamento con Norman. La giornata è iniziata male ma finirà bene, a quanto pare: sto per uscire da questo appartamento con una torta al cioccolato e un appuntamento. E cosa può volere di più una donna di questi tempi?

Qualche giorno dopo sono intenta a litigare con l'arricciacapelli quando sento suonare alla mia porta. Mi blocco con quell'infimo bastone a temperatura lavica tra le mani.

«No!», esclamo terrorizzata. «Non può essere mezz'ora in anticipo!».

Laurel mi aveva avvertito che Norman era un tipo preciso. Ma un conto è spaccare il secondo e ben altro presentarsi così tanto in anticipo.

Ho ancora mezza testa liscia, mentre l'altra mi fa somigliare a una specie di barboncino impazzito. Non posso incontrare il primo uomo potenzialmente interessante da secoli con i capelli per metà barboncino e per metà levriero afgano...

Il campanello suona una seconda volta.

Sono una donna morta, dico sul serio. Anche l'uomo più coraggioso al mondo farebbe fatica a non spaventarsi a morte, trovandomi così conciata. Ma ormai è qui...

«Arrivo, arrivo...», esclamo rassegnata, incamminandomi verso la porta. La spalanco senza nemmeno controllare lo spioncino. Ma non è Norman. La mia *solita* fortuna.

«Terrence, qual buon vento!», esclamo sorpresa. Il mio tono è fortemente sarcastico e spero che se ne sia accorto.

La mia uscita di scena di tre giorni fa è stata così rocambolesca che, passata la rabbia iniziale, avevo quasi dato per scontato che si sarebbe fatto vivo per chiarire. E invece, dopo aver mandato la sua ragazza a chiedere in prestito il dolcificante, ha preferito non farsi vedere. O sentire: contro ogni previsione non ho udito un solo suono dai piani alti. E ho ascoltato... Oh, se ho ascoltato.

Ha il buon gusto di arrossire di fronte alle mie parole, segno che, se non altro, si rende conto di essere in qualche modo in difetto. Allunga un braccio e mi porge le scarpe da ginnastica che ho lasciato a casa sua la famosa sera.

Ci mancavano solo le scarpe...

Me le riprendo velocemente, intenzionata a richiudere la porta e andare avanti con il mio modestissimo tentativo di acconciatura, quando Terrence mi batte sul tempo e si appoggia come suo solito allo stipite. Fa vagare i suoi occhi lungo tutto il mio corpo. Sembra sinceramente sorpreso.

«Stai uscendo?»

«No, è la settimana dell'alta moda in casa mia...», gli rispondo con tono pungente.

«Non ti ho mai visto con un vestito elegante addosso», commenta ad alta voce, decidendo in modo molto deliberato di ignorare il mio sarcasmo. Immagino mi reputasse incapace di scegliere qualcosa che non fosse il solito maglione ridicolo.

Si dà il caso che, quando (ormai rarissimamente) mi metto in testa di apparire carina, posso riuscirci anch'io. Magari non potrò permettermi dei micropantaloncini, ma possiedo degli abiti niente male. Il fatto che solitamente *scelga* di non indossarli è tutt'altra cosa. «Sì, ogni tanto anche noi gente *vecchia* infiliamo un vestito elegante e usciamo», ribatto.

Nervoso, si passa una mano tra i capelli. «Dài Julie, lo sai bene che non era quello che pensavo...».

Mi permetto di interromperlo. «Non so cosa pensavi o cosa *non* pensavi. So solo quello che hai detto». Incrocio le braccia al petto con un'aria che spero risulti in qualche modo minacciosa.

«È stata un'uscita infelice», ammette finalmente, tre giorni troppo tardi. «Ma era notte fonda, ero mezzo addormentato e noi eravamo attorcigliati». Dettaglio che ho cercato a mia volta di cancellare dalla mente con dosi extra di cioccolato. «Sono andato nel panico, suppongo...».

«Tu supponi. Interessante scelta linguistica».

«E dài, aiutami. Sto cercando di chiederti scusa», quasi mi supplica, scrutandomi con occhi da cane abbandonato.

Non devo cedere.

Non devo assolutamente cedere.

Anche se ha indosso una maglietta nera – senza buchi, a proposito – che gli calza come un guanto.

Anche se quegli occhi azzurri sono spettacolari…

Prima o poi dovrò farmi vedere da uno bravo. «Ok, scuse accettate. E ora togliti di torno, devo arricciare l'altra metà della testa prima che il mio appuntamento galante venga a bussare alla porta». Cerco di spingerlo sul pianerottolo in modo da poter richiudere finalmente la porta ma niente, il fanciullo ha dei pettorali di granito.

«Perché ti stai arricciando i capelli? Stai molto meglio al naturale». Dice il ragazzo fidanzato con una modella dalla chioma perfetta…

«A voler essere precisi sto ugualmente male sia liscia che riccia, ma ormai ho iniziato e devo finire. Mi mancano tutte le ciocche dietro. Non sarà un'impresa facile, perciò smamma», gli ripeto.

Ma invece di togliersi di torno come ogni persona saggia farebbe, Terrence scoppia a ridere. «Ti aiuto», se ne esce poco dopo, come se non ci fosse nulla di strano in questa sua offerta.

«Con cosa, con l'arricciacapelli?». Ebbene sì, sono del tutto incredula.

Scrolla le spalle con fare distensivo. «Perché no?».

Temo che potremmo stare qui ancora a lungo, se davvero mi mettessi in testa di rispondere al suo quesito. «Mi aiuterai come mi avevi promesso di svegliarmi?», non resisto dal ricordargli.

Il suo sorriso si spegne al volo. «No, certo che no… Guarda che non l'ho fatto apposta: mi sono abbioccato anch'io e mi dispiace! Mi spiace, mi spiace, mi spiace. Posso andare avanti a ripeterlo all'infinito, se è quello che vuoi…».

No, in effetti non è quello che desidero. Mi piacerebbe che si togliesse di torno, questo sì, ma pare non sia serata per esprimere desideri.

«Sono capace di usare un ferro per capelli, lo giuro», esclama solenne. «Ho attraversato varie fasi prima di giungere a questa bicolore. C'è stato il periodo di revival degli anni Ottanta, per esempio. Diciamo che ho avuto modo di farmi un'esperienza notevole con i ferri e le piastre per capelli».

«Non sono certa di voler conoscere altri dettagli. Le tue esperienze hanno l'aria di essere quasi sempre estreme».

Si sporge in avanti invadendo il mio spazio vitale. Così non vale. «A proposito, il tuo vestito è sexy».

Sbatto confusa le palpebre, lottando con il mio solito imbarazzo. «Grazie. Speravo lo fosse». L'abito che ho scelto è fasciante e di pizzo nero, scollo a barchetta sul davanti e lunga scollatura sulla schiena. Non indosso nemmeno il reggiseno, e infatti mi sento a disagio come un pinguino alle Hawaii.

«Chi è l'uomo fortunato?», domanda sporgendosi ancora di più nella mia direzione. La decisione di togliermi di mezzo e di farlo entrare nel mio appartamento ha più a che fare con il batticuore insensato che con una scelta ponderata.

«Si chiama Norman e fa l'agente letterario».

«Norman non è un nome molto promettente...», mi prende in giro.

«Perché, cosa vuoi dire?»

«Immaginati di essere nel momento massimo di passione e di metterti a gridare: "Norman, sì, Norman, proprio lì!"».

Questa volta sono io a ridere a crepapelle. «Per favore... Chi è che grida al giorno d'oggi? Solo le donne esaltate. O quelle che fingono».

«Quindi non sei una gridatrice».

«Assolutamente no. E tendenzialmente ne vado anche fiera. Arriverai alla stessa conclusione anche tu, quando avrai qualche anno in più».

Scuote la testa, per nulla convinto, mentre gli faccio strada fino al bagno, dove mi attende l'arricciacapelli bollente. Prima che io possa fermarlo, Terrence afferra una spazzola e inizia a dividere i miei capelli lisci in ciocche. Ghermisce il ferro e vi avvolge con sorprendente maestria una ciocca di capelli che, in effetti, non sarei mai riuscita a raggiungere da sola.

«Non per insistere, ma perché, se tu scherzi sulla mia età, è da considerarsi mero umorismo, mentre se io mi lascio scappare una mezza parola infelice, è offesa destinata a durare fino alla morte?», vuole sapere.

Osservo il suo volto riflesso nello specchio. Sono quasi tentata di afferrare il cellulare abbandonato sulla mensola e di scattare una foto di noi due alle prese con l'arricciacapelli. È una scena che non si ripeterà mai più. «Si chiama duplice metodo di giudizio, caro».

«Be', ammetterlo è già qualcosa...». Rilascia una ciocca perfettamente arricciata e passa alla successiva. Mentre attende il tempo di posa, i suoi occhi cadono sulla mia schiena. Il suo sospiro è ben udibile. «Cavolo... non mi ero reso conto della scollatura...». La sua voce melodiosa si è fatta quasi roca.

Non riesco a distogliere gli occhi dallo specchio: c'è qualcosa di molto intenso nel suo sguardo, mentre mi osserva. «Diciamo che ho grandi speranze per questa serata».

«Hmm... Un agente letterario...», mormora. Credo stia cercando in qualche modo di smettere di fissare la mia pelle. Trovo un'infantile soddisfazione nel fatto che non ci stia riuscendo e che le sue guance si siano nel frattempo fatte ben più colorite di quando è entrato qui dentro.

«Sì. Dovremmo avere molto in comune».

«Lo conosci già?»

«Di vista. Rappresenta la mia amica da anni. Avremo scambiato giusto due parole a qualche evento».

«Quindi niente scintilla».

Mi volto per osservarlo occhi negli occhi. «In che senso?»

«Vi conoscete ma non avete mai provato niente che vi

facesse pensare di uscire insieme prima. Quindi, perché ora?», vuole sapere.

«Perché sì! Ora sono nella condizione mentale di voler conoscere una persona come lui. Evidentemente pensa la stessa cosa, se ha accettato». Non mi è ben chiaro cosa stia insinuando con queste domande.

«E immagino abbia l'età giusta...».

Davvero, ma che gli prende? «Sì, quasi la stessa».

«Uomo perfetto, questo Norman». Sta passando con grande velocità di ciocca in ciocca. Mi sforzo di non notare la reazione che il mio corpo sta avendo al mero contatto delle sue mani con la mia nuca. Devono essere stati gli anni di privazione di abbracci. O almeno lo spero. «Quindi, se farà la mossa giusta, ci andrai a letto?».

Gli strappo l'arricciacapelli di mano. «Scusami? Ma che razza di domande sono?»

«Lecite. Vuoi andarci a letto?», insiste. Ha un'espressione stranamente intensa mentre mi osserva.

«Non lo so! Non ci sono nemmeno andata a cena, per la miseria! Vedremo. Non sono il tipo che salta nel letto con una persona al primo appuntamento, ma mai dire mai, immagino. Piuttosto, dov'è la tua bella?», mi ricordo di domandargli. Cosa che avrei dovuto fare subito, ma la sua presenza e la sua parlantina mi rimbambivano prima e tendono a farlo anche adesso, purtroppo.

«In volo per Parigi. Ha un servizio fotografico». Il tono è piuttosto disinteressato. È probabile che finga.

«È molto carina».

«Sì, è molto carina», ripete.

«State insieme da tanto? Voglio dire, deve essere una cosa seria, visto che lei ha le tue chiavi...». Non sto affatto cercando di carpire altre informazioni. Sono semplicemente gentile, chiaro?

«Da qualche mese. E no, non è una cosa così tanto seria», risponde sulla difensiva.

«Sì, ma le chiavi...».

Mi interrompe quasi bruscamente. «Senti, è una storia lunga. Le chiavi me le ha praticamente estorte dicendo che con i suoi orari è sempre meglio che ne abbia una copia, in modo da non svegliarmi».

«Be', in effetti è arrivata tardi».

«È arrivata senza nemmeno avvisare», ci tiene a specificare.

«E questo ti disturba?».

Sono finalmente riuscita a portare a termine la missione impossibile e ad arricciare tutti i miei capelli e ora sto cercando di aprire i boccoli per diminuire in qualche modo il loro effetto estremo. Sono al cento per cento un barboncino elettrizzato. Terrence sorride e solleva le mani per aiutarmi nella titanica impresa di rendermi presentabile. Le nostre dita si sfiorano ripetutamente tra un boccolo e l'altro.

«In effetti mi disturba un po'», mi confessa dopo una lunga pausa. «È normale, secondo te?»

«Temo di non essere la persona giusta per dirti cosa sia normale e cosa no». Ho vissuto per anni con una persona che mi tradiva. Davvero, cosa ne so io di uomini? O di donne. Pur avendo finalmente trovato negli ultimi anni amiche che stimo e con cui riesco ad aprirmi, convivo con un'onnipresente sensazione di essere in un certo senso differente da tutti. Per carità, sono certa che sia una sensazione più comune di quanto si immagini. Ma se per altri questo sentirsi un pesce fuor d'acqua in genere dura per brevi periodi, nel mio caso pare essere una condizione destinata a non svanire mai del tutto.

«Ho conosciuto Liz in un momento particolare della mia vita. E ho pensato che, dato che lei è famosa, non stesse con me solo perché lo sono anch'io, hai presente?».

Sì, capisco di cosa sta parlando. «Be', l'unica cosa che so con certezza è che ci vuole dedizione e pazienza. Non puoi aspettarti che tutto fili sempre liscio...».

«Come oggi i tuoi capelli?», chiede con una risata, insistendo con i miei boccoli, il cui stato è migliorato solo in parte, a forza di insistere. «Comunque, credo di aver cambiato idea: quest'acconciatura mi piace. Riesco a immaginarti a letto con quella massa di ciuffi impazziti».

La mia mano si blocca e i miei occhi si spalancano per la sorpresa. Ho davvero compreso bene il significato della frase?

Non faccio in tempo a rispondere qualcosa di intelligente che si sente il suono imperioso del mio campanello. Controllo l'orologio: sono le otto in punto. Questo è senza ombra di dubbio Norman che spacca il secondo.

«Vai tu o vado io?», mi chiede Terrence, osservandomi esitare.

«Vado io, ci mancherebbe». Esco dal bagno ricacciando in gola la tensione, mi infilo le scarpe con il tacco e apro la porta. Il mio primo pensiero è che Norman Morrison di certo non delude: è alto, con capelli biondi dal taglio severo, occhi molto chiari e un completo a tre pezzi che chiunque altro potrebbe trovare quasi troppo formale per una prima cena. Ma io amo la formalità, l'eleganza eccessiva e le buone maniere. Ecco perché non posso fare altro che sorridere sincera al nuovo arrivato. Voglio che questa serata sia un successo; lo desidero con tutta me stessa.

«Buonasera», mi saluta. Niente accento inglese, ovviamente, ma Norman ha comunque un tono di voce profondo e d'effetto. Sulla carta, e ora anche dal vivo, quest'uomo pare davvero perfetto per me.

Allunga un piccolo mazzo di fiori nella mia direzione. Giuro, sono a tanto così dal singhiozzare dall'emozione.

«Per me?», chiedo come una scema.

«Per te», mi conferma serio. Pare uscito da uno dei miei romanzi, con quell'aria austera ma allo stesso tempo intrigante.

«Entra. Li metto in un vaso. Non dovevi assolutamente, ma grazie. Non ricordo l'ultima volta che qualcuno mi ha regalato dei fiori», confesso con la mia solita sincerità disarmante.

Per un secondo mi dimentico quasi del fatto che Terrence si trovi ancora nel mio appartamento. Il vuoto di memoria dura però giusto un secondo, ovvero il tempo di osservare la confusa reazione di Norman alla sua vista. Il mio vicino di casa è infatti comodamente seduto sul tavolo della sala e tiene in mano un vaso.

«Cercavi questo?», ha la faccia tosta di domandarmi. La sua espressione è del tutto indecifrabile.

«Sì, grazie».

Mi avvicino per prendere il vaso ma lui lo ritrae all'ultimo.

«Non mi presenti?»

«Ma certo...». Sono nel panico. Non so nemmeno io perché. «Norman, questo è il mio vicino di casa, Terrence. Mi stava aiutando con alcune questioni elettriche. Terrence, Norman».

Terrence solleva un sopracciglio interrogativo. Norman invece si avvicina e gli porge la mano. Parrebbe uno scontro tra titani, a giudicare dalla forza della loro presa.

«Perché, Terrence è un elettricista?», si volta nella mia direzione Norman.

«No, sono un musicista», se ne esce il diretto interessato prima che io possa aprire bocca.

Norman lo osserva concentrato. «Davvero? Aspiri a fare il musicista?».

Temo che Terrence si sia indispettito, e del tutto senza motivo, se mi è permesso dirlo: la domanda di Norman non conteneva la minima traccia di presa in giro. D'altronde, rappresenta lui stesso scrittori. Di categorie difficili se ne intende, eccome.

«Non aspiro a un bel niente. Sono il cantante degli *Alien Temptation*», ribatte con un sorriso tagliente.

«Io non seguo molto la musica per ragazzi. Devi perdonarmi», si scusa Norman.

Perché ho l'impressione che la situazione stia precipitando?

«Okaaaay, ora che abbiamo fatto le presentazioni, direi di concentrarci su altro: il vaso...», ricordo con un tono intimidatorio a Terrence. Che finalmente cede il trofeo. Ma mi lancia una strana occhiata mentre lo fa.

Lo riempio alla velocità della luce e sistemo i fiori al centro del tavolo, costringendo Terrence ad alzarsi. Non capisco quest'abitudine dei giovani di sedersi sui tavoli. Ho un divano e diverse sedie, fino a prova contraria.

Prima che il clima possa farsi ancora più teso – e già lo è *parecchio* – afferro il mio cappotto, pronta a uscire. «Ci incamminiamo?», propongo a Norman con un sorriso che spero risulti sincero. Non sono abituata a tutta questa ostilità.

«Non puoi camminare con quei trampoli», si intromette Terrence.

Gli lancio un'occhiataccia di avvertimento. «Posso. Posso senza ombra di dubbio».

«Non sei abituata», insiste.

Non mi è mai sembrato di essere stata catapultata in una realtà parallela come in questo momento. Non ho la più pallida idea di cosa stia succedendo. Non so *perché* stia accadendo.

«Vorrà dire che prenderemo un taxi», sibilo tra i denti.

«Sempre che riusciate a trovarlo... Traffico terribile a quest'ora».

Norman tronca questa ridicola conversazione recuperando il cellulare. «Ho prenotato un Uber. Sarà qui tra tre minuti».

Dio sia lodato. «Visto? Tutto sotto controllo».

«Che efficienza...».

Ma perché Terrence e io stiamo litigando, esattamente?

«Andiamo?», chiede a entrambi Norman.

«Andiamo».

Capitolo 9

Questo appuntamento, sulla carta, avrebbe dovuto essere perfetto: in fin dei conti lo è l'uomo che siede di fronte a me, e lo è di certo il ristorante, The Modern, due stelle Michelin e una magnifica vista sul giardino del MOMA. Norman deve aver mosso qualche sua conoscenza importante per poter cenare qui il venerdì sera.

Sono colpita per l'impegno, dico davvero. Il problema è che io, in verità, non sono affatto il tipo da cucina raffinata. Qui è tutto minuscolo e strano. È fastidioso mangiare quando non hai la più pallida idea di cosa stai per mordere. Potrebbe trattarsi di qualsiasi cosa. Il mio piatto contiene una mescolanza di viola, arancione e verde intenso che non so proprio come interpretare. Cosa c'è di così tanto viola in natura, oltre alla rapa che detesto?

Porto timorosa la forchetta alla bocca, cosciente dello sguardo di Norman dall'altra parte del tavolo. Qualsiasi cosa sia – e il mistero non è affatto stato svelato dall'assaggio – almeno non è rapa, grazie al cielo.

«Allora, il lavoro di agente... Raccontami qualche aneddoto divertente». Mi sono sempre ritenuta una donna che si sa accontentare, ma questa sera stenta a decollare un elemento per me fondamentale: la conversazione.

Sono nota per riuscire a mettere a proprio agio chiunque. O meglio, chiunque a eccezione di Norman, che non ha mai perso la sua postura rigida dall'inizio della serata. Pensavo fosse timidezza, ma a questo punto deve trattarsi di altro. Per carità, si sta comportando da perfetto gentleman, versandomi con premura acqua e vino (che lui nemmeno beve, a proposito), offrendomi ogni cinque minuti quello che qui osano chiamare pane, ma è come se si stesse sforzando. Non so bene perché. Non so se sono io, se è l'ambiente, che ha comunque scelto, o l'insieme delle cose. Sto iniziando a sospettare che Norman in generale faccia molta fatica a essere se stesso quando non interpreta il ruolo di agente letterario.

Ho sempre avuto la sensazione che fosse una persona con la testa sulle spalle nelle altre occasioni in cui ci siamo incrociati, che fosse professionale ed efficiente. E come agente lo è senz'altro. Ma come semplice uomo che questa sera ha portato fuori una donna, be', è sorprendentemente a disagio. A tratti guardingo.

Forse la mia sarà deformazione professionale, ma credo sul serio che anche le persone più corazzate, a contatto con la gente giusta siano capaci di sciogliersi.

Pare che io non sia quella persona...

«Il mio lavoro non è poi chissà quanto divertente...». E così tronca sul nascere uno dei pochi argomenti di discussione che ancora ci rimanevano. Sbufferei per l'esasperazione, se non rischiassi di apparire maleducata.

«Be', rappresenti Aidan e Laurel. Scusami, ma deve essere divertente per forza», insisto.

La mia inusuale tenacia lo porta a scrutarmi con attenzione. Credo gli sia finalmente arrivato il messaggio. «Loro due sono i più divertenti, in effetti. Specie da quando sono un tandem». E mi concede il primo simil-sorriso della serata. Sto per applaudire me stessa per l'impresa.

«Il tuo amico è di certo un bel tipo. Amo quando un uomo si rimbambisce per una donna...». Potrei avere un po' sospirato alla fine della riflessione, perché l'argomento mi sta piuttosto a cuore, visto che una simile esperienza mi è del tutto mancata. Anche nei primi tempi della mia relazione con Allen, lui era sempre padrone della situazione. È stato probabilmente questo il mio errore: ho scambiato per buonsenso quello che invece era solo disinteresse.

«Io invece no, non lo amo affatto», interrompe i miei pensieri, tornando all'istante all'espressione cupa di qualche minuto fa. Lo sapevo che era troppo bello perché durasse.

Cosa rispondi a uno che ha appena fatto un'affermazione con un tono simile? «Vino?».

È molto celere nel coprire il suo bicchiere con la mano. «No, grazie. Senti, a proposito, quel Terrence...», mi dice in un chiaro tentativo di passare ad altro. «Personaggio peculiare, non trovi?».

Magari Norman starà anche cercando di cambiare argomento, ma confesso che anch'io al suo posto avrei fatto qualche domanda dopo la strana scena a casa mia. «Un caro ragazzo», replico diplomatica.

«Sì, ma strano», insiste. «Mi è parso quasi... *possessivo*».

Curiosa scelta di parole. «Verso cosa?», chiedo confusa.

Norman mi sorride con convinzione per la prima volta da quando siamo entrati in questo ristorante. «Non cosa. *Chi*», mi corregge. «*Tu*».

Inarco le sopracciglia e trattengo a fatica un moto di ilarità. «Oh no... No, no, no. Hai capito male».

«Ti assicuro di no. Mi ha guardato in cagnesco tutto il tempo».

«Guarda che Terrence è molto più giovane di me. Sarà stata solo preoccupazione da buon vicino».

«Quanto più giovane?». All'improvviso mi pare piuttosto interessato all'argomento.

«Undici anni».

Undici dannatissimi anni.

Undici spine di cui non mi devo scordare mai.

«Ah...», commenta pensieroso. «E secondo te dieci anni in più sono troppi?».

Per qualche strano motivo non mi sembra si stia riferendo solo a me e Terrence. Comunque, se non altro stiamo finalmente facendo conversazione. È già un grosso progresso rispetto al resto della serata. «Dipende. La mia amica Audrey mi darebbe un pugno sul naso per quello che sto per dirti, ma è il mio sincero punto di vista: undici anni non sono niente se a essere più grande è l'uomo. Ma se si tratta della donna, undici anni sono un abisso».

«Per una questione di maturità?»

«In linea di massima. Ma ipotizziamo anche di avere a che fare con un uomo maturo per la propria età, sempre che sia possibile; rimane comunque la questione della famiglia da formare. E per quanto certe volte ci piaccia illuderci che ormai i tempi siano cambiati e che la medicina abbia reso quasi tutto possibile, la verità è che noi donne abbiamo un periodo limitato per crearci una famiglia. Voi uomini no. Potete benissimo fare tutto con calma: investire nella vostra carriera, vederla decollare e solo allora decidere di volere qualcuno nella vostra vita in pianta stabile e magari dei figli. La storia ci insegna che da che mondo è mondo le donne non si sono mai fatte problemi a innamorarsi di uomini ben più grandi di loro. Anzi, lo chiamiamo il fascino dell'esperienza... Che esiste, non lo nego. Ma pare non funzionare all'inverso. E poi le donne hanno comunque la testa sulle spalle. Anche a venticinque anni. Difficile che si possa fare affermazioni simili per un ragazzo...».

Norman non pare essere d'accordo. «Lasciando perdere per un attimo la questione dei figli che, se proprio vogliamo, si possono anche adottare, non credi comunque che una giovane donna abbia tutto il diritto di avere accanto un uomo della sua stessa età, con le sue stesse passioni, anziché essere limitata da una persona che si è scottata così tanto da portarne per sempre i segni? Perché è questo che arriva con l'età: l'esperienza. Tu prima hai parlato di fascino, ma io credo invece che sia una specie di macchia. Quello che abbiamo vissuto ci ha indurito, inutile negarlo. E non se ne andrà mai via, qualsiasi cosa noi facciamo».

Di cosa stiamo parlando, di preciso, in questo momento? Ho come l'impressione che abbiamo varcato la soglia del discorso ipotetico per finire nel concreto.

«Ti piace una ragazza più giovane?», gli chiedo con un sorriso benevolo.

Lui arrossisce peggio di un peperone. Non pensavo potesse succedere a uno così controllato. «Cosa? No!», esclama con troppa enfasi.

«Quindi sì», sono costretta a concludere. È la scrittrice di storie d'amore impossibili che è in me. «Guarda che non c'è niente di male».

Osservo Norman sospirare e passarsi una mano tra i capelli. È piuttosto sexy così scompigliato. Questa misteriosa fanciulla, anche a distanza, è riuscita nell'impossibile impresa di fargli perdere la calma. Chiunque lei sia, già mi piace. «Ti giuro che sono venuto qui con le migliori intenzioni».

«Ti credo», lo rassicuro in fretta. «Era così anche per me. Ma si vede che non era destino: io non sono la tua persona e tu non sei la mia. Non possiamo farci niente. Ma magari questa ragazza lo è...».

Norman si aggiusta nervoso la cravatta. «Non credo proprio. E Terrence è la tua?», mi chiede diretto.

Scoppio in una fragorosa risata. «Assolutamente no! Il ragazzino esce con modelle e quel genere di persone... Avresti sicuramente sentito parlare di lui, se avessi un decennio di meno. È piuttosto famoso».

«E che lo sia è per te un problema?»

«Cosa? No! Per quel che mi riguarda, Terrence è un "non problema". È assolutamente normale che voglia frequentare ragazze più giovani. Voglio dire, persino tu vuoi frequentarle alla fine dei conti...». La mia frase deve averlo indispettito perché mi lancia un'occhiataccia. «Lo ripeto per l'ultima volta: è solo il mio vicino di casa. A quanto pare un po' ansioso, ma comunque un vicino. Non so perché tu non gli sia piaciuto, in tutta sincerità...».

Norman ha l'aria di uno a cui affideresti senza battere ciglio la cosa che ti sta più a cuore. «Non gli sono stato simpatico perché è partito prevenuto. E il motivo sei tu. Sei davvero sicura di non piacergli?»

«Come affabile zitella che vive sotto di lui? Ma certo. Abbiamo un ottimo rapporto, quando lui non insulta la mia età. Credo di essere come una sorella maggiore per lui».

Norman scuote la testa. «No. A me è parso che la sua preoccupazione fosse molto poco fraterna. Magari gli piaci in un altro modo».

«E magari i maiali volano...».

«Be', a sentire Bulgakov sì, i maiali volano», ribatte prontamente ridendo.

«Vedi, questa è l'ultima prova: un uomo che cita il *Maestro e Margherita* dovrebbe essere perfetto per me. Eppure così non è... Peccato».

«Magari anche Terrence cita Bulgakov».

E su questa frase scoppiamo a ridere entrambi.

La mattina seguente, puntuale come un orologio svizzero, visto che non ho fatto molto tardi con Norman, sono seduta come sempre alla mia scrivania. L'intenzione è quella di iniziare una nuova, memorabile storia d'amore. In genere l'incipit di un romanzo è il momento che prediligo: personaggi nuovi da plasmare, differenti realtà da inquadrare e dinamiche da mettere in moto. In fin dei conti la sorella di Lady Eleonor è alla disperata ricerca di un marito degno di tale nome. O uno scapestrato da redimere, come si illudono di fare le donne da secoli e secoli. Da questo punto di vista, si direbbe che sia cambiato ben poco.

Il problema è che per la prima volta nella mia carriera non ho voglia di immergermi in pizzi e merletti, di sfilare guanti o di appassionarmi a incontri clandestini durante i balli. No, in modo del tutto irrazionale, questa mattina mi sono svegliata con la voglia di scrivere un romanzo ambientato ai giorni nostri.

Che follia.
Sono quasi tentata di telefonare alla mia agente e parlarne con lei, quando sopra la mia testa risuona un brusco rumore di chitarra. Sobbalzo perché non ci sono quasi più abituata: Terrence è sempre stato molto rispettoso in questo ultimo periodo e al massimo si udiva il suono di una chitarra classica. La sua musica era diventata un piacevole sottofondo nei miei momenti di scrittura.
Ma non è così oggi, perché mi pare che abbia deciso di collegare una chitarra elettrica al più grosso amplificatore che possiede. Il frastuono è tale che gli oggetti sul mio tavolo hanno iniziato a tremare…
Recupero l'orario che abbiamo concordato per accertarmi di non essermi bevuta il cervello: no, sabato e domenica mattina sono i miei orari. E dubito che Terrence non lo sappia. Anzi, sono certa che lo stia facendo apposta.
Rassegnata, sospiro e mi alzo dalla sedia. Recupero dal frigo un pezzo della torta al cioccolato che ho sfornato qualche giorno fa con la signorina Berry e mi incammino in direzione delle scale. Più si va in alto e più il rumore molesto aumenta. Non so che diavolo gli abbia preso oggi, ma è il caso che si calmi se non vuole che qualche altro condomino chiami la polizia. Le persone tendono a diventare suscettibili quando non riescono a bere in santa pace il primo caffè del fine settimana.
Suono due volte, in dubbio se possa sentirmi con il fracasso che sta facendo. Pare sia stata fortunata: il baccano cessa. Qualche attimo dopo la sua faccia seccata compare sulla porta.
«Brutto risveglio?», gli domando porgendogli il piatto con la torta.
«Cos'è questo?», chiede diffidente.
«Torta al cioccolato. Fatta da me». Sì, ne sono piuttosto fiera e non lo nascondo.
«Tu non sai cucinare…».

«Esatto. Ma so fare questa. Me l'ha insegnato la signorina Berry».

«Davvero?».

Sorrido perché non posso davvero biasimare la sua perplessità. È più che giustificata. «Davvero. Provare per credere».

«Se l'avete fatta insieme è altamente probabile che sia avvelenata».

Oggi è proprio un guastafeste. «Terrence, sono giorni che la sto mangiando e sono in perfetta salute».

«Magari si tratta di un veleno che ha bisogno di tempo per ucciderti».

«O magari è solo una torta e tu hai una scopa conficcata nel sedere. Cosa diavolo ti prende questa mattina? Ti ricordo che il sabato è la mia giornata per scrivere».

La sua espressione vagamente colpevole mi conferma che lo sapeva perfettamente.

«Volevi rompere le scatole a me?», intuisco finalmente. «Perché?», chiedo ridendo. La cosa è così assurda da meritare una risata.

«Volevo far scappare l'eventuale ospite», confessa un tantino a disagio.

«Chi?», gli chiedo sinceramente confusa.

«Come chi? Norman. Perché, ti sei portata a casa qualcun altro?».

Smetto di ridere perché all'improvviso il suo tono non mi diverte nemmeno un po'. E non che mi piaccia dare ragione a Norman, ma l'atteggiamento di Terrence è del tutto inspiegabile. «Che diavolo ti prende? Senti la mancanza della tua fidanzata partita per la terra francese?»

«No. Per niente», risponde brusco. «Norman c'è o no?», torna a insistere.

«No! Non che siano affari tuoi, ma ieri sera non ha funzionato. Norman è una persona splendida, ma non va bene per me».

«Non va bene per te?».

Lo so, sembra difficile da credere. Sulla carta eravamo perfetti. «Esatto. Ho deciso di fidarmi dell'istinto. E l'istinto mi ha detto che Norman Morrison è magnifico ma non adatto a me. Insieme riusciamo a malapena a ridere. E ridere dovrebbe essere importante, hai presente?»

«Perfettamente», conferma senza esitazione. Finalmente afferra il piatto che gli sto porgendo. «Vuoi entrare un attimo?», mi chiede con aria molto più benevola di qualche minuto fa.

«No, torno a scrivere, se hai finito con il rock wagneriano», lo prendo in giro.

«Non ho finito, ma per te vedrò di fare un'eccezione».

«Grazie. Allora alla prossima», mi congedo, iniziando a ridiscendere le scale.

«Ehi, cosa fai questa sera?», mi chiede quando sono a metà della prima rampa.

«Vado a vedere un film con le mie amiche, perché?»

«Posso unirmi a voi?».

Ritorno sul pianerottolo perché non voglio perdermi la sua espressione. «Ma noi andiamo a vedere *Cinquanta sfumature di nero*... Non che ci piaccia davvero quel genere di film, ma sai...».

«No, no, lo capisco. Ricerche di marketing», afferma sorridendo.

«Sì, qualcosa del genere».

«Be', magari potrebbe essere interessante».

Ok, ora sono ufficialmente confusa. «Vuoi venire con noi? Davvero?»

«Se non sono di troppo...», mormora a disagio. Non deve essere uno stato d'animo a lui molto conosciuto.

«Certo che non lo sei. Ma non hai i tuoi amici della band con cui uscire il sabato sera?».

Scrolla le spalle. «Andranno a rimorchiare ragazze...».

E lui non vuole più farlo, ora che c'è Liz. «Be', se ne sei davvero convinto...». Annuisce con sospettosa convinzione.

«L'idea è di andare allo spettacolo delle sette e poi a mangiare qualcosa. Sei dei nostri anche per la cena? Sempre che tu possa farti vedere in giro».

«Con il travestimento adatto posso andare ovunque», afferma serafico.

«A dopo. E se non dovessi venire a bussare alla tua porta più tardi, prendilo come segno inconfutabile che questa torta era avvelenata».

«Oh mio Dio», ripete per la centesima volta Audrey, seduta alla mia sinistra. Alla mia destra si è invece sistemato Terrence, berretto ben calzato sulla testa e sguardo concentrato sulla pubblicità che scorre prima dell'inizio del film. Sospetto che abbia sentito forte e chiaro la mia amica, ma ha il buonsenso di fingere che sia tutto normale.

«Oh mio Dio», mi risuona di nuovo nelle orecchie.

«E basta!», la richiamo seccata. Davvero, non ha mai visto un musicista in vita sua? Vedere poi... Terrence è completamente coperto: enorme felpa nera e cappello con visiera calato sugli occhi. Potrebbe trattarsi di chiunque.

Audrey si sporge nella mia direzione e mi sussurra all'orecchio. «Senti, c'è qualcosa che dovremmo sapere?», domanda con un'insinuazione tutt'altro che velata.

«No!», esclamo indispettita.

«Ok, ok... Non ti inalberare. Lo dovevo chiedere. In genere una persona di sesso maschile si farebbe sparare piuttosto che guardare un film simile. Certo, a meno di non voler replicare certi trucchetti poi a casa», ridacchia.

«Smettila. Subito», le intimo. La mia mente corre già abbastanza senza che ci si metta anche lei.

«Pop corn?», mi fa sobbalzare Terrence, porgendomi il suo immenso contenitore.

«Sì, grazie». Ne prendo una generosa manciata anche se non dovrei. I pop corn dei cinema contengono notoriamente chili e chili di burro fuso.

Ben presto le luci della sala si abbassano. Non sono mai stata una grande estimatrice del genere erotico; libri di Audrey a parte, non è mia abitudine leggerli. La mia indole è molto più romantica ma, come ha giustamente detto Terrence, si tratta di una ricerca di marketing.

Sono seduta in questo cinema con la sincera intenzione di divertirmi. Se non fosse che è difficile rilassarsi con Terrence a fianco; la sua presenza rende il tutto piuttosto imbarazzante.

«Questo è il film meno realista che possa esistere», commento durante la pausa. «Chi diavolo si metterebbe bustino e autoreggenti al giorno d'oggi? Sono scomodi».

«Io», non si fa problemi a rispondere Audrey, alzando la mano.

«Sì, va be', chi a parte te...».

«Dovresti provare l'esperienza una volta nella vita», insiste. «Aiuta a sentirsi sexy».

«Mai stata sexy. Sono cronicamente incapace di esserlo».

«Perché non ti impegni», ribatte.

Terrence mi offre di nuovo i pop corn. «L'altra sera, con quel vestito addosso, eri sexy eccome...», se ne esce come se niente fosse.

Un maledetto pop corn mi si conficca in gola e quasi mi strozzo mentre cerco di non tossire. Lui, vicino premuroso che non è altro, mi assesta un perfetto colpo sulla schiena. Smetto di tossire all'istante.

Audrey, Laurel e Cindy scattano sull'attenti, sporgendosi nella sua direzione. No, non è la preoccupazione per il mio tentato soffocamento ad averle mosse, ma quello che è uscito dalla bocca di Terrence. Gli sguardi delle mie amiche sono chiaramente confusi.

«Intende dire quando sono andata a cena con Norman. E non era un vestito sexy. Era elegante», cerco di ribattere, arrossendo notevolmente.

«Ah, il buon Norman. Anche lui ha un po' quel fascino stile Christian Grey. È il tipo di persona che ti legherebbe al letto senza rifletterci due volte», ridacchia Audrey. «Sono sempre i più silenziosi a rivelarsi le sorprese migliori».

Ho già detto che Audrey ha molta, molta fantasia?

«Non capisco cosa ci sarebbe di così scabroso nel farsi legare», ci si mette pure Laurel.

In tutta sincerità preferivo vivere senza conoscere i dettagli della sua vita sessuale.

«Niente, non c'è assolutamente niente di male», la tranquillizza Audrey. «E la nostra amica repressa farebbe bene a farsi un giro da Victoria's Secret, di tanto in tanto…».

«Non entro lì dentro nemmeno morta».

«Perché dormi da sola. Chiediamo all'esperto cosa piace agli uomini». E così dicendo si mette a fissare Terrence.

Persino da sotto quel cappellino, credo di intuire che sia in qualche modo a disagio. «Be', agli uomini piace guardare…».

«Il che equivale a dire che amano la biancheria sexy», traduce Audrey tutta soddisfatta.

«Ma gli uomini non dovrebbero volere che le donne siano a loro agio?», mi trovo a insistere.

«No, gli uomini vogliono della biancheria sexy», mi ripete Audrey. «Persino Laurel lo sa, vero cara?»

«A onor del vero a me la biancheria è sempre piaciuta. Ben prima che Aidan comparisse sulla scena, quando io e la lavatrice eravamo le uniche a vederla».

Sembra che questa sera ce l'abbiano tutte con me. «Va be', vorrà dire che sarò l'unica senza biancheria sexy. Me ne farò una ragione…».

«Assolutamente no, tu non te ne farai una ragione. Uno di questi giorni andremo a comprarla insieme», insiste Audrey.

«Io con te non vado da nessuna parte. Mi costringeresti a uscire con una gûepière ridicola».

«Il ridicolo è questione di punti di vista. Uomo sotto coperta, ti stai immaginando la scena?», chiama in causa Terrence.

«Oh sì, eccome…», si presta allo scherzo.

Lo colpisco con un braccio. «Eh, ma da che parte stai?».

Alza le mani in segno di resa. «Mi spiace, ma avete detto gûepière. È più forte di me, temo».
«Visto?», mi fissa Audrey tutta soddisfatta. «Io e te, uno di questi giorni».
«Perché suona come una minaccia?»
«Perché lo è, cara mia...».
«Tu devi trovarti un uomo», borbotto. «Il prima possibile».

«Cosa ne dici di questo?», mi domanda Audrey tre giorni dopo. Sì, è riuscita nella titanica impresa di trascinarmi da Victoria's Secret. Non conosco una sola persona al mondo che riuscirebbe a farla desistere. È terribilmente insistente, quando ci si mette.
«No, assolutamente no», tuono decisa. L'orrore di pizzo rosso che ha in mano mi ha fatto venire un mezzo colpo al solo vederlo appeso.
«Hai detto di no a dieci completi!», si lamenta.
«Questo perché hai scelto dieci cose oscene. Audrey, cara, non sto mirando a prendere il posto di Dita Von Teese. Laurel, ti prego, dille qualcosa...», scongiuro l'altra fortunata accompagnatrice di quest'avventura. Perché Audrey si è portata dietro i rinforzi, chiaramente.
Laurel, a qualche metro di distanza, solleva la testa e scoppia a ridere. «Questo, piuttosto». E così dicendo mi mostra un completo di un rosa antico molto più discreto. Pizzo quanto basta, ma senza eccedere. Ecco dell'intimo che mi piacerebbe indossare.
«Quello lo provo!», acconsento al volo.
«Le serve anche un perizoma», insiste Audrey con espressione decisa.
«No, niente perizoma. Né ora né mai. Ci sono poche torture peggiori dell'indossarne uno», le faccio notare. Ho provato a portare un perizoma ai tempi dell'università, quando pensavo di essere giovane e furba, ma il risultato è stato un fiasco. Da allora ho imparato a tenermi lontano dalla biancheria

che mi si infila nel fondoschiena. È saggezza che deriva dall'esperienza.

«Vuoi mettere l'effetto che ti farebbe?»

«Per favore… Cosa sono, una modella di biancheria intima?». Se penso alle poverette che non possono nemmeno zuccherare il proprio caffè come si deve… No, grazie, mi tengo il mio sedere non proprio da copertina e continuo a vivere serena.

«Sei ancora risentita per la storia di Liz Tellman?», mi chiede Laurel a un tratto.

«Chi, io?», fingo totale indifferenza.

Audrey scoppia a ridere. «Be', riguardo a Liz, la capisco: quando una ventenne ti dà della vecchia…».

«Quello è stato Terrence, cerchiamo di non dimenticarcelo per favore».

«Ma l'hai perdonato, no?», chiede Laurel, che ha selezionato un altro completo nero che potrebbe ricevere la mia approvazione. Annuisco quando solleva il capo per mostrarmelo.

«Sì, l'ho perdonato… Cosa dovevo fare, fingermi un cerbero con uno che abita sopra la mia testa? Sono del tutto incapace di rimanere arrabbiata con qualcuno. Specialmente con lui», mi sfugge.

Audrey e Laurel si voltano nella mia direzione. «Perché?», chiedono quasi all'unisono.

«Mi fa ridere. È divertente. Il mondo non è poi così pieno di persone che condividono il tuo stesso senso dell'umorismo». Spero con tutto il cuore che la mia giustificazione paia loro credibile. «E non posso davvero prendermela perché mi ha dato della vecchia di fronte alla sua ragazza… Rispetto a loro io *sono* vecchia».

«Guarda che siamo quasi coetanee», mi ricorda Audrey. «Se lo sei tu, allora lo sono anch'io. E mi spiace ma no, io non mi sento affatto vecchia».

«Mai detto che tu lo sia, infatti… Più che altro, Liz ha davvero vent'anni?», non resisto dal domandare. Ero consapevole di essere decrepita se paragonata a lei, ma qui stiamo parlando davvero di tanti anni di differenza.

«Perché, è importante?». Laurel ha sfoderato per l'occasione un tono quasi benevolo. Manca solo che mi faccia una carezza sulla testa e si offra di comprarmi una caramella.

«Vediamo...». Audrey è già passata all'azione, digitando sul suo cellulare. «Ah...», esclama a un tratto. E poi sorride.

«Scoperto qualcosa di interessante?», le chiede Laurel, avvicinandosi. «Ah...», borbotta anche lei, dopo aver letto chissà cosa.

«Non ditemi che ne ha diciotto». Manca solo che venga fuori che potrei essere sua madre e siamo a posto.

«No, ne ha ben ventuno», mi risponde Laurel. «Però tra le ultime news che la riguardano ci sono queste». Mi mostra la ricerca su Google con il suo nome. Sbatto ripetutamente le palpebre, indecisa se credere o meno a quello che ho letto. «Intervista esclusiva per "Vogue": *Liz Tellman annuncia la fine della sua relazione con Terry Graham*».

«Eh?», mi sfugge di bocca.

«Sapevi che avevano rotto?»

«Ma non sono mica la sua amica del cuore! No che non lo sapevo». Il mio tono è ancora piuttosto stupito. «Siete sicure che sia un articolo vero?»

«Qui c'è scritto intervista. Glielo ha raccontato lei», mi fa notare Audrey, scorrendo il testo. «Leggendo velocemente l'articolo verrebbe da pensare che sia stato lui a piantarla. Si parla di comune accordo: palle, non si è mai d'accordo su qualcosa di simile. E se lo annunci tu per prima è perché vuoi batterlo sul tempo e far pensare alla gente che l'hai piantato tu».

«Certe volte mi fai paura, Audrey... Comunque, poco importa. Si sono lasciati, e allora? Quand'è la prossima sfilata di biancheria? Ne troverà altre dieci persino più giovani di Liz». Cerco di mostrarmi serena. Afferro dalle mani di Laurel i completi e mi incammino in direzione del camerino, dentro cui mi barrico intenzionata a pensare alla mia biancheria. Cosa vuoi che mi importi se sta con qualcuna o meno. Cavoli suoi...

«E se l'avesse piantata perché gli piaci tu?», domanda dall'altra parte la voce di Audrey.

Alzo gli occhi al cielo perché non può vedermi. «Certo, mi pare un'ipotesi verosimile...», borbotto sarcastica, «che abbia una cotta adolescenziale per la sua *vecchia* vicina di casa. Per chi diavolo mi prendi, per la signora Robinson?»

«No, perché almeno lei le autoreggenti le portava!», mi risponde.

È più forte di me, scoppio a ridere come una scema. Mi tolgo il maglione bianco con Elsa di Frozen e mi osservo allo specchio, cercando di essere obiettiva. No, questo schifo di biancheria non farà mai venire a nessuno la voglia di toccarmi. *Io* non mi toccherei.

E pur essendo assolutamente vero che a contare è la sostanza e non l'apparenza, forse c'è un limite alla sciatteria personale. Forse, cambiando anche solo qualcosa di ininfluente come la biancheria, si può acquisire maggiore sicurezza in se stessi. Perché la sicurezza affascina da sempre.

Animata da un nuovo spirito, decido di provare per primo il reggiseno del completo rosa antico. L'effetto è assolutamente "wow", per usare una parola tanto cara ai più giovani. Pare che questa roba faccia miracoli. Di certo li fa sulla mia quarta di coppa.

Laurel ha infilato la testa dentro il camerino e mi scruta con ammirazione. «Se solo avessi un seno come il tuo...».

«Faresti cosa?», chiedo sorridendo.

«Non lo so. Qualcosa. Di certo indosserei maglioni scollati tutto il tempo».

«Non potrei mai farlo: basta un po' di freddo e mi ammalo».

«Ci sono scopi nobili per cui può valere la pena morire», si inserisce Audrey, sbucando dall'altra parte della tenda. «E questo completo lo prendi, è un ordine».

Non replico perché in effetti non ho osservazioni da fare. L'intimo nero, se possibile, è ancora più d'effetto: c'è qualcosa di davvero irresistibile nel contrasto tra la pelle e le linee definite del pizzo scuro.

«Wow, wow, wow... Vorrei proprio vedere cosa direbbe il giovanotto, se ti vedesse ora», mormora Audrey, che sembra il ritratto vivente della soddisfazione. Si starà di certo congratulando con se stessa per essere riuscita nella titanica impresa di trascinarmi da Victoria's Secret.

«Sinceramente spero non capiti mai. Non so quale evento potrebbe giustificare il fatto che il mio vicino mi trovi in lingerie...».

«Vediamo... un incendio, un terremoto, oppure lui che ti spoglia direttamente», ridacchia.

«Perdono la tua oscena fantasia solo perché ti serve per lavorare».

«Appunto, ascolta il parere di una vera esperta». E mi fa l'occhiolino.

Scuoto la testa e mi rivesto, incamminandomi alla cassa con i due completi in mano. Potrebbero anche servirmi, ora che sono aperta alla possibilità di uscire con gli uomini. Con Norman non ha funzionato, è vero, ma questa città è piena di uomini. Devo solo mettermi d'impegno.

«Tieni, questo è un regalo per te», mi sorprende Audrey porgendomi un sacchetto dopo che siamo uscite.

Il contenuto è sorprendente. «Un corsetto!». Non riesco nemmeno a offendermi, mi viene solo da ridere. «Ma non dovevi! Questo affare sarà costato un patrimonio! Non ha alcun senso farmi un simile regalo. Non lo userò nemmeno una volta in vita mia».

«Mai dire mai...», ribatte scrollando le spalle. «Tu mettilo da parte e ricorda: gli uomini amano avere qualcosa da guardare».

Capitolo 10

«Allora non porti proprio nessuno?», torna all'attacco mia madre.

«Ma chi diavolo dovrei portarti? Ho controllato e mi spiace informarti che i gigolo costano cari di questi tempi. Sono tariffe proibitive per un intero fine settimana...». Per fortuna sono più divertita che seccata dalla sua insistenza. «Abbiamo parlato dieci giorni fa dello stesso argomento. Non mi sono mica potuta fidanzare in dieci giorni!», cerco di farla ragionare.

«Sì, ma tua sorella porta qualcuno», mi ricorda.

«E che lo porti! Cos'è, una gara?»

«No, chiaramente. Anche se voi siete sempre state competitive...».

In verità, io per niente. Ma confesso che mia sorella sa esserlo per entrambe.

«Mamma, se ti stai preoccupando per me, smettila subito. Non entrerò certo in depressione perché saremo in numero dispari al tavolo». Sto giusto pensando a una buona scusa per interrompere questa patetica telefonata, quando suonano alla porta. «Mamma, devo andare».

«Un uomo?», chiede speranzosa. Certe volte penso di essere in una sit-com anni Novanta.

«Non credo. Sarà la mia vicina di casa». Ho incontrato la signorina Berry questa mattina tornando dal supermercato. Mi ha informato che nel pomeriggio ci saremmo date di nuovo alla pasticceria. Sì, informato. O ordinato. Di certo non me lo ha chiesto. Pare una costante nella mia vita di questi tempi.

«Chi, quella che nemmeno ti saluta?»

«Ora non solo mi saluta, ma mi insegna persino a fare torte. Oggi cheesecake».

«E perché ti insegna a fare torte?»

«Perché è sola, credo. E perché ci ha sorprendentemente unito lo zucchero».

Mia madre non comprende di cosa diavolo stia parlando e sbuffa. «Non esagerare con i dolci, Julie…».

«Ma certo», le mento. «Allora ci vediamo settimana prossima».

«Se per caso, nel frattempo…».

La interrompo con una certa determinazione nella voce, prima che possa ripetere la solita litania. «No, non conoscerò nessuno e non porterò nessuno. E ora, buona serata».

Precisa come un orologio svizzero, la signorina Berry è ferma sull'uscio di casa mia. «Non mi piace aspettare», ci tiene a informarmi.

«Mi deve perdonare. Mia madre non ha il dono della sintesi al telefono».

«Be', venga. Non perdiamo altro tempo».

Chiudo la porta di casa e la seguo nel suo regno. «Ecco, volevo chiederle… Non potremmo concentrarci su un dolce meno calorico?».

Lei mi lancia un'occhiataccia. «No. I dolci *sono* calorici. Queste ridicole ricette moderne, queste torte giapponesi… che orrore. Lo mangerebbe lei un dolce giapponese?», mi chiede. Ho il sospetto di non poter sbagliare questa risposta. Pena la decapitazione.

«No…».

«Appunto. Siamo americani e mangiamo la cheesecake. Certo, lei non ne mangi troppa…», aggiunge con tatto. «Deve prima trovarsi un uomo».

All'improvviso ne ho abbastanza di insinuazioni simili. Sono solita farmi scivolare quasi tutto addosso, ma nell'ultimo periodo è un vero bombardamento. «Non crede che questo tipo di atteggiamento sia terribilmente maschilista? La società è sempre pronta a ricordarci che dobbiamo per forza accalappiare un uomo. E se non lo volessimo nemmeno questo benedetto esemplare maschile?», affermo agitata.

La signorina Berry si volta per osservarmi. «Perché, vuole una donna?».

Faccio fatica a non scoppiare a ridere.

«No, ma magari un gatto mi potrebbe bastare e avanzare», affermo provocatoria. Non ho quasi finito di pronunciare la frase che Attila, il mio più grande terrore, compare dal nulla e mi salta sulla spalla. «Oh cielo!», esclamo spaventata.

La sua padrona scuote la testa. «Io non punterei tutto sui gatti, se fossi in lei».

Già...

«Comunque, gatti o meno, ha capito il mio punto di vista. Basta con questa idea vecchio stampo sul ruolo femminile. Oggi non è obbligatorio avere un partner. Non è nemmeno detto che sia raccomandabile. La vita può essere piena e soddisfacente anche senza».

Per mia sfortuna, lei scuote la testa. «No. E lo sa perché posso affermarlo con certezza? Perché io sono stata come lei. Anzi, molto peggio di lei. Volevo l'indipendenza, volevo bastare a me stessa in un'epoca in cui certi ragionamenti erano molto precoci. Ho incontrato una volta un grande amore. Poveretto... voleva che abbandonassi tutto per lui. Ci siamo incontrati a New York per puro caso, ma in verità lui veniva dall'Oklahoma. Aveva una fattoria o qualcosa di simile. Lei mi vedrebbe mai in Oklahoma?»

«È difficile immaginare chiunque in Oklahoma». Se non altro la mia risposta la porta a sorridere.

«Era più o meno quello che ho pensato anch'io».

«Quindi non è partita con lui», desumo.

«No. E, signorina Morgan, vorrei poterle dire di non essermene mai pentita, ma la verità è che non lo so. Davvero non lo so. Ci sono state tante giornate buone, ma anche quelle meno buone in cui non ho mai smesso di pensare a lui, alla famiglia che si è costruito con un'altra, alle cose che avremmo potuto fare insieme e invece non abbiamo fatto».

«Un uomo è solo un uomo. Avrebbe potuto cambiare idea e provarci con qualcun altro, no?», mi trovo a insistere.

«Ci ho provato. Dio solo sa quanto ci ho provato. Non mi sono mica chiusa in casa a piangere, cosa pensa? Ah no. Ho preso il toro per le corna. In fondo vivevo in una grande città, erano gli anni Sessanta e c'era una certa aria di libertà. Indossavo bei vestiti, andavo a ballare nei locali alla moda. Ma quel tipo di amore per una persona non l'ho mai più provato».

Per un momento non so bene cosa dire. Lei almeno l'ha incontrato. «Ma era proprio certa che fosse un grande amore e non solo una cosa passeggera?»

«Lui studiava alla Columbia, all'epoca. Abbiamo passato insieme tre meravigliosi anni. Mi creda, ero sicura. Ma il bello è che mi sarebbero bastati tre giorni. Quando una cosa è giusta non serve tanto tempo per capirlo, no?»

«No», le confermo. «Quando una cosa è giusta si finisce per intuirlo quasi subito».

«Esatto. Non ho mai capito perché la gente voglia fidarsi del proprio istinto quando si tratta di cose sbagliate, mentre pretende dei lunghi periodi di prova con quelle giuste». Alzo le spalle, non avendo altra risposta. «Non importa, ora. Torniamo alla torta. Prenda la scatola di biscotti e venga qui».

E fu così che la signorina Berry mi insegnò come si fa una cheesecake.

Su suggerimento della mia gentile insegnante di cucina, qualche ora dopo affronto le scale per portare a Terrence una generosa porzione della torta. Suono per ben tre volte il campanello ma niente, pare che non ci sia anima viva. Sono indecisa sul da farsi, quando la porta si apre facendomi quasi spaventare. Dall'altra parte c'è un Terrence evidentemente appena uscito dalla doccia. Ha addosso dei jeans sbrandellati. E basta...

Per un attimo mi dimentico di cosa avevo intenzione di dirgli. I suoi muscoli mi hanno completamente zittito. Cos'è che diceva Audrey, che gli uomini sono creature visive? Be', a quanto pare anche le donne... Provare per credere.

«Ah, una torta nuova!», si rallegra incurante del mio imbarazzo. Smette di asciugarsi i capelli fradici e appende l'asciugamano al collo. «Per me?»

«No, per Gargamella», trovo la forza per ribattere.

«Avrebbe potuto anche essere, visto il tuo amore per Puffetta, no?», chiede ridendo.

«Avrebbe», gli concedo. Gli porgo il piatto, intenzionata a filarmela subito, ma lui apre ancora di più la porta. Credo si aspetti che io entri.

All'improvviso mi rendo conto di non aver più messo piede in casa sua da quello che è passato alla storia come l'episodio più umiliante della mia vita. In tutta sincerità non sono affatto convinta di voler rischiare. Da cosa nasce cosa e prima che me ne renda conto mi chiamerà di nuovo vecchia.

«Non entri?», mi chiede.

«Avrai da fare...».

«Sì e no. Volevo farti sentire un pezzo che ho appena scritto».

«Ti ricordo che io non capisco niente di musica».

«E io di romanzi rosa. Però ho letto i tuoi libri».

«Miei? Plurale?». Sto cercando di sembrare distaccata, ma non lo sono affatto.

«Plurale. Mi piace come scrivi».

Lo osservo quasi costernata. «A te piacciono i romanzi rosa ambientati in epoca Regency?»

«Pare che io *adori* quel periodo», ride. «Lo sapevi che mia madre era figlia di un nobile? Solo un barone, ahimè, ma da noi in Inghilterra qualsiasi titolo conta».

Certo che non lo sapevo. Sono informazioni che non scambi

di solito con un vicino. È più che altro qualcosa che confideresti a un amico.

La mia decisione di tenermi lontana dai guai inizia a vacillare: mi sta parlando di sua madre, afferma di aver letto diversi miei libri, è mezzo nudo.

Soprattutto, è mezzo nudo.

Mi pare evidente che i miei piedi mi porteranno dentro il suo appartamento anche contro la mia volontà. Tanto vale che io collabori. «Be', se tu hai letto diversi miei libri, devo assolutamente ricambiare ascoltando la tua canzone».

«Brava. Vedo che il buon vecchio senso di colpa funziona sempre a meraviglia», commenta divertito.

«Sì, ma non ti ci abituare troppo. Tra i miei buoni propositi per quest'anno c'era anche l'impegno a essere più cattiva».

«E come sta andando?»

«Uno schifo, mi pare evidente».

Scuote la testa. «Dài, entra e non tergiversare».

Questa volta non posso fare altro che accettare il suo invito, perché esiste un limite di tempo che uno può trascorrere sul pianerottolo altrui prima di diventare ridicolo. E io potrei averlo appena superato.

Appoggio la meravigliosa cheesecake sul tavolo della sala e lo raggiungo sul divano. Terrence ha nel frattempo recuperato una chitarra – questa volta classica – intenzionato ad attaccare a suonare.

«Non ti vesti prima?», gli chiedo agitata. È come se i suoi pettorali irradiassero calore anche a distanza. Mi rendo conto che si tratta solo di una mia impressione, ma sto sudando.

Mi guarda con aria compassionevole. «Vuoi che mi vesta?».

Che domanda scorretta... «Preferirei. Io ti ho mai intrattenuto in reggiseno, per caso?», cerco di fare la spiritosa.

«Mai. Però potresti iniziare. Io non avrei nulla in contrario», sottolinea.

«Terrence... Non dire queste cose...».

«Perché? È vietato?»

«Prendersi gioco di me? Sì, è vietato dalla Costituzione».

«Quale, la nostra o la vostra?», mi punzecchia.

«Terrence, vestiti», reitero la mia richiesta senza cedere alla schermaglia verbale.

«Secondo me così vestito sono una specie di tentazione...», ride.

A dire il vero si tratta di lui così *svestito*, ma decido di non perdere tempo a puntualizzare. Al momento ho ben altri problemi, per esempio comprendere a che gioco stiamo giocando di preciso. Le ultime ventiquattro ore hanno messo in discussione quello che io consideravo un piacevole equilibrio tra perfetti vicini, destinato a non mutare nel tempo.

«Cosa intendi dire?»

«Facciamo un'ipotesi», mi propone a un tratto. «Immaginiamo per un momento che io abbia esattamente la tua età... Come mi tratteresti se fossimo coetanei?».

Apro la bocca e la richiudo. E così diverse volte. Non riesco proprio a comprendere cosa vuole che gli risponda. «Sei strano oggi...», prendo tempo. «Il motivo sarebbe la rottura con la tua ragazza?».

I suoi occhi si spalancano per la sorpresa. «Leggi gossip?»

«No, io no», sono velocissima a controbattere, mentre mi maledico internamente per aver tirato fuori l'argomento. «Ma Audrey sì». Lo so che è disdicevole scaricare la colpa sugli altri, specie se non presenti, ma l'alternativa avrebbe richiesto che vuotassi il sacco su quello di cui stavo parlando con le mie amiche.

«Sì, ci siamo lasciati. E allora?», chiede sulla difensiva.

È seduto a un metro da me, completamente a petto nudo, e se ne esce con un banale "allora"?

I casi sono due: o non ci arriva (e Terrence mi pare tutt'altro che poco sveglio) oppure non ha nessun interesse ad arrivarci. Voto per la seconda opzione senza alcuna esitazione.

«Allora niente».

«Quindi posso rimanere vestito così?»

«Come preferisci». Stoica. Apparentemente imperturbabile.
«Preferisco così. Pronta per la canzone?».
Nemmeno un po', ma cosa importa… «Certo, sentiamo pure».
«Ti anticipo che non ho mai scritto una canzone che fosse smielata prima d'ora ma la casa discografica l'ha quasi pretesa e ho voluto provarci. Potrebbe essere una cosa orribile…».
Lo osservo fortemente dubbiosa. E infatti faccio bene: è sexy anche solo con una chitarra in mano; ma quando inizia a suonare lo diventa a livelli quasi intollerabili. Sono letteralmente costretta a darmi un pizzicotto.

This is my love song to you
Let every woman know that I'm yours
So you can fall asleep each night, babe
And know I'm dreaming of you more…

Alla fine della canzone ho quasi le lacrime agli occhi. E va bene che sono nota per commuovermi facilmente, ma Terrence ha senza ombra di dubbio una voce pazzesca.
«Oh mio Dio», mormoro con ammirazione, non cercando nemmeno di sminuire quanto mi abbia toccato la sua musica.
«Può andare?», chiede assumendo un atteggiamento quasi timido.
Se può andare? Dico, è serio? «Ho la pelle d'oca, guarda… Le ragazzine e gli angeli di Victoria's Secret l'adoreranno».
Terrence scoppia a ridere. «Gli angeli di Victoria's Secret? Voglio sapere cosa c'è dietro a una simile affermazione».
«No, non vuoi».
«Come sospettavo…».
All'improvviso la canzone, la chitarra e lui seduto a pochissima distanza mi sembrano in qualche modo troppo. La signorina Berry si sarà anche raccomandata di non esagerare con la torta, ma ho bisogno di zuccheri. Disperatamente.
Mi sollevo di scatto dal divano. «Be', ora devo tornare al lavoro», annuncio con un tono forzato.

Se Terrence si accorge del mio stato agitato, è gentile a non fare battute. «Certo, certo... A proposito, cosa fai nei prossimi giorni?», mi chiede sollevandosi a sua volta dal divano e avvicinandosi pericolosamente. Ma non poteva proprio rimanere a una maggiore distanza di sicurezza?

I miei occhi si incollano ai suoi pettorali, che si muovono per effetto dell'aria che inspira ed espira. Sono come sotto ipnosi. «Tra pochissimo sarà Pasqua. Vado a casa dai miei. Tu non torni in Inghilterra?».

Pare piuttosto a disagio di fronte a un simile quesito. «No. Il viaggio è lungo... Non ne varrebbe la pena». C'è però molto di più in quelle sue parole sbrigative.

Mi risiedo sul divano. A quanto pare non è destino che io debba andarmene di qui. «Posso farti una domanda personale?», gli chiedo con tatto.

Lui mi scruta qualche istante prima di rispondermi. «Tutte quelle che desideri».

«Che tipo di rapporto hai con la tua famiglia?».

Come temevo, sospira e si passa una mano tra i capelli. «Quasi inesistente. Mio padre e io non ci parliamo da anni. E mio fratello fa la sua vita».

«Perché tu e tuo padre non vi parlate?». Insistere è un rischio, me ne rendo conto.

Ma non vedo esitazione nella risposta, con mio grande piacere. «Mia madre è morta quando ero al primo anno di università, ma è stata malata per tanto tempo. E siccome non voglio raccontarti palle, sappi che la fine è stata straziante. Be', in tutti quegli anni mio padre quasi non c'è stato. La sua infermiera è stata la persona che mi ha telefonato per informarmi del ricovero di mia madre. E non solo, dopo che è morta, mio padre ha preteso che tutti ci comportassimo come se non fosse successo niente o quasi. Ci ha fatto un assurdo discorso sulla necessità di non rimanere vittime del proprio dolore e ha considerato chiuso il caso. Sul cercare di reagire potevo anche essere d'accordo con lui, ma rispettando i tempi e le reazioni di ognuno. Se tu lo avessi conosciuto anche solo una settimana dopo il lutto, non avresti mai potuto immaginare che gli fosse successa una tragedia simile».

«Be', siamo tutti diversi e ognuno ha il proprio modo di reagire al dolore...».

«Assolutamente, non lo metto in dubbio. Ma mio padre per qualche strano motivo non ha mai ritenuto dignitoso il mio. Non ho problemi a confessarti che ho passato sei mesi piuttosto tormentati dopo la morte di mia madre. Non stavo affatto bene. La disapprovazione di mio padre non mi ha aiutato. Così a un certo punto sono scoppiato, ho mollato tutto e me ne sono andato sbattendo la porta. Avevo il mio gruppo, un discografico ci aveva appena invitati in America per registrare i primi singoli... Insomma, il resto è cosa nota».

«E vuoi dirmi che tu e tuo padre non vi parlate da allora?».

Il suo sorriso è piuttosto amaro. «Era certo che sarei tornato indietro strisciando. Be', a quanto pare non striscerò tanto presto...». Ogni volta che qualcosa lo ferisce più di quello che è disposto ad ammettere, il suo accento diventa più stretto.

Allungo una mano e afferro la sua. Lui intensifica la stretta.

«Mi spiace moltissimo per tua madre». Viviamo in una strana società nella quale facciamo in fretta a definirci compassionevoli verso persone che non conosciamo nemmeno, ma poi siamo in qualche modo reticenti a mostrare empatia per quelle che sono abitualmente nella nostra vita. E pensare che certe volte basta solo allungare una mano...

«Anche a me. Anche a me...». Rimaniamo così a lungo: seduti uno accanto all'altro, mano nella mano.

Le persone reagiscono alle perdite in modi molto differenti: chi vi annega, chi cerca conforto, chi ha bisogno di fingere che non sia mai successo. Non c'è un modo giusto o sbagliato per tirarsene fuori, se non rispettare i tempi di tutti. Ho l'impressione che la famiglia Graham abbia passato anni difficili e che non ne sia mai uscita. D'altronde, sono tre uomini. Parlarsi a cuore aperto non è la loro specialità.

«I tuoi amici rimangono a New York?», gli domando.

Lui scuote la testa. «No, loro hanno famiglie normali. Ne approfitteranno per raggiungerle e stare un po' insieme».

Non ho alcuna intenzione di far rimanere Terrence qui da solo. New York è la città ideale per distrarsi, ma bisogna essere nello stato d'animo giusto per poterlo fare. Io ne so qualcosa. «Senti, cosa ne dici di venire con me?», gli propongo in maniera inaspettata. Confesso di non essermi presa molto tempo per valutare l'idea. L'ho detto e basta.

Solleva gli occhi e mi osserva colpito. «Davvero? Non sarei di troppo?».

Non si aspettava un simile invito, questo è poco ma sicuro. E io di certo non mi aspettavo una reazione simile. E cosa si fa quando ci si trova in difficoltà? Si dissimula, chiaramente. «Assolutamente no. E poi mia madre cucina benissimo. Qualcosa che né io né mia sorella abbiamo ereditato, a quanto pare».

«Ma se sei la regina della cheesecake!», scherza.

«Non puoi dirlo senza averla nemmeno assaggiata!».

«Ti credo sulla fiducia...».

«Be', grazie della fiducia, allora. Ma rimane il fatto che non si può vivere di sola cheesecake», mi tocca fargli notare.

«Non lo so, ma sono disposto a provarci». Finalmente un sorriso da parte sua. L'espressione cupa non gli si addice affatto. «E riguardo all'invito a venire con te, se sei davvero convinta... Dove si tratterebbe di andare, esattamente?»

«Durham, New Hampshire».

«Ah, lo Stato dei famosi brogli elettorali inventati», ride.

Non rimango affatto stupita scoprendo che Terrence segue la politica. Non so cosa comporti per lui essere un personaggio famoso e nemmeno m'importa, perché nella vita privata è divertente e competente. Il che è molto più di quello che si poteva dire di Allen, che rientra a pieno titolo nella categoria di gente mediocre, quella a cui non importa di nulla a meno che non lo tocchi direttamente.

«Prenoto due biglietti aerei, allora? Pensavo di partire dopodomani».
Lui mi osserva a disagio. «No, li prenoto io».
«Assolutamente no. Sei mio ospite».
«Appunto perché sono tuo ospite. Prendere due biglietti è il minimo che possa fare».
«Ma non funziona così», m'intestardisco.
«Nel mio mondo funziona esattamente così», insiste a sua volta.
Perché ho l'impressione che non uscirò vincitrice da questa discussione? «Ok, ok... I biglietti li prendi tu. Però il noleggio della macchina dall'aeroporto lo pago io», metto subito in chiaro.
«Posso scegliere la macchina, almeno?»
«Sì, potrai scegliere la macchina». I bambini e i loro giocattoli.
«E potrò anche guidare?», tenta la sorte.
«Vedremo Graham. Non per essere diffidente, ma voi inglesi avete la brutta abitudine di scambiare il senso di marcia universalmente riconosciuto dal mondo come *normale*».
Lui scuote la testa e ride. «Ma non siamo gli unici a guidare a sinistra! Lo fanno anche in Australia!».
«Appunto. Dimmi una sola cosa rilevante che hanno in Australia e che non siano i koala».
Lui ci riflettere un attimo. «Chris Hemsworth?», chiede soddisfatto. La sua conoscenza della mente femminile è piuttosto acuta.
«Ok, e con questo me ne torno nel mio appartamento...».
«Non sai perdere», si lamenta accompagnandomi verso la porta. «Comunque, mandami una foto del tuo passaporto in modo che possa prenotare i nostri biglietti».
«Sarà fatto...». Credo stessi per aggiungere anche altro, ma si è avvicinato pericolosamente ed è pur sempre a petto nudo. C'è da sperare che non giri così svestito per casa dei miei. A mia madre potrebbe venire un colpo.
Mi trovo letteralmente imprigionata tra la porta – ahimè

chiusa – e il suo corpo. Questa notte avrò gli incubi. O magari farò sogni erotici.

«Sai cos'altro c'è di interessante da sapere su Chris Hemsworth?», mi chiede abbassando il capo e la voce. Scuoto la testa: meno parlo e meglio è. «Ha una moglie di parecchi anni più grande di lui».

Davvero? Questo non lo sapevo proprio. «Va be', sarà di certo bellissima... L'età può anche non contare quando sei attraente», balbetto.

Lui mi sorride soddisfatto. «Questa frase la custodirò gelosamente per quando sarà il momento adatto», mi svela sibillino e poi si allontana per permettermi di scappare.

Volevo dire uscire...

La sera stessa sono costretta a prendere in mano il telefono per annunciare a mia madre che alla fine della fiera non andrò da sola. So già che sarà difficilissimo se non impossibile farle capire che Terrence è solo un amico e di conseguenza scongiurarla di evitarmi figure di merda.

Voglio dire, sono solo tre giorni; a quanta umiliazione può sottopormi in un tale lasso di tempo?

Di solito numerosa.

«Mamma carissima!», la saluto non appena risponde.

«Se stai chiamando per dirmi che non vieni, prendo io un aereo e vengo a ucciderti, chiaro?». Come si fa a non voler bene a una persona simile?

Scoppio a ridere nonostante la minaccia di morte. «No, giuro che non avevo in mente nulla di simile. Più che altro, ti dispiacerebbe molto se portassi anche un amico?».

Seguono tre inquietanti e significativi secondi di silenzio. «Hai trovato qualcuno?», chiede con la giusta dose di incredulità.

«No. Ma ho un amico – solo amico! – che non va granché d'accordo con la sua famiglia e che non vorrei rimanesse da solo a New York».

«Ma certo che non deve rimanere da solo!», esclama gioiosa.

«La parte sull'amicizia l'hai sentita, vero?», mi tocca assicurarmi.

«Ceeerto». Ovvero, certo che no.

Ci sono occasioni in cui una bugia è meglio di mille complicazioni. «Mamma, si tratta del mio vicino di casa. Si chiama Terrence e ti devo avvertire che è gay». Signore, perdonami, ma era davvero l'unica strada percorribile.

«Ah...», sospira. Il suo entusiasmo si è spento sul nascere, temo. Ma mia madre è una persona gentile, motivo per cui si ricompone piuttosto in fretta. «Gay o non gay a noi non importa. I tuoi amici sono sempre i benvenuti in casa nostra».

«Grazie, sapevo di poter contare su di te».

«L'unica cosa... hai presente la camera degli ospiti? Tuo padre l'ha trasformata in palestra».

«Papà non ha mai sollevato un peso in vita sua...».

«Appunto. Sperava che, avendo una sala attrezzata direttamente in casa, fosse spinto a fare esercizio fisico».

«E lo è?», chiedo ironica.

«Be', no... Ma ci ha provato. Poco importa. Tanto sia la tua camera che quella di tua sorella hanno ancora quel secondo letto che usavate per i pigiama party, ti ricordi?».

Come potrei mai dimenticarmelo... «Sì, però io...».

«Tua sorella ci dormirà con il suo ragazzo e tu con il tuo amico. Se è gay, che problema vuoi che ci sia, no?».

Non capisco da dove le sia arrivato tutto questo improvviso senso pratico. Cos'è, guarda troppo gli show in televisione di Whoopi Goldberg? «Mamma, magari il mio amico potrebbe essere a disagio con poca privacy...».

Ma mia madre non mi sta nemmeno ascoltando. È partita per la tangente, temo. «È single? Deve esserlo per forza se viene con te. Credo che anche Tommy, il figlio della signora White, sia gay. Potremmo presentarli!».

Alzo gli occhi al cielo. Qualcuno fermi questa donna. «O magari no...».

«Vedremo. Certo, sarebbe ironico se riuscissi a far accoppiare un ragazzo gay prima di te, non trovi?»
«Buonanotte...», e tronco all'istante la conversazione.
Povero Terrence. Io, al suo posto, piuttosto prenoterei in Alaska...

Capitolo 11

Pare che in quest'epoca di ipersicurezza estrema non farsi notare all'aeroporto sia operazione molto complessa. Tanto per iniziare, al controllo passaporti pretendono che tu ti tolga occhiali da sole e cappellino. Al metal detector invece vogliono le tue scarpe e quasi tutto quello che hai addosso di voluminoso. E, diciamolo pure, Terrence non è uno che passa inosservato. Come era prevedibile succedesse, un'infinità di gente lo ha riconosciuto e rincorso. Sì, rincorso. Qualcuno ha solo voluto un autografo e una foto ricordo, mentre qualche altro si è fatto prendere da fin troppo entusiasmo. Anzi, qualche altra.

«Corri, corri…», mi supplica prendendomi per mano e trascinandomi con sé dopo che ci siamo rimessi cinture, orologi e quant'altro.

«Ma sto correndo! E sta per scoppiarmi il cuore!». Il mio fiato non è eccezionale. Sono anni che prometto a Laurel di iniziare a correre con lei. Ma una volta fa troppo freddo, poi piove, poi si muore di caldo. Il meteo non è esattamente dalla mia. Senza contare che le pantofole a forma di unicorno sono molto più comode delle scarpe da ginnastica. «Questa gente non è normale», mi lamento mentre ci nascondiamo dietro un bancone abbandonato.

«No, pare invece che di questi tempi questa sia la cosiddetta normalità».

«Be', sono tempi strani, ora che mi ci fai pensare… Che dici, abbiamo seminato le tue fan sfegatate?».

Terrence si sporge appena. «Direi di sì. Per il momento. Vieni, sfruttiamo il depistaggio per raggiungere il gate».

Dopo aver controllato che nemmeno una ciocca sia sfuggita al suo cappellino, abbassa lo sguardo e si mette a camminare a passo veloce.

«Lascia che ti confessi una cosa, Graham: non cambierei mai la mia vita con la tua. Lo so, lo so, ci sono i soldi e le modelle, ma è comunque una vitaccia. Se fossi al tuo posto sarei costretta ad allenarmi a correre per poter seminare gli scocciatori. E una vita in cui bisogna correre per sopravvivere, semplicemente non fa per me».

«Certo che sei fissata con questa storia delle modelle… Cosa c'è, fantasie lesbo represse?», mi punzecchia.

«A dire il vero no, nemmeno mezza… A proposito, è normale che io sia così poco maliziosa, secondo te?»

«Intendi per essere una che gira con le felpe di Puffetta e Cenerentola? È perfettamente normale…», mi tranquillizza con tono ironico.

Terrence deve avere qualche carta gold per l'imbarco prioritario perché saliamo sull'aereo scavalcando tutti. «Prego, di qua», ci istruisce la hostess che ci attende all'ingresso. Il sorriso che ha riservato al mio compagno di viaggio è così abbagliante che quasi rimango accecata. Lui non si accorge di niente o finge comunque di non averlo notato, limitandosi a occupare i nostri posti.

«Siamo in Business?», chiedo attonita.

Terrence solleva un sopracciglio. «Direi che così staremo più comodi, no? E niente gente che ci chiede autografi».

«Non discuto sulla comodità, ma riguardo al tema degli autografi, posso dirti che nessuno mi ferma mai per una firma, se non in occasione di fiere editoriali. Se era una questione di anonimato, ti assicuro che potevo benissimo viaggiare in Economy. E pagherò questo biglietto, sia chiaro».

Mi osserva come se fossi impazzita. «Cosa? No, non se ne parla! Piuttosto, siediti qui e non discutere». Devo avere qualche rotella fuori posto perché trovo maledettamente sexy quel suo tono.

Non volendo risultare ingrata, sistemo la borsa nella cappelliera e mi adagio sulla poltrona.
«Allora, c'è qualcosa che devo sapere?», mi chiede dopo essersi accomodato accanto a me.
Il mio senso di colpa si traduce all'istante in disagio. «In che senso?», chiedo titubante.
«Sulla tua famiglia. Di solito per ognuna c'è una lunga lista di avvertimenti. Cose da non fare, affermazioni da evitare, temi da non sollevare...».
«Mah, diciamo che, come regola generale, io cerco di non ascoltare troppo mia madre. È simpatica ma impicciona e pensa sempre di essere nel giusto».
«E lo è?», mi chiede con una risata.
«Quasi sempre. Perciò comprenderai il fastidio...».
«Comprendo alla perfezione. E tua sorella?»
«Oh, evito di prestare troppa attenzione anche a lei, per quanto possibile».
«Un'altra che tende ad avere ragione?»
«Ahimè. Credo che bisognerebbe frequentare solo gente che sbaglia: in generale la trovo molto più divertente».
Ci riflette mentre si allaccia la cintura. «La tua è una teoria molto valida».
«Senti, giacché siamo in tema, ci sarebbe una piccola cosuccia che dovrei confessarti...». Non so proprio come svelargli tutte le sciocchezze che ho raccontato a mia madre. Potrebbe arrabbiarsi.
Lui mi scruta con una buffa espressione da sotto quel suo cappellino. «Gli hai raccontato che sei lesbica per toglierteli di torno e non farti asfissiare dalle solite domande?», ride.
Mi irrigidisco perché ci è andato incredibilmente vicino. «Non si tratta di me ma di te».
«Non nego e nemmeno confermo che l'immagine di due donne insieme potrebbe essere divertente».
Pur essendoci spazio tra i nostri due sedili, riesco a sporger-

mi abbastanza da raggiungere il suo e colpirlo sul braccio. «Terrence!», lo richiamo.

«Sei arrossita!».

«Cerca di rimanere serio due secondi, per favore».

Il mio tono preoccupato gli fa corrucciare la fronte. Si avvicina a sua volta, invadendo il mio spazio. «Sono tutt'orecchi». Quei suoi occhi si fissano sui miei. Esattamente, cosa volevo dirgli?

«Per evitare che mia madre pensasse chissà quale cosa su di te – perché lo so che sei giovane e la sola idea sarebbe ridicola, ma a questo punto non mi fido più del suo buonsenso – le potrei aver fatto capire che tu sei gay...», pronuncio a bassa voce.

Terrence sbatte ripetutamente le ciglia e mi osserva. Belli, bellissimi occhi. «*Potresti*?», chiede solo.

«Ok, lascia perdere il condizionale. Le ho detto che sei gay».

«Io?». Non è esattamente offeso. Il suo più che altro è un misto di divertimento e incredulità.

«Giuro, è stato solo per il tuo bene. Ci manca solo che mia madre pensi che noi due dormiamo insieme...».

«Idea folle?».

Impiego del tempo per rendermi conto che la sua non è stata tanto un'affermazione quanto una domanda. «Be', sì...», confermo con circospezione. «Perché, non lo sarebbe?», chiedo a mia volta.

Lui scrolla solo le spalle. «E chi lo sa...», mormora sibillino.

In questi ultimi giorni Terrence è stato diverso dal solito. E forse non è il solo: non saprei bene come spiegarlo, ma l'energia tra di noi si è modificata. E io ora mi trovo nella scomoda situazione di dover scegliere se fingere che tutto sia uguale a prima o affrontare invece la questione. Per indole sono sempre stata una che prende di petto i problemi, ma questa volta la patata è più bollente del solito.

La hostess ripassa per chiedergli se è tutto a posto. Pare quasi voglia tastarlo per assicurarsi che abbia allacciato la cintura nel modo giusto.

«Ha bisogno di qualcosa?», chiede sbattendo le palpebre ornate da lunghissime ciglia finte. Lo so che dirò qualcosa di impopolare, ma a mio avviso l'industria cosmetica ha superato il punto di non ritorno: certe ciglia sono ormai più lunghe del pelo dei levrieri afgani.

«Tutto a posto, grazie», la rassicura Terrence con un sorriso di circostanza. La hostess deve aver finalmente recepito il messaggio e infatti si toglie di torno.

«Dicevamo?», mi chiede.

All'improvviso ho voglia di fargli una domanda che so già essere inopportuna. Ma oggi va così. Deve esserci qualcosa di strano nell'aria. «Se per te non è un problema rispondermi, mi chiedevo perché hai mollato Liz».

Il suo sguardo è diretto e per nulla timoroso. «Non ho nessun problema a esaudire la richiesta. La domanda è: saresti in grado di accettare qualsiasi risposta?».

Mi raddrizzo nervosa sulla poltrona. «Eh?», borbotto fingendo che il mio battito cardiaco non sia accelerato. La verità è che certe tentazioni, anche se sai benissimo essere sbagliate, sono terribilmente difficili da tenere lontane.

«Io sono a favore della trasparenza e del mettere le carte in tavola», ripete serio. «Tu?»

«Ecco, io...».

Per mia fortuna in quel preciso momento sui nostri enormi schermi parte il solito messaggio preregistrato con cui ci informano su cosa fare in caso di incidente. Essendo io una persona responsabile, fingo di essere occupatissima a seguire le istruzioni.

Con la coda dell'occhio catturo il movimento di Terrence che scuote la testa e si allontana per mettersi comodo. No, per nulla maturo da parte mia, ma cos'altro rimaneva da fare?

Una volta atterrati recuperiamo le valigie e affittiamo una corvette rossa fiammante, chiaramente decappottabile, per scelta espressa della giovane rock star. Uomini...

«Queste brusche accelerate sono davvero necessarie?», mi lamento qualche minuto dopo che siamo partiti. «Stiamo spaventando le persone...».

Scoppia a ridere per nulla toccato dalla mia frase. «La senti questa musica?». E così dicendo fa rombare per l'ennesima volta il motore.

«Se per te questa è musica, inizio davvero ad aver paura per la tua carriera...».

Lui volta la testa nella mia direzione. «E invece non dovresti. Possibile che tu non mi abbia ancora cercato su YouTube? Tu, piuttosto, che razza di persona sei?»

«Una a cui piacerebbe vivere in un'epoca in cui YouTube nemmeno esisteva. Ora sono tutte esperte di makeup e non si può uscire di casa senza aver passato almeno due ore a fare contouring».

Terrence sogghigna. «Voglio sapere cos'è il contouring?», chiede divertito.

Dieci minuti dopo – tempo record di percorrenza del tragitto – inchioda davanti alla casa dei miei, sollevando una considerevole quantità di polvere.

«Al ritorno guido io», lo informo lapidaria, sventolandomi e cercando di non morire soffocata per la polvere ingoiata.

«Donna, hai detto alla tua famiglia che sono gay», mi ricorda senza pietà. «Potrei guidare come un pazzo anche nel deserto del Sahara e tu non avresti comunque il diritto di lamentarti».

Ah già, dimenticavo...

I miei genitori, in perfetto stile "parenti di cui ti vergognerai fino alla morte", non si preoccupano di attendere che suoniamo il campanello per entrare in casa. No: ci corrono incontro.

Letteralmente.

«Julie!», esclama mia madre, stringendomi a sé peggio di un boa constrictor. «Sei ingrassata?», è la prima cosa che mi chiede scrutandomi da cima a fondo.

«Cosa? No!», esclamo oltraggiata, perché è vero. Non

sono ingrassata di un solo grammo dall'ultima volta che mi ha visto e vorrei che venisse messo agli atti. Mio padre mi abbraccia e con rassegnazione alza gli occhi al cielo di fronte ai commenti di mia madre.

Per la cronaca, l'ha scelta lui. A me è semplicemente capitata.

«Ottimo. Ma dovevo controllare», si giustifica per nulla pentita. «Alla tua età e ora che ti fai accompagnare da amici gay...».

«Mamma!», la rimprovero. «Non puoi dire queste cose! Non è politicamente corretto!». Mia madre non è mai stata una persona discreta, ma più va avanti con gli anni e più mi pare che non faccia nemmeno un tentativo per essere diplomatica.

«Be', se uno è gay, è gay, no? Caro, benvenuto in casa nostra», corre ad abbracciare Terrence. Se non altro è affettuosa con tutti, persino con persone sconosciute.

«Grazie a voi per l'ospitalità».

«No, grazie a te per aver accompagnato Julie», si inserisce mio padre. Visto? Ho anch'io un parente normale.

«Certo, speravamo che Julie ci portasse un fidanzato come sua sorella, che arriverà oggi pomeriggio dall'Europa, ma un amico gay è meglio di niente, no?», torna alla carica la mamma. Temo stia cercando di convincere se stessa. Costi quel che costi.

«Mamma, la vuoi smettere di ricordargli ogni due secondi che è gay?», la supplico. «Non è carino».

«Oh, ma non importa», ci rassicura Terrence. «Se uno è gay, è gay», ripete le parole di mia madre. E mi sorride divertito. Davvero, è un bene che i miei siano gente poco perspicace, perché Terrence a me pare tutto tranne che gay. Credo batta persino Channing Tatum in quel film sugli spogliarellisti in quanto a sex appeal (se l'ho visto, è solo colpa di Audrey, sia chiaro). Non so bene come spiegarlo, ma ha quell'aria naturalmente seducente che porta le donne a lanciare in aria le proprie mutandine.

Oggi, poi, Terrence è davvero uno splendore: indossa jeans integri, normali, rassicuranti e una camicia bianca che gli sta così bene che non mi bastano le parole per rendere il concetto. Qualcosa di esagerato e molto, molto evocativo. Sopra indossa un giubbotto di pelle nera, ma è quasi elegante rispetto ai soliti. Insomma, si vede che si è impegnato.

«Vedi, il tuo amico non si offende», gli sorride mia madre con espressione vagamente ebete. Sospetto stia iniziando a subire il suo fascino. Presto si troverà a capitolare senza quasi rendersene conto.

Gay, come no...

«E così almeno non ci saranno problemi per voi a condividere la camera...».

«Ecco, a questo proposito, ci ho pensato e ho deciso di dormire sul divano in sala», informo tutti. Col cavolo che mi addormenterò ancora accanto a lui. L'ultima volta mi ha dato della vecchia. L'amor proprio ha dei limiti, in fin dei conti.

«Quale divano?», mi chiede confuso mio padre.

«Come quale? Quello che abbiamo sempre avuto in sala».

«Oh cara, il divano è stato mandato dal tappezziere...», mi informa mia madre.

«Proprio adesso?»

«Be', lui poteva adesso e noi avevamo un divano rovinato. Cosa dovevamo fare, attendere la tua approvazione?», ironizza mia madre.

«No», borbotto tra i denti. «Quindi, dove ci si siede di questi tempi in casa Morgan?»

«Dove capita... Terrence, spero che ti piacciano i colori pastello, perché la vecchia camera di Julie è rimasta esattamente così com'era ai tempi della scuola superiore: rosa».

Terrence sopprime a fatica una risata mentre le risponde. «Ma io adoro il rosa».

Signore, dammi la forza...

«Morgan, quando tua madre mi ha parlato di rosa, pensavo a qualcosa di più delicato...», mi prende in giro Terrence, dopo essersi lanciato sul mio vecchio letto. Io sto fingendo di disfare quei due bagagli che mi sono portata da casa ma più che altro sto prendendo tempo.

«Mi piaceva il fucsia, Graham. Qualcosa in contrario?», gli domando belligerante, voltandomi mio malgrado nella sua direzione. Avergli dato le spalle è stato un atto di mera sopravvivenza, mi rendo conto all'improvviso: è girato su un fianco e ha la testa appoggiata su un braccio. È di una bellezza alquanto fastidiosa, con quella camicia tesa sulle spalle. Ho sempre saputo che fosse attraente, ovvio, ma nell'ultimo periodo deve essere successo qualcosa. O a lui o a me. Sinceramente spero a lui, perché non sono assolutamente pronta a considerare l'eventualità che l'inutile accelerazione del mio cuore e il vederlo con occhi diversi siano in qualche modo collegati. Ha sempre dieci anni meno di me, per la miseria... È molto sbagliato che il mio corpo all'improvviso trovi attraente il suo. E se lo sapesse, scapperebbe in Inghilterra a nuoto.

«No, ma diciamo che ho capito perché sei finita nel business dei romanzi d'amore storici. Chi diavolo possiede dei poster con Shakespeare al giorno d'oggi?», chiede ridendo.

«Posto che – appunto – non stiamo parlando di oggi ma di ieri, niente batte il romanticismo di Shakespeare. *Ama, ama follemente, ama più che puoi e se ti dicono che è peccato, ama il tuo peccato e sarai innocente*...».

«Ti piace *Romeo e Giulietta*? Avessi dovuto tirare a indovinare, ti avrei fatto più tipo da Beatrice e Benedetto».

«Sono più tipo da Beatrice e Benedetto, in effetti, ma solo per un fattore anagrafico. Suicidarsi per amore va bene giusto a sedici anni. Poi è patetico».

«No, è patetico anche a sedici anni. L'idea dello struggimento amoroso è una cretinata a qualsiasi età», commenta.

«Romantico, vedo...».

«Chi, io? Sto cercando di esserlo nelle canzoni da qualche periodo. Ma nella vita lo sono molto meno».

Per qualche strano motivo non ne sono del tutto convinta. Si è riempito le braccia di inchiostro indelebile per non dimenticare mai sua madre. Che se ne renda conto o meno, in lui c'è un grande potenziale romantico, che aspetta solo di essere liberato. Probabilmente a favore di qualche angelo di Victoria's Secret… «Be', tu nelle canzoni e io nei romanzi. Forse prima o poi incontreremo qualcuno che ci permetterà di provare in prima persona i sentimenti di cui scriviamo».

«Dubito», afferma lapidario.

«Posto che solo gli stolti non dubitano mai e che in genere la diffidenza ha una sua ragione d'essere, ti consiglio di non essere così estremo nei tuoi giudizi. La vita è dotata di un grande senso d'ironia. Ed è sempre in agguato».

«Parli per esperienza? Intendo, dopo avermi spacciato per gay ed essere tornata nella tua cameretta fucsia?», mi prende in giro.

«Sì, qualcosa di simile…», gli concedo. Sono patetica, è un dato di fatto. Oggi più che ieri, a quanto pare.

Terrence sta per aprire bocca e dire chissà cosa, quando la porta della camera viene spalancata con una notevole violenza. Riconoscerei ovunque questo modo burrascoso di buttar giù le porte.

«Julie!!!», esclama gioiosa mia sorella appena mette piede in camera. Salvo bloccarsi quasi subito. Lo so bene dove sono andati a planare i suoi occhi. O, meglio, su chi: su Terrence, visione celestiale stesa sul mio letto. Sta facendo concorrenza al dipinto di Hayez, se si dimentica il piccolo particolare che almeno lui non è nudo.

Ti prego signore, fa che Emma non lo riconosca…

«Ma tu sei… sei…».

«Eh, Emma, sono qui!». Il tono della voce non promette nulla di buono.

Mia sorella si volta nella mia direzione con occhi spalancati.

«Merda Julie, se credessi nelle allucinazioni, direi che c'è Terry Graham sdraiato sul tuo letto!», esclama con espressione costernata. A quanto pare mia sorella segue ancora la scena musicale contemporanea…

«Terrence, Emma. Emma, Terrence», non mi rimane che fare le presentazioni. Terrence solleva la mano in segno di saluto. La mascella di mia sorella praticamente si stacca dalla sua faccia e rotola fino ai miei piedi.

«Ma… ma… la mamma blaterava che eri qui con un amico gay», mi accusa in modo per nulla velato. «E lui non è gay!», ci tiene a informarmi.

«No, credo di no», le concedo.

«Perché diavolo Terrence Graham è in casa nostra, disposto a spacciarsi per il tuo amico gay?».

Questa, in effetti, è una signora domanda. «Vuole tanto bene alla sua decrepita vicina?», provo a fare un'ipotesi. Terrence alza gli occhi al cielo. «Cosa c'è, non mi vuoi bene?», lo prendo in giro.

«Certo che ti voglio bene», non si fa problemi a confermare. Il mio cuore accelera di nuovo.

Mia sorella sposta ripetutamente lo sguardo da me a lui. «Siete vicini di casa, davvero?»

«Ebbene sì».

«Cioè, vuoi dirmi che io abito in un condominio di gente stronza dove non posso nemmeno portare i tacchi senza essere insultata e tu abiti nello stesso condominio di Terry Graham?»

«È il karma, bellezza», la prendo in giro. In generale, il suo è sempre stato più benevolo del mio. E lo è ancora, in un certo senso: come mi ha appena ricordato lei stessa, sono qui con un amico mentre lei ha portato un fidanzato.

«Comunque continuo a non capire perché l'hai spacciato per gay. Nemmeno la mamma potrebbe arrivare a ipotizzare qualcosa di così estremo come una relazione con una rock star… Ed è parecchio più giovane di noi, no?»

«Parecchio».

Terrence mi lancia una curiosa occhiata. È in dubbio se intervenire nella discussione o lasciare che ce la sbrighiamo tra di noi. Sempre meglio non mettersi in mezzo tra due gemelle.

«Parecchio quanto?», vuole sapere con precisione Emma.

«Undici. Ci sono undici anni di differenza», le rispondo. E sbufferei pure, se non venisse considerato da mia sorella alquanto sospetto.

«E poi lui è... be'... lui. Mentre tu sei tu», cerca di farsi capire con crescente disagio.

«Sì, indubbiamente io sono io. A meno che non si sia verificato qualche strano scambio nel grembo materno per cui magari io potrei essere te e tu potresti essere me», non resisto.

Emma si volta in direzione di Terrence con l'espressione di chi si vuole scusare a nome mio. «Mia sorella dice cose piuttosto ridicole, di tanto in tanto...».

Lui solleva le sopracciglia e la osserva. «A dire il vero a me piacciono molto le sue *cose ridicole*», ribatte. Giuro, sono quasi tentata di andare lì ad abbracciarlo.

Segue uno strano momento di silenzio rotto alla fine da mia sorella, visibilmente confusa. «Dormite qui? Voi due, insieme?».

Il suo sconcerto è così evidente da essere persino buffo. «Non hai appena finito di dire che non avrei dovuto spacciarlo per gay perché lui è una rock star e io una vecchia zitella?».

Emma alza gli occhi al cielo. «Non ho detto che sei una vecchia zitella. Se sei vecchia tu, lo sono anch'io».

Vedo che finalmente ci è arrivata. «Be', tranquilla: non siamo noi a essere vecchie, è lui troppo giovane».

Il lui in questione ride scuotendo la testa.

«Comunque, giovane o non giovane, non puoi far dormire Terry Graham in una stanza con così tanto fucsia», torna alla carica Emma. È buffo constatare come la questione della fama non lasci indifferente la maggior parte della gente, mia sorella inclusa.

«Adoro il fucsia», mi precede Terrence nella risposta. «Ho sempre sognato di fare un'esperienza simile».

Mi trattengo a malapena dallo scoppiare a ridere. «Visto? È tutto a posto. Lui *adora* il fucsia».

Mia sorella ci scruta con attenzione, prima uno e poi l'altro e alla fine getta la spugna. «Fate un po' come vi pare... Ma siete strani, sappiatelo».

«Oh, lo sappiamo...», confermo sghignazzando. «A proposito, il tuo fidanzato dove l'hai nascosto?»

«Di sotto. A farsi grigliare dalla mamma». È palesemente preoccupata anche se cerca di dissimulare. Per la cronaca, lo sarei anch'io al suo posto. E poi si stupisce se decido di raccontare qualche piccola e innocente bugia che serva a semplificarmi la vita...

«Dài, andiamo a salvarlo», le propongo magnanima, sollevandomi da terra. Terrence salta giù dal letto con un balzo molto agile. Mia sorella si blocca, piuttosto impressionata. «Non guardarlo così. Siamo delle vecchie babbione, ricordi?»

«Lo siamo?», chiede conferma mentre fa scorrere gli occhi sulle spalle del mio vicino di casa. Posso comprenderla, sono oggettivamente impressionanti.

«Lo siamo, lo siamo... E ora andiamo tutti di sotto».

Siamo reduci da una cena che è stata quasi piacevole. Molto più di quello che mi sarei mai immaginata perché mia madre, ignorando gli usi e costumi della scena musicale attuale al pari di sua figlia, è stata quasi esclusivamente concentrata su Gary, il fidanzato olandese di Emma. E lasciatemi dire: povero, povero Gary... L'uomo dalla camicia perfetta si è dovuto subire un interrogatorio in piena regola sulla sua famiglia, sul perché i suoi hanno divorziato vent'anni fa, sulla sua opinione sul matrimonio e così via. I classici temi taglia-appetito che si dovrebbero evitare con uno che nemmeno conosci. Ma, come direbbe appunto mia madre, non c'è modo di conoscersi se non si fa qualche domanda scomoda.

Siamo giusto arrivati al momento del dolce quando la mia progenitrice si ricorda di Terrence, quello che ai suoi occhi è l'amico gay della figlia, con i capelli sospettosamente lunghi e una camicia piuttosto attillata.

«Allora Terrence, raccontaci qualcosa di te caro. Single? No, perché se non lo sei, ci sarebbe il ragazzo che abita proprio qui dietro…».

«Mamma», la riprendo con voce severa.

Ma lei niente. Ostinata come un pezzo di granito. «Single?», ripete.

Terrence le sorride divertito. Penserà che siamo tutti pazzi. «A dire il vero sì. Ma da poco».

Mia madre appare estasiata all'idea di poter accoppiare qualcuno. «Oh, in questo caso, Timoty è un ragazzo d'oro…».

«In verità sono tornato single perché mi sono scoperto attratto da una persona che non era la mia dolce metà», aggiunge Terrence con mio sommo stupore. «Non è molto carino frequentare una persona quando hai nella testa un'altra, no?».

Mia madre annuisce con approvazione. Non mi è del tutto chiaro se anche Terrence si stia inventando cose a caso, visto che stiamo recitando, o se invece ci sia un fondo di verità in quello che ha appena finito di raccontare. E lo so che non sono affari miei, ma non posso fare a meno di voltarmi nella sua direzione e domandare. «Davvero?».

Incrocia il mio sguardo prima di rispondermi. «Davvero».

Sul tavolo cala una strana atmosfera. Chi è la modella del mistero? E dove l'ha conosciuta?

Per fortuna mia madre propone ai presenti qualche gioco di società – lei ne va pazza – e così ci ritroviamo presto impegnati in grandi battaglie di Monopoli. Erano secoli che non ci giocavo, a quanto pare a ragione, perché sono una vera e propria schiappa.

«Odio perdere!», mi lamento dopo aver dichiarato bancarotta.

«Cara, tu perdi sempre», mi ricorda inesorabile mia madre.

«Appunto. Mi sono stufata. Vorrei iniziare a vincere». Almeno in qualcosa. Non necessariamente a Monopoli.

«È tutta questione di volontà», si inserisce Gary.

«Be', non sempre. È anche una questione di fortuna. Lanci il dado, peschi una carta, incontri la persona sbagliata...», inizio a elencare.

«E se incontri la persona giusta ma nemmeno te ne accorgi perché, per esempio, hai dei preconcetti?», mi domanda Terrence a un tratto.

«Preconcetti di che tipo?»

«Non so: la professione di una persona, l'età...».

Lo osservo confusa. «Comunque era tanto per dire... Non ho conosciuto nessuno di recente. Sì, sono uscita con Norman...». Nominarlo è stato un errore tattico perché mia madre si illumina all'istante. «A cuccia», le dico subito. «Non eravamo assolutamente fatti l'uno per l'altra. Zero attrazione fisica. E poi lui è innamorato di un'altra persona».

«E tu?», mi chiede Terrence.

«Io cosa?».

Non risponde ma continua a giocare. A differenza di me, ha fortuna e capacità tattica.

Mia sorella mi lancia una curiosa occhiata e, dopo essersi fatta eliminare, mi indica la cucina. Oddio, ci mancava solo lei oggi...

«Cosa c'è?», le chiedo dopo che mi ha quasi sollevato di peso e trascinato lontano.

«Cosa c'è tra voi, di preciso?», mi interroga dopo aver chiuso la porta.

«Chi, tra me e la mamma? Un rapporto piuttosto complicato da anni a questa parte e tu dovresti saperlo bene...».

Mia sorella non solo non sorride, ma incrocia pure le braccia al petto. «Julie...», mi riprende severa.

«Cielo, niente! Cosa diavolo vuoi che ci sia?»

«No, perché lo so che razionalmente non avrebbe senso,

ma lui è stato allusivo...», va avanti a blaterare, ignorando ogni mio diniego.

Non ho nemmeno sentito la seconda parte della frase. Sono ostinatamente ferma sulla prima. «Perché razionalmente non avrebbe senso?», domando infastidita. È la seconda volta che insinua che per me sarebbe impossibile attirare l'attenzione di una persona come Terrence e se questo pomeriggio ho lasciato perdere perché ero – e sono – d'accordo con lei, ora come ora sono più che altro seccata che la mia famiglia trovi normale sbattermi in faccia certe verità scomode. Che mi trovi non all'altezza, problema anagrafico a parte. «Il mondo è pieno di rapporti sentimentali di successo tra due persone con una sensibile differenza d'età», le faccio notare.

Lo sguardo di mia sorella si fa preoccupato. «Julie, io ti voglio bene e credo che tu sia la persona migliore del mondo, ma Terry Graham...».

«Sì, fa il musicista. E allora? Io scrivo. È una professione come un'altra. Tu redigi libri contabili. Il mondo è bello perché è vario».

«Sì, ma Terry Graham...», riprende il discorso, salvo bloccarsi di nuovo. È in evidente imbarazzo: non sa come dire certe cose senza offendermi. Direi che non c'è un modo. «Insomma, sai di cosa sto parlando. Siete diversi, frequentate giri diversi».

A dire il vero, ora che me lo fa notare, ci muoviamo uno attorno all'altra da un sacco di tempo. Ma credo che le risparmierò questo piccolo particolare... Terrence e io siamo amici ed è chiaro che non ci sarà mai nient'altro tra noi, ma non capisco perché mia sorella – cielo, mia sorella! – si senta in dovere di ricordarmi i miei limiti. Perché non potrei piacere a una persona giovane e attraente? Cos'ho di preciso che non va?

I miei occhi cadono sull'ampio maglione color arcobaleno che ho scelto di indossare per la cena. Sì, ok, intendevo cos'ho che non va a parte i vestiti?

«Emma, trovo questo tentativo di discussione piuttosto patetico. Se non ti dispiace, ora me ne andrò in camera a dormire». E così dicendo la lascio in cucina, tornando in sala per augurare la buonanotte ai presenti. Ci metto tutto l'impegno possibile per ignorare l'occhiata preoccupata del mio finto amico gay.

Terrence mi raggiunge qualche minuto dopo e mi trova intenta a litigare con il secondo letto, quello che usavo per i miei non così memorabili pigiama party e che evidentemente sente il peso degli anni. «Maledetto», sto imprecando quando lo scopro a ridere.

«Problemi?», mi chiede e si inginocchia accanto a me.

«Questo affare è vecchio. Non si apre la seconda gamba».

«Ti serve dell'olio. Qualcosa per sbloccare il meccanismo arrugginito».

«Anche olio di jojoba? Una mia amica mi ha detto che è ottimo come antirughe e ho voluto provare. È dentro il mio beauty».

Terrence mi sorride. «Tu non hai rughe».

«Sì che ne ho. Vedi, qui?», e gli indico l'estremità del mio occhio.

«Quelle non sono rughe ma segni d'espressione. Li abbiamo tutti». E mi mostra il suo viso. Sarà, ma la sua espressione ha avuto un decennio in meno per imprimersi nella pelle. E si vede. «Davvero, non hai rughe», mi rassicura una seconda volta, scrutando con attenzione il mio volto. Non sono mai stata così infastidita per l'assenza di trucco sul mio viso come lo sono questa sera.

Per carità, la mia è stata una decisione ben consapevole: avrei voluto truccarmi perché al tavolo c'era Terrence, e quindi ho deciso di non farlo perché mi è parsa una tentazione ridicola. Classico ragionamento contorto tipico di noi donne.

Piuttosto che mettermi a litigare con lui sullo stato della mia epidermide, mi incammino in bagno, dove recupero il famoso olio miracoloso. Non so se servirà davvero con le rughe, ma sblocca alla perfezione vecchi meccanismi arrugginiti.

In poco tempo ho preparato il secondo letto ma non so in quale punto della camera spingerlo. Alla fine decido di sistemarlo accanto all'armadio, anche se lo spazio è davvero poco. Avere due letti staccati rende di fatto impossibile camminare in questa minuscola stanza.

Terrence mi osserva pensieroso. «Dormo io su quell'affare», si offre galante.

«Non se ne parla: questo secondo letto è molto più piccolo dell'altro. E poi è cigolante». Mi siedo per dargliene una dimostrazione e infatti le vecchie molle emettono subito un suono poco rassicurante. Speriamo non si rompa. Da giovane avevo un altro peso.

«Almeno avvicinalo al mio letto. Non si riesce a camminare, altrimenti».

«Perché, sei uno che di notte va in bagno?».

Terrence scoppia a ridere. «No, di solito no. Ma non si sa mai. Blocchi l'ingresso del bagno con il letto piazzato in quel punto. E non mi piacerebbe doverti scavalcare al buio».

«Scavalca».

«E se ti cado addosso?»

«Non mi cadrai addosso. Tu sei atletico».

Quando sono quasi certa di averla spuntata, eccolo che ritorna alla carica. «Qual è il problema, esattamente?», mi domanda, mettendosi seduto sul letto in modo da starmi di fronte.

«Non ci sono problemi», sono svelta a replicare. Troppo svelta, ora che ci penso.

«Allora avvicina il letto. È per quello che ho detto la *famosa sera*?», chiede con tatto, di fronte al mio silenzio.

Non fingo nemmeno di non comprendere a quale episodio si riferisca. «No...». Ma non sono del tutto sincera. C'entra. Quello e altro.

Terrence sospira e si passa una mano tra la sua criniera. «Mi spiace per le parole che ho detto, anche perché non le penso affatto. È vero, sulla tua carta d'identità c'è scritto che hai qualche anno più di me. Ma questo non conta».

Non so chi stia cercando di convincere, se me o se stesso. Conta, conta molto.

«In effetti tra amici l'età non ha importanza», cerco di venirgli incontro.

«Tra amici no ma tra una donna e un uomo sì?».

Mi irrigidisco su quella sottospecie di branda di fronte alla sua domanda strana. «Sì, è così che va il mondo».

La sua espressione è delusa, ma gli ho risposto con sincerità. O almeno lo ha fatto una parte di me. L'altra ha iniziato a interrogarsi sul perché tutto debba essere necessariamente bianco o nero. Perché non si possa vivere con le sfumature. Perché non si possano verificare di tanto in tanto anche cose impossibili sulla carta.

La verità è che sono stata attratta dalla persona che mi siede di fronte, circondata da una marea di improbabile fucsia, quasi dal primo momento. O almeno dalla sua prima battuta. Ho riconosciuto una mente affine alla mia, nonostante tutte le evidenti differenze tra di noi. E sono numerose, sono io la prima ad ammetterlo.

Solo che, per quanto tra di noi ci siano notevoli diversità, lui si trova comunque qui. Qui invece che in una qualsiasi altra stanza.

Avrei voglia di alzarmi e fare quei due mezzi passi fino a lui, prendergli il volto tra le mani e provare come ci si deve sentire a lasciarsi andare del tutto.

Folli, ovviamente. Ah, caro Erasmo, in questo momento il tuo elogio alla follia è piuttosto condiviso...

Mi alzo di scatto e mi metto a cercare nervosa il punto in cui ho lasciato il pigiama. Rigorosamente di flanella con unicorni disegnati sopra. Altro che bustini sexy... Audrey non approverebbe mai. «Vado in bagno a lavarmi i denti e cambiarmi per andare a dormire».

Quando ne esco dieci minuti dopo, sono di nuovo padrona della situazione. La mia mente è tornata a essere ragionevole e collaborativa. Peccato che il mio letto non sia dove l'avevo lasciato.

«Terrence?». Il mio tono è seccato.

«Per favore, non litighiamo per una cosa simile. Quel letto non può bloccare l'ingresso del bagno. È del tutto insensato. Non c'è una sola ragione a questo mondo perché non possiamo dormire uno accanto all'altra. A meno che...».

Lo so che sta per fregarmi, ma non riesco a essere più furba di lui: nell'attesa che uscissi dal bagno si è slacciato la camicia e quel gioco di vedo/non vedo mi ha appena causato un'ondata di calore anomalo.

«A meno che...», ripeto mio malgrado.

«Be', a meno che tu non sia segretamente incapace di controllarti e tema di saltarmi addosso durante la notte».

Oh se è furbo... E infatti ha l'aria piuttosto fiera. «Certo che non ti salterò addosso», mi tocca pure rispondergli.

«Bene, quindi nessun motivo ragionevole per bloccare il bagno. Ora vado a cambiarmi. E non osare spostarlo durante la mia assenza o lo interpreterò come un segno della tua debolezza nei miei confronti».

Seccata di essere appena stata incastrata alla grande, prendo il mio lettore ebook e mi letto a letto. Laurel mi ha chiesto di leggere la prima bozza di un suo nuovo libro e di darle qualche consiglio. Da quando la mia amica ha iniziato ad avere una normale e sana vita sessuale, i suoi romanzi hanno iniziato a essere piuttosto sexy. Non credo sia voluto. È solo il risultato di chi si diverte – e pare parecchio – sotto le lenzuola.

«Cosa stai leggendo?», mi chiede Terrence, avvicinandosi a sorpresa.

La mia è la classica reazione ridicola di chi è stato appena colto in flagrante mentre legge una scena di sesso: arrossisco, balbetto, cerco di nascondere il mio lettore ebook. «N-niente».

«Roba piccante?», intuisce al volo.

Vorrei rispondergli che qui l'unica cosa piccante è lui e il maledetto e ridicolo modo in cui ha deciso di dormire. «Dov'è il tuo pigiama, Graham?», gli chiedo seccata. Ha indosso un paio di boxer e una maglietta bianca che gli sta praticamente appiccicata. È una massa di muscoli e tentazione.

«Temo di averlo dimenticato…».

Perché non ne sono del tutto convinta? «Va be', poco male. Infilati nel letto e mettiamoci a dormire». Prima spegnamo la luce e prima potrò smettere di fissarlo.

Lui esegue, sistemandosi le coperte. Ma invece di appoggiare la testa sul cuscino rimane seduto a osservarmi. «Non mi hai risposto, roba porno?», insiste ridendo.

«Sì, roba porno. Contento?», borbotto seccata.

«Cosa fanno, di preciso?», vuole sapere.

Metto via il reader e mi allungo verso il muro per spegnere questa fastidiosa luce. La stanza piomba nel buio più totale, facendomi sentire di nuovo padrona della situazione. Lontano dagli occhi, lontano dal cuore, se non altro. «Cosa c'è, non hai una vita sessuale e hai bisogno di un disegnino?», lo prendo in giro.

Lo sento girarsi nella mia direzione. Sento il suo profumo e il suo respiro. Maledizione, questa è stata davvero una stupida idea.

«No, in questo momento no».

«Bene, vuol dire che siamo in due…». Rimango a fissare il soffitto, ma sono agitata. Le mie speranze di prendere sonno sono vane. E poi questo materasso è scomodissimo.

«Ti sento riflettere anche a distanza», mi fa notare ridendo.

«È vietato?»

«No, ma potresti almeno condividere. Ha a che fare con tua sorella?».

Non mi stupisco che abbia colto al volo il motivo del mio nervosismo. «Non so perché mi faccio ancora ferire dalle loro osservazioni».

«Perché sei umana. E la famiglia è sempre la famiglia. Ne so qualcosa… Comunque, cosa ti ha detto di preciso Emma?».

Pur non potendolo vedere nel buio della stanza, mi volto nella sua direzione. «Non è tanto quello che ha detto, ma il modo in cui mi ha fatto sentire. Lo so che può sembrarti infantile, ma non mi è piaciuto. Francamente sono stufa di non sentirmi all'altezza…».

«E allora non sentirtici».

«Fosse facile…».

«No, non lo è per niente, ma il segreto sta nell'iniziare. In una prima fase ti dovrai sforzare, ma vedrai che con il tempo andrà meglio. Certe volte basta un solo gesto…».

Parla come se la sua fosse più che mera empatia, come se ci fosse passato a sua volta. «Qual è stato il tuo punto di svolta?».

È strano parlare avvolti nel buio più totale. Strano e rilassante allo stesso modo, perché è facile sentirsi complici.

«Il mio primo tatuaggio. È stato un momento di passaggio molto importante».

«Grazie ma io non mi faccio tatuare», preciso subito ridendo.

«No, non sei il tipo», si mostra d'accordo. «Tu avresti bisogno di qualcosa di differente. Un gesto coraggioso. Qualcosa che non avresti mai pensato fosse nelle tue corde».

Mi prendo del tempo per farmi venire in mente qualcosa di simile. Il primo pensiero va al romanzo contemporaneo, quello che ho disperatamente voglia di scrivere, se non fosse che non mi sento affatto contemporanea io per prima. Sarebbe una sfida, una grossa sfida, visto quanto è sconsigliato per un autore cambiare genere.

Mi metto a sedere sul letto e mi sporgo per riaccendere la luce. Ho bisogno di guardare Terrence negli occhi per capire se posso davvero fare una cosa così temeraria.

«Luce fu», commenta Terrence sbattendo le palpebre per abituarsi alla luminosità e mettendosi a sedere a sua volta.

«Credo che finirò con il fare qualcosa di folle», gli preannuncio con un tono che gli fa sollevare le sopracciglia. L'assurdo è che non sono davvero agitata, più che altro determinata. Non ho la minima intenzione di passare alla storia come la donna noiosa e banale, da cui attendersi sempre e solo un certo tipo di comportamento. «Comunque tu non prenderla sul personale, ok?», mi raccomando.

«Prendere cosa sul personale?», ha giusto il tempo di chiedere confuso.

«Questo». Con un gesto sorprendentemente veloce allungo un braccio e cingo il suo collo, avvicinandolo a me. Terrence impiega circa mezzo secondo per rendersi conto di quello che ho intenzione di fare. Potrebbe divincolarsi ma non lo fa. Non sembra nemmeno particolarmente sconvolto. In quel breve istante in cui i nostri sguardi si incrociano, mi pare più che altro colpito dal mio coraggio.

L'attimo dopo la mia bocca si è posata sulla sua.

Il mio cuore inizia a pompare con vigore e il mio corpo a risvegliarsi da un torpore durato anni. Questo non è un bacio, più che altro una presa di posizione nei confronti della vita e di chi mi ritiene incapace o anche solo troppo impaurita per reagire.

La mia intenzione scandalosa non prevedeva però di andare oltre un mero contatto delle labbra. Non volevo baciare *sul serio* Terrence, più che altro dimostrare a me stessa di avere il coraggio necessario per fare qualcosa di così estremo.

E infatti, esattamente tre secondi dopo essere planata con discreta irruenza sulle sue labbra, inizio la mia ritirata.

Quello che però non avevo in alcun modo previsto era la sua reazione: nello stesso momento in cui il mio braccio lascia andare il suo collo e il mio corpo si ritrae, le sue mani mi afferrano il viso, impedendomi di allontanarmi. Quelle belle labbra ritornano sulle mie con una determinazione molto differente. Le sue labbra mi accarezzano, mi mordicchiano, mi provocano costringendomi a rispondergli. Ed essendo io umana e molto, molto debole, non posso fare a meno di sospirare e cedere di fronte alla pressione della sua bocca. La mia mano torna esattamente dov'era prima, attorno al suo collo. La sua lingua traccia con precisione il contorno del mio labbro inferiore finché non mi trovo in qualche modo ad aprirmi a lui; nel momento in cui la sua lingua si fa strada nella mia bocca la mia mente si spegne del tutto. È un'esplosione di colori, sapori, sensazioni.

Sono solo vagamente cosciente delle mani di Terrence che si spostano dal volto alla vita, con la chiara intenzione di trascinarmi su di sé. Emetto quello che spero sia un mugugno di protesta, ma non posso esserne del tutto certa; la sua lingua ha nel frattempo circondato la mia neutralizzando ogni forma di lamentela.

Così non vale.

«Terrence, no...», mugugno mentre la sua bocca, orfana della mia, si è spostata sul collo. Sarà anche giovane, ma sa assolutamente come far sospirare una donna.

«Mi hai baciato tu per prima», mi ricorda senza pietà, facendo vibrare la sua voce sulla mia pelle.

«Sì, ma non intendevo scatenare qualcosa di simile».

«Be', che tu intendessi o meno, lo hai scatenato», sussurra tornando a baciarmi.

Cielo, è davvero difficile staccarsi da lui. Difficile ma da fare subito, prima che le cose peggiorino ulteriormente. «Terrence...», riprovo una seconda volta. «Non hai capito...».

Per tutta risposta lui mi afferra per la vita e mi inchioda al letto.

«Temo che qui sia tu a non aver capito».

I suoi capelli dondolano sopra la mia faccia e le mie mani prudono disperatamente per la voglia che avrei di toccarlo ovunque. «Io e te siamo amici...», quasi supplico nel tentativo di convincerlo.

«Certo. Ma una cosa non esclude l'altra».

«E invece la esclude. Categoricamente. Devi scegliere», gli intimo.

L'unico motivo per cui ho pronunciato una scemenza simile è perché sono certissima che opterà per il rimanere amici. Io sono il tipo di donna a cui gli uomini dicono cose assolutamente ragionevoli, non di certo una sirena per cui fanno schiantare la propria nave. A maggior ragione visto il pigiama che indosso. Io e la tentazione non ci frequentiamo affatto.

«Ok, scelgo il sesso», risponde invece come se nulla fosse.

«Cosa? Alt, alt, alt!», lo richiamo all'ordine, riuscendo nella titanica impresa di liberarmi dal suo abbraccio. Mi metto a sedere e cerco di ricompormi in qualche modo, ma potrebbe essere complicato darsi un tono: mi sento parecchio scombussolata. Dentro e fuori. «Cosa hai detto?».

Lui scrolla le spalle, all'apparenza rilassato. «Perché, il sesso non era sul tavolo?»

«No!», esclamo colpendolo sul braccio. «Assolutamente no! Come ti viene in mente una cosa simile?»

«Be', mi hai baciato...», mi ricorda per la seconda volta scoppiando a ridere.

«Sì, ma pensavo che ti fosse chiaro il perché! Mia sorella ha ucciso la mia autostima e io me la sono ripresa baciandoti. Perché eri qui. Perché era una sfida. Una di quelle cose folli. Ma pur nella mia follia sono stata ben attenta a sfiorarti appena. Tu, piuttosto, perché mi hai baciato?».

Sbatte le palpebre confuso. È la prima volta che lo vedo insicuro su cosa ribattere. «Non lo so...», inizia a rispondermi. Salvo fermarsi quasi subito. «Anzi, no, non è vero. Lo so. Ma tu non sei pronta per questo genere di discorsi», ha la faccia tosta di affermare.

«Io?», mi indigno.

«Ne parleremo al momento opportuno. Ora propongo di andare a dormire». Con la mano mi rispedisce sul mio letto cigolante.

Roba da matti. Un secondo prima pareva volermi divorare

e invece ora mi rimanda al mittente come se niente fosse. E poi sono io quella poco chiara…

«Buonanotte», mi dice prima di far di nuovo sprofondare la stanza nel buio più totale.

E l'incredibile è che mi addormento pure. In meno di cinque secondi.

Il mattino seguente mi fingo morta e lascio che Terrence si alzi per primo. Il risveglio è un momento complicato per persone di comprovata avvenenza, figurarsi per una che ha dormito a fianco di un ragazzo con una decina d'anni di meno. La mattina la mia è la classica faccia non da pubblicità: segni del cuscino, occhiaie, capelli impazziti. Ho bisogno di tempo per rendermi almeno presentabile e osare avventurarmi di sotto.

Quando finalmente trovo il coraggio di scendere in cucina, a restauro ultimato, mi imbatto in Terrence occupato a ridere amabilmente con mia madre. Vedo che non ha perso tempo a usare il suo fascino.

Mi chiedo: l'etichetta cosa prevede si dica a uno che la sera prima aveva la sua lingua intrecciata alla tua?

«Buongiorno», mugugno in qualche modo. Recupero un piatto, una tazza di caffè e mi servo dei pancake che deve aver preparato mio padre. Gli piace sempre viziarci.

«Buongiorno», mi salutano gli altri due. Lo sguardo di Terrence è un peso che sento forte e chiaro. Ieri deve essermi andato in pappa il cervello, non vedo altra spiegazione possibile.

«Gli altri?»

«Tuo padre ha accompagnato Emma e Gary in giro per la città. Sai, lui è olandese e molto curioso di vedere come si vive in un piccolo centro americano».

«Immagino esattamente come in un piccolo centro olandese», commento. Terrence mi sorride con comprensione.

«E voi cosa volete fare?», cambia argomento la mamma. Domanda innocente, me ne rendo conto. Ma mente perversa, a quanto pare.

«Non so. Cosa vuoi fare Terrence?». I suoi occhi si sollevano divertiti. Perché ho l'impressione che anche nella sua testa stiano passando altrettanti pensieri impuri?

«Cosa ci consiglia signora Morgan?», chiede a mia madre.

«Perché non andate a fare una bella passeggiata a Wagon Hill Farm?», ci propone.

La osservo impressionata. Ottima idea, in effetti. È un posto magico, un gigantesco parco dove si respira sul serio odore di natura. «Ti va?», chiedo a Terrence.

«Mi va», mi risponde semplicemente, facendomi l'occhiolino.

«Però guido io», metto le mani avanti.

«Non guidi tu», ribatte scuotendo la testa.

«Guarda che so guidare. Anche meglio di te».

«Parole, parole... Non guidi comunque. A meno che...». E si blocca come da copione. Mi sta lasciando appositamente sulle spine.

«A meno che?»

«Te lo dirò in macchina», mi rivela, indicando con lo sguardo mia madre, che sta andando avanti a spadellare per il pranzo. Mi sento come una liceale occupata in un gioco di sguardi nel tentativo di non farsi beccare dai genitori. Di qualsiasi cosa si tratti, se non è adatta alle orecchie di mia madre, deve essere pericolosa.

E infatti, una volta in macchina, sono ostinatamente decisa a non sollevare l'argomento. So essere molto testarda quando mi ci metto. «Allora? Nessuna curiosità su quello che dovresti fare per guadagnarti il diritto di guida?», mi punzecchia Terrence.

«Non so, assassinarti?», provo a fare un'ipotesi.

Lui scoppia a ridere divertito, affatto preoccupato dalle mie affermazioni. «No. Riprova e sarai più fortunata...». La sua voce si è fatta quasi sospirata. Non credo sia casuale. Anzi, sospetto sia assolutamente voluto e io non so se esserne inorridita o in qualche modo gratificata.

«Allora, Terrence...». Cerco di schiarirmi la voce nella vana speranza di risultare in qualche modo autorevole, ma a giudicare dal suo sguardo di sfida, ne ho di strada da fare. «Prima di tutto, ti chiedo scusa per ieri sera. La mia azione è stata deplorevole».

Solleva incredulo un sopracciglio. «Deplorevole? Davvero? Ma che razza di parole usi, Morgan?»

«Tutte le volte che penso a ieri sera e al fatto che ti ho baciato mi viene da dare craniate contro il muro. O il cofano. O qualsiasi altra cosa dura possa esserci nelle vicinanze. Sono incredibilmente mortificata». Talmente tanto che faccio fatica a guardarlo in faccia.

«Perché?»

«Come perché? Perché io sono... E tu sei... Voglio dire...». A quanto pare non ho la più pallida idea di come iniziare e, giacché ci sono, anche finire un discorso decente. «Tra di noi c'è una discreta differenza d'età ed essendo io quella più matura non avrei mai dovuto baciarti ieri sera».

Ecco, l'ho detto. E non pensavo nemmeno che avrei dovuto esplicitarlo.

Terrence alza gli occhi al cielo. «Io invece propongo di partire, perché ho la sensazione che questo discorso andrà per le lunghe». Così dicendo, mette in moto e parte con un'accelerazione stile Formula Uno.

«Per curiosità, cosa avrei dovuto fare per conquistarmi il diritto di guidare?». Mi sono attaccata alla maniglia nemmeno fossi una vecchietta spaventata.

«Ora sei curiosa...», borbotta risentito. «Be', avresti dovuto rifare quello che hai fatto ieri sera e che mi pare di capire ti ha del tutto disgustato, visto che non stai facendo altro che ripetere come un registratore che non sarebbe mai dovuto succedere».

Impiego del tempo per comprendere quello che mi sta dicendo. «Avresti voluto che ti ribaciassi?»

«Sì, avrei voluto», conferma a denti stretti.

«Cielo, perché?».

Nuova violenta accelerata da parte sua. La devo prendere per una risposta? «Secondo te, perché avrei piantato Liz?», mi chiede a un tratto.

«Non lo so. Perché avresti piantato Liz?», gli faccio eco. «E poi ora questo cosa importa?».

Mi lancia un'occhiata. Pare molto seccato. Non sono abituata a vederlo di questo umore. «Se non avessi così tanto amor proprio, credo che a quest'ora sarei andato in crisi. Cazzo, ho piantato Liz perché...». Ma non fa in tempo a rispondere perché gli tocca inchiodare per non centrare la macchina davanti. «Merda, così non riesco a guidare», si lamenta. Il minuto dopo si ferma sulla prima piazzola che incontra. Spegne il motore. Si volta nella mia direzione. Credo di non essere mai stata così nervosa in vita mia. «Tu non sei pronta per questo genere di discorsi. Non ancora. Ma io non ho poi così tanto autocontrollo da andare avanti a giocare al gatto con il topo». Di che cosa diavolo sta parlando? «Perciò vieni qui».

«Qui, dove?», ho il buon senso di chiedergli.

«Qui. Sul mio sedile».

«Ma ci sei tu sul tuo sedile...». Pare solo a me di pronunciare frasi davvero stupide?

«Sì, ci sono io», conferma e mi fissa con sguardo serio. «Julie, vieni qui», mi ripete dopo qualche secondo.

La cosa assurda? Che mi muovo in modo del tutto automatico. È come se mi fosse impossibile non muovermi. «È per questo che hai voluto una decappottabile?», trovo il coraggio di chiedergli.

Lui scoppia a ridere e scuote la testa. «Giuro che non ci avevo pensato». Mi cinge i fianchi e con una mano si fa strada sotto la mia maglietta.

«Io credo che dovremmo riflettere ancora un secondo su questa cosa...», provo a scongiurarlo. Ma la voce sembra poco convincente persino alle mie orecchie.

Terrence mi accarezza il collo e avvicina la mia testa alla sua. «Ho fatto un sogno questa notte. Ho sognato di fare questo», mormora e mi bacia. Questa volta niente inizi casti, niente intenzioni onorevoli. Tutt'altro. A quanto pare Terrence Graham fa sogni infuocati da bollino rosso.

Nel momento in cui la sua lingua tocca la mia mi sfugge un gemito. Una via di mezzo tra sospiro e rassegnazione perché in verità anch'io credo di aver sognato qualcosa di molto simile.

E così rimaniamo lì, parcheggiati sulla piazzola deserta, in mezzo al nulla, a baciarci e baciarci e ancora baciarci. Come due adolescenti.

Dove diavolo sono gli angeli di Victoria's Secret e le coniglietta di «Playboy» quando una ne avrebbe bisogno?

Capitolo 12

La prima cosa che mi viene in mente al rientro dal mio complicato viaggio in terra natia è di chiamare in aiuto il mio gruppo di supporto. Se Taylor Swift può avere una squadra, anch'io posso arrogarmi il diritto di possederne una tutta mia.

Il posto prescelto per l'incontro è il nostro solito bar sportivo in zona Midtown, diventato ormai luogo di pellegrinaggio abituale in quanto più o meno equidistante da tutte, senza contare che da queste parti un drink costa molto meno che nei soliti pub alla moda. Il lato negativo è la lista limitata di cocktail (niente pink lady, per capirci), unitamente al fatto di essere in sostanza quello che il nome promette, ovvero un luogo di perdizione per invasati sportivi.

Nel momento in cui vi metto piede agli schermi della televisione stanno trasmettendo una partita di hockey dei New York Rangers, con grande entusiasmo della fauna maschile, completamente assorbita dal gioco. Credo che al mio posto sarebbe potuta entrare anche Gisele e nessuno avrebbe comunque battuto ciglio.

«Una volta ho frequentato un giocare di hockey», ci informa Audrey, quando ci fanno accomodare a quello che con il tempo è diventato di diritto il "nostro" tavolino. Il tono con cui lo dice è quasi sognante e sto giusto per chiederle qualcosa in più su questo sportivo, capace a quanto pare di meritarsi un raro moto di dolcezza da parte sua, quando rovina tutto con le parole successive. «Grandi scopate», commenta, facendomi andare di traverso la birra. Non la mia classica scelta, lo confesso, ma per una volta ero dell'umore per qualcosa di diverso.

«Per favore, potresti non uccidermi con uscite simili?», la supplico tossendo.

«Siamo ancora nel mondo delle fate e delle principesse?», mi prende in giro. «Perdonami Julie, ma non avevi scritto sulla chat che stavi valutando la folle idea di provare a buttar giù un romanzo contemporaneo? Guarda che se ti deciderai mai a farlo, ti servirà una botta di vita notevole... Perciò è meglio se inizi a fare pratica con il linguaggio moderno. Tutti dicono "scopare" al giorno d'oggi».

«Io no. E per contemporaneo che possa essere un mio eventuale romanzo ambientato nei tempi moderni, il mio romanticismo è ormai un marchio di fabbrica. Niente scene volgari, se permetti. Tanti buoni sentimenti».

Audrey finge di rabbrividire mentre Laurel la colpisce scherzosamente su un braccio. «E dài, non prenderla in giro. Non vedi la faccia con cui è arrivata?»

«Ho visto la sua faccia, ed è proprio per questo che sto cercando di tirarle su il morale. Cos'è successo di così grave? Perché siamo state convocate?», mi chiede diretta.

Mi irrigidisco sulla sedia. «Grave, niente. O almeno lo spero».

«Hai strozzato tua madre nel New Hampshire? No, perché ci sarebbe da capirti, vista l'insistenza con cui tenta di trovarti un uomo...».

«Anche voi mi ripetete da un po' di tempo a questa parte la stessa identica cosa», le faccio notare.

«Sì, ma io personalmente te lo sto suggerendo per scopi decisamente meno nobili di quelli di tua madre, che ti vorrebbe accasata e pronta a sfornare torte che nemmeno sai fare».

«Oddio, in verità di recente ho anche imparato qualcosa nel campo della pasticceria: ora faccio una meravigliosa cheesecake ai mirtilli e una spettacolare torta al cioccolato», le rivelo con una risata.

Audrey mi osserva sconsolata. «Roba da non credere... Manca solo che tu mi dica di esserti fatta qualcuno e poi il quadro di assurdità sarebbe completo...». Ma non finisce nemmeno la frase che il mio volto si tinge di un sospetto color bordeaux. Sono sempre stata pessima quando si trattava di nascondere un segreto. «Merda, ti sei fatta qualcuno», mormora con ritrovata reverenza. Credo che questa cosa la colpisca molto più delle torte. «Laurel, si è fatta qualcuno!», ripete per enfatizzare il concetto. Cindy, quella più normale del gruppo, ride come una pazza mentre osserva la scena.

«Chi diavolo sei riuscita a conoscere a Durham in due giorni?», si incuriosisce Laurel. «O magari si trattava di un amore giovanile rincontrato per caso...».

Abbasso la testa e la nascondo tra le mani, cercando di imitare uno struzzo. Dov'è la sabbia quando uno ne ha bisogno? «Non ci crederete mai...», mugugno.

«Tentaci», sento dire ad Audrey.

La mia testa si solleva solo un po'. «Terrence è venuto con me a Durham», confesso a bassa voce. Davvero bassa. Audrey non avrebbe mai dovuto udirmi visto il rumore che regna in questo locale.

La sua reazione è buffa proprio perché piuttosto istintiva. «Oh. Mio. Dio!», si mette a urlare come una che ha appena vinto il Nobel per la Letteratura. È un bene che la squadra di hockey scelga proprio quel momento per segnare, facendo esplodere il locale in un tripudio di strilli ben più fastidiosi. Nessuno fa caso a noi, povere scrittrici pazze.

«Laurel, calmala», la supplico. Il mio imbarazzo è già ai massimi livelli.

Ma calmare Audrey è impresa piuttosto titanica. «E io che ti pensavo pura e romantica... Che barzelletta, tu invece vai a letto con una rock star idolatrata da ragazzine di tutto il mondo. Sono impressionata, dico davvero! Ti ho sempre sottostimato, a quanto pare».

«Io non ci vado a letto».

«Come no...».
«Guardami. Dico davvero, non ci vado a letto», scandisco lentamente.
Audrey deve leggere dalla mia espressione ferma l'assoluta e inconfutabile verità. «Va be', poco importa. Anche Bill Clinton sosteneva che un pompino non significasse granché. Per quanto mi riguarda il tema è comunque da approfondire».
«Niente pompini», borbotto esasperata. E devo esserlo pure parecchio, perché è un'altra parola che non amo accostare al mio vocabolario.
«Be', allora cosa?», si inserisce Laurel. La sua curiosità deve aver avuto la meglio sull'amicizia. Non che non la comprenda: è oggettivamente giustificata. Al loro posto sarei curiosa anch'io.
«Ci siamo baciati», è tutto quello che sono disposta a concedere.
«Solo i dodicenni si baciano», fa notare Audrey. «Uno che fino al giorno prima stava con una modella famosa non passa il suo tempo nel New Hampshire a scambiare saliva – e solo quello – con donne come noi. Siamo serie. A proposito, perché l'ha piantata?», si ricorda di chiedermi.
Scrollo le spalle. «Non l'ho capito, dico davvero. Ha fatto delle allusioni. Ma francamente erano allusioni ridicole».
«Perché ti è sembrato che si riferisse a te?», si inserisce Cindy. Per qualche strano motivo ha l'aria di chi lo riterrebbe in qualche modo ragionevole.
«Hmm, sì. A meno di non essermi bevuta il cervello – cosa altamente possibile, sia chiaro – ha fatto qualche battuta sul tema. Ma non abbiamo approfondito l'argomento perché a un certo punto ha avuto la faccia tosta di dirmi che non mi riteneva pronta ad affrontare una conversazione simile».
«Be', non lo sei...», è il solenne parere di Audrey.
«Cosa vuoi dire?», mi corruccio.
«Sei qui a cercare di ubriacarti con la birra – che detesti,

piccolo particolare – nemmeno dovessi espiare chissà quali colpe... E che sarà mai... Hai baciato uno».

Magari fosse così banale. «È proprio questo il punto: Terrence non è *uno*. Non è un tizio qualsiasi che ho conosciuto al bar una sera. Noi siamo amici, lo siamo davvero. E comunque non ho mai rimorchiato un tizio al bar in vita mia».

«È proprio questo il tuo problema: ti sei immolata troppo giovane sull'altare di una relazione seria, per un uomo che nemmeno lo meritava. E ora, che sei ancora giovane ma non *così giovane*, ti mancano del tutto le basi per interagire con certa gente».

«Non è "gente", Audrey. Si tratta di un ragazzo. Ed è ben diverso».

Mi osserva quasi seccata. «È questo il problema? Il fatto che è più giovane?»

«Non è genericamente più giovane. Ci sono più di dieci anni tra di noi», mi vedo costretta a ricordarle, nonostante ripeterlo mi dia parecchio fastidio.

«E allora? Gli uomini muoiono prima! Tutto di guadagnato», risponde lapidaria.

Vorrei condividere la sua stessa nonchalance, ma no. Non mi ha affatto convinto.

«Raccontaci tutto con calma», mi invita Laurel. «Cosa ha scatenato il bacio e così via...».

Mi rigiro nervosa sulla sedia. Vorrei sprofondare, dico davvero. «Il dramma è che l'ho baciato io...».

Audrey solleva le sopracciglia. «Questa serata è sempre più piena di sorprese, dico davvero. L'hai baciato tu? Avevi bevuto, per caso?»

«No, ma ero reduce da una seduta di autocommiserazione offerta generosamente da mia sorella che – piccolo particolare – era lì con il nuovo fidanzato. Io, in teoria, mi ero portata appresso un amico gay».

«Quale amico gay?». Laurel è chiaramente confusa. E non è la sola.

«Terrence, sempre teoricamente...».

Audrey solleva una mano e richiama il cameriere. «Whisky. Doppio. Per tutte», ordina sicura e poi torna a concentrarsi su di me. «Terrence non è gay», mi ricorda. «Sì, ok, seguirà la classica moda trasandata delle giovani rock star, ma sia quella sera al cinema che nelle varie foto a me è parso indiscutibilmente virile...».

«E lo è, nessun dubbio a riguardo. Ha proprio sex appeal».

«Quindi, ricapitolando, lo hai trascinato a casa di mamma e papà e lo hai baciato», torna alla carica Laurel.

«*Trascinato*, adesso... Vi posso assicurare che è venuto di sua volontà. Nessuno gli ha puntato contro una pistola. E non gli sono saltata addosso, a dispetto delle apparenze».

«Peccato», si intromette Audrey.

«Peccato un corno. Ho avuto un momento di crisi esistenziale in cui sono impazzita, ma ci tengo a specificare che la mia intraprendenza si è limitata ad appoggiare le mie labbra contro le sue».

Audrey scuote la testa delusa. «Oddio, niente lingua... Altro che baci tra dodicenni, ti retrocedo a sei anni d'età!».

Attendo con tutta calma che il cameriere abbia terminato di distribuirci i nostri whisky per sparare la bomba. «La lingua ce l'ha messa lui».

Questa volta è Audrey a morire quasi strozzata, colta di sorpresa. Forse avrei dovuto prepararla. «Dio sia lodato...», pronuncia tossendo. «Be', com'è stato? Intenso? Eccitante? Ci sa fare?».

Uno non convoca la propria squadra per mentire, no?

«Ci sa fare», confermo.

«Perché allora quel tono da funerale?», chiede Laurel.

«Perché ci sa fare, ma punto», cerco di avere un tono definitivo.

Tre paia di sopracciglia si sollevano incredule. «Fammi un po' capire, cos'è successo da quel primo bacio? Non l'avrai mica fatto scappare!», si agita Audrey.

«No, perché per far scappare qualcuno si presume che uno faccia qualcosa. Qualsiasi cosa. E io invece sto fingendo di dormire».

«In che senso?».

In momenti come questi dubito anch'io di essere una donna di trentasei anni con la testa sulle spalle. «Dormire, nel senso letterale del termine».

A Laurel sfugge una risata denigratoria. «Tutto il tempo?»

«Più o meno. La seconda sera che abbiamo trascorso a casa dei miei, in camera insieme, ho finto di essere stravolta e di essermi addormentata secca per quando lui mi ha raggiunto. Poveretto, era stato trattenuto da mia madre che si era offerta di presentargli il figlio gay del vicino». La risata collettiva che ne nasce è piuttosto spudorata. «Poi ho finto di dormire in macchina diretti all'aeroporto – e ce ne vuole a fingere in occasioni simili perché a Terrence dovrebbero togliere la patente – e poi ancora sull'aereo. Non contenta, ho anche azzardato un sonnellino in taxi fino a casa».

Audrey mi osserva colpita. E questa volta non in modo positivo. «Insomma, a quest'ora avrà concluso che soffri di narcolessia improvvisa», mi prende in giro.

«Meglio la narcolessia che doverci parlare».

«Be', ma ci *dovrai parlare*. Prima o poi», mi viene giustamente fatto notare.

«Perché? Dove sta scritto? Posso benissimo andare avanti evitandolo», ribatto con disperata ostinazione.

«Pronto? Julie, ti vorrei ricordare che vivete nello stesso edificio. Non puoi fingerti addormentata per sempre. Quella fiaba era ridicola secoli fa ed è francamente ancora più assurda con i tempi che corrono».

«Siamo d'accordo. E infatti non ho intenzione di "dormire" per sempre. Solo per un po'. Tanto, quanto tempo vuoi che impieghi per conoscere una nuova modella? Magari, mentre noi siamo qui a sbronzarci, lui è impegnato a scorrere i numerosi contatti del suo telefono e a decidere chi chiamare.

Chi potrebbe mai scegliere? Gisele? Adriana Lima? Cindy Crawford?».

Laurel mi osserva con dolcezza. «Cara, Cindy ha superato la cinquantina e ha una figlia. Forse potrebbe frequentare *lei* Terrence, e Gisele ha quell'energumeno di marito per cui nessuno oserebbe mettersi in mezzo. Al massimo, una Gigi Hadid», mi suggerisce.

«Chi? Lo vedi? Sono vecchia. Non so nemmeno quale modella vada di moda di questi tempi».

«Gigi è impegnata con un'altra rock star», ci fa sapere Audrey. Meno male che abbiamo lei. Sa sempre tutto.

«Il che non fa che confermare la mia teoria: Gigi, Gisele o come cavolo si chiamino al giorno d'oggi… uno come Terrence avrà comunque una lunga lista di ragazze da contattare». Peccato che non ho quasi finito di pronunciare la frase che la porta del pub si apre e, in stile film della peggior specie, un soffio di vento si propaga fino al nostro tavolo. O magari sono solo io a percepirlo perché è evidente che sono un tantino fuori da qualche giorno a questa parte. Sollevo lo sguardo e… «Merda», sibilo abbassando la testa. «Che cosa ci fa qui?».

Le altre tre teste si sollevano curiose nella direzione dell'ingresso.

Ti prego Signore, fa che non mi noti. Ti scongiuro. Non ho mai chiesto molto. Non ho fatto richieste irragionevoli e nemmeno questa mi sembra tale. Vorrei solo che se ne andasse senza accorgersi della mia misera presenza.

«Eccoti!», lo sento invece pronunciare con voce sicura dopo un momento di attesa. Non mi pare affatto sorpreso di trovarmi qui. Anzi, credo che mi stesse cercando. Sollevo lo sguardo e azzardo un simil-sorriso. Posso fingere di dormire anche ora?

«Ciao», lo saluto arrossendo. Credo che non avrei potuto risultare più patetica di così nemmeno con molto impegno.

«Non dormi, noto con piacere», ironizza. «Strano…».

«Be'… io…». Non ho la più pallida idea di cosa argomentare in mia difesa. «Credo sinceramente di aver esaurito la scorta di sonno per almeno un mese», gli concedo alla fine.

La mia disarmante onestà mi fa meritare un sorriso. È già qualcosa. «Posso sedermi?», domanda.

Non deve attendere un invito formale, perché Audrey ha già afferrato una sedia, indicandogli di accomodarsi tra noi due. Trattandosi di un posto tutt'altro che di grido, nessuno ha fatto il minimo caso al suo ingresso. Anche perché, con quel cappellino calzato sempre bene in testa, è piuttosto difficile riconoscerlo.

«Signore, buonasera», ci saluta, nonostante il suo sguardo rimanga fisso su di me. «Mi perdonerete se mi tengo il cappello, spero…».

«Oh, ti perdoniamo questo e altro», ride Audrey. Io non posso fare a meno di alzare gli occhi al cielo. Spero davvero che non mi faccia fare figure barbine. Per quello già basto e avanzo io.

«Cosa si beve?», chiede, allungando una mano per rapire il mio bicchiere.

Rimaniamo tutte in religioso silenzio mentre lo porta alla bocca e deglutisce. Credo che ci siano pochi gesti che sottintendano una certa intimità tra due persone con così tanta efficacia. Lo so io e lo sa anche lui, che con un sorso apparentemente banale è riuscito già a superare la linea di confine.

«Buono. Voglio dire, non è quello scozzese, ma non è male».

«Certo che il tuo accento è proprio sexy…». Cosa avevo appena finito di dire su Audrey?

Terrence scoppia a ridere. «Non lo so. Dovremmo chiedere all'esperta». E così dicendo mi scruta rimanendo in attesa.

«Io? Io non sono affatto esperta di cose sexy», ci tengo a puntualizzare.

«Intendevo, visto che scrivi libri ambientati in Inghilterra nel periodo Regency. Troverai pur sexy l'accento, no?», si prende gioco di me.

«Non lo so. I miei personaggi non parlano sul serio». A dispetto di lui che parla, respira, bacia... Fa decisamente troppe cose.

Il suo sguardo mi dice che il mio turbamento interiore non gli è affatto sfuggito. Sì, ha ben chiaro il mio nervosismo e pare che non gli interessi smettere di tormentarmi. «Di cosa si parlava prima che io vi interrompessi?», chiede.

Cerco di dare un calcio ad Audrey per intimarle di mantenere il silenzio, ma ora tra di noi c'è Terrence e la punta della mia scarpa finisce per colpire il suo polpaccio. Si abbassa con una smorfia di dolore per massaggiarsi la gamba. È ufficiale: non riesco a combinarne una giusta.

«Scusami, non volevo», supplico mortificata. «O, almeno, non volevo prendere te».

«Sì, il suo intento era quello di colpire me. Immagino volesse evitare che io ti raccontassi la sua versione del vostro bacio», spiattella tutto Audrey.

«Grazie», sibilo tra i denti stretti.

«Non c'è di che». E sorride, bastarda.

«Bacio? Singolare?», chiede curioso Terrence.

«Non mi sono voluta addentrare proprio così tanto nei dettagli...».

«E hai fatto male. Dovremmo raccontare tutto quanto alle tue amiche, non trovi?», mi provoca.

Non capisco bene perché sia qui, ma credo che non ne possa venir fuori niente di buono: con il tempo ho imparato a riconoscere il suo sguardo determinato, lo stesso che ha anche questa sera. «Terrence...», lo avverto.

A quanto pare senza risultato. «Il bacio è stato ben più di uno. E tu lo sai bene perché c'eri», mi sfida a dissentire.

«Non potremmo parlare di questa cosa in privato? Quando siamo, non so, tu e io?», lo supplico.

Lui scuote la testa. «No, evidentemente non possiamo. Perché credo che tu abbia in mente di ignorarmi per sempre».

«Non proprio *sempre*. Solo finché…». E mi blocco, non sapendo bene come continuare.

«Finché?», mi incita, quasi intuendo la direzione pericolosa della mia mente.

«Finché le acque non si saranno un po' calmate». Che brutta frase. Lo so io e lo sa pure lui.

«Ovvero?»

«Voi giovani cambiate spesso partner, no?». Cerco di darmi un tono da donna vissuta mentre lo pronuncio, ma sospetto che non ci sia riuscita.

«Tu lo cambiavi spesso alla mia età?»

«No, io no. Ma io… Sono io», concludo.

Terrence sorride. «Non fa una piega come ragionamento», mi prende in giro. Si volta ancora di più nella mia direzione e posa le mani sulle mie spalle. «Julie, lascia che ti dica una cosa, prima che tu finisca per peggiorare ancora di più la situazione: noi ci siamo baciati, è stato spettacolare e io voglio baciarti ancora». Lo afferma con una serenità così sorprendente che non so proprio come controribattere.

«Noi siamo amici…», cerco di ricordargli.

«Certo. Ma io voglio comunque baciarti», mi ripete ridendo.

«Da quando?»

«Non so, dal primo momento?»

«Cosa?», esclamo colpita. «Non è vero!».

«Sono rimasto sorpreso anch'io: non mi era mai capitato prima di voler baciare una donna che indossasse ciabatte a forma di unicorno. Ma immagino che ci sia una prima volta per tutto…», scherza.

«Allora hai finto di essermi amico!».

La sua espressione torna seria. «No, assolutamente no. Io e te abbiamo fatto *clic*, hai presente? Da più punti di vista. Ma soprattutto da quello caratteriale. Noi siamo amici, questo è poco ma sicuro».

«Ma allora…».

«Be', l'amicizia non mi ha comunque impedito di essere attratto da te. All'inizio ho fatto finta di niente perché, come mi hai appena fatto notare, ho ritenuto anch'io che un'amicizia valesse ben più di un'attrazione fisica. Certo, finché non mi hai baciato tu…».

E qui la mia testa sprofonda ancora una volta tra le mie mani. Oh cielo, lo sapevo che era tutta colpa mia… «È per questo che hai lasciato Liz?»

«Perché volevo baciare te più o meno tutto il tempo? Sì», conferma tornando a sorridere. «Lo so che non mi crederai, ma anch'io ho una mia morale».

«Certo che ti credo, cretino», mormoro.

«Quindi, abbiamo chiarito?»

«No. Sì. Non lo so, cosa dovevamo chiarire di preciso?».

La sua imperturbabilità sta iniziando in parte a vacillare. «La situazione. Io ti ho confessato in modo molto sincero le mie intenzioni. Tu come rispondi?».

Mi sollevo di scatto. «Alt, alt. Credo di non aver capito: le tue intenzioni?».

Accanto a me Audrey alza gli occhi al cielo. «Scema, ti sta dicendo che vuole andare avanti a baciarti!», mi traduce.

Terrence è però pronto a rettificare la frase. «Oddio, per amore di correttezza, vorrei specificare in completa e totale onestà che i miei desideri sono un po' più impuri di come sono stati appena descritti dalla tua amica».

Non posso crederci. Dico davvero, questa cosa non sta capitando a me. Impossibile. «Ma tu hai battuto le testa?», mi tocca informarmi.

Lui ride come suo solito. «No, perché me lo chiedi?»

«Perché o hai una commozione cerebrale o sei sotto l'effetto di droghe pesanti. Non mi sembri stare granché bene».

«Julie, tranquilla, sto una meraviglia. Certo, potrei anche stare meglio, se tu la smettessi con le tue seghe mentali…».

«E iniziassi con quelle vere».

«Audrey!», la richiamiamo tutte e tre, perché questa è

davvero brutta. Accanto a me Terrence si sta contorcendo dalle risate.

«E cosa avrò detto mai...», borbotta risentita.

Terrence sfrutta il momento di confusione per prendermi la mano. La sua è rassicurante, è costante, è una sorta di promessa.

«Come hai fatto a trovarmi?», gli domando per cercare di non pensare alla sua stretta.

«Mi sono ricordato che avevi parlato di questo posto e ho voluto provare a cercarti, non sentendo provenire segni di vita da casa tua. Voglio dire, non era la giornata del pilates...».

Un esemplare di sesso maschile che riesce a ricordarsi quello di cui gli ho parlato e che ha memorizzato i miei impegni: non so se esserne colpita o in qualche modo spaventata. Forse è il fattore età e la classica incapacità di ricordare progredisce con l'invecchiamento.

«Sì, ma perché mi stavi cercando?», insisto ostinata.

«Che tu ci creda o no, non volevo stressarti costringendoti a parlare di quello che è accaduto dai tuoi ma solo invitarti a cena. Domani sera, in un bel ristorante, io e te. Cosa ne dici?», mi tenta.

Ora dico no.

Dirò no.

Dovrei dire no.

«Forse...», mi sfugge invece di bocca. Dannata bocca. Temo sia diventata di parte dopo quei baci.

«Ottimo. Ti passo a prendere domani alle sette. Mettiti un bel vestito», si raccomanda. Poi si alza dalla sedia e, cogliendomi del tutto impreparata, mi piazza un velocissimo bacio sulla bocca. Dalle labbra delle mie amiche si ode un mormorio di approvazione. «Signore, è stato un piacere», ci saluta e poi si incammina con lo stesso passo sicuro con cui è arrivato.

Accanto a me Audrey è intenta a sventagliarsi con la mano. «Dove vendono amanti giovani? No, perché io ne vorrei uno seduta stante. E non sto affatto scherzando».

Capitolo 13

La signorina Berry mi scruta con sguardo severo. «Il vestito che si è messa addosso lascia intravedere la pancia», mi comunica dopo avermi osservato da ogni angolo.

«Ma io non ho la pancia!», mi difendo risentita. Non so proprio perché le ho chiesto un parere. Perché sono fuori di testa, a quanto pare.

«Allora quello che cos'è?», domanda indicando il lieve rigonfiamento. Enfasi sul lieve. Quasi invisibile.

«Aria. Solo aria».

«Avrebbe dovuto sgonfiarsi un po', prima di cercare di infilarsi in una guaina simile. Da quanto possiede questo abito?»

«Da una vita».

«E lo ha mai messo? Non mi sembra molto il suo genere».

«Mai messo», mi tocca confermarle. Non so perché l'ho comprato e non so perché mi sono convinta che tirarlo fuori questa sera fosse una buona idea. Forse perché speravo di apparire se non più giovane, almeno giovanile.

«Le posso prestare una pancera».

«Cosa? No! Ho addosso un completo sexy!». Davvero, questa conversazione non avrebbe dovuto prendere una simile piega. La mia autostima non è ai massimi livelli e con questo potrebbe essere appena crollata a livello centro della Terra.

«Ah, mira a farsi sfilare l'abito. Dopo... È sicura di poterne uscire viva?», mi prende in giro.

Mi offenderei se non fosse che ha ragione: ho fatto non poca fatica a strizzarmi qui dentro e non sono affatto sicura dello sforzo che richiederà toglierlo. «Non lo so. Ho pensato che questo vestito sarebbe stato qualcosa che una ragazza più giovane si sarebbe messa senza problemi».

È evidente che ho detto troppo, perché lo sguardo della signorina Berry si fa sospettoso. «Con chi ha detto che esce questa sera?».

Non l'ho detto. Non sono proprio così scema. «Uno...», mormoro vaga.

«Uno che abita sopra di lei?»

«Forse...».

Mi sorride allegra. «Ah però! Evento che non avevo previsto! Pensavo che lei non avrebbe mai avuto il coraggio di fare un passo simile».

«Perché, pensa che mi serva coraggio?», non riesco a non cadere nella sua trappola.

«Io no. Lo pensa lei», ci tiene a specificare. «Perché è più giovane, presumo».

«E frequenta modelle anoressiche che sniffano dolcificante con zero calorie già a vent'anni. Vorrei che non ci dimenticassimo di questo piccolissimo particolare...», borbotto acida.

«Io non starei a focalizzarmi sulla taglia dei pantaloni di vere o presunte modelle, signorina Morgan. Glielo avevo detto che aveva un debole per lei», mi ricorda tronfia. «Ragazzo sveglio».

Credo che mi abbia appena fatto un complimento. Osservo quasi commossa la signorina Berry. Sono stranamente sentimentale questa sera. «Non ci pensi nemmeno ad abbracciarmi», mi avverte minacciosa.

«Solo un piccolo abbraccio...».

«Stia lì. Ferma. Anche perché, se si china, questo vestito esplode».

Scoppio a ridere divertita. «Non è vero, è elasticizzato». Nonostante le parole pungenti, la mia vicina di casa si fa abbracciare, eccome. «Secondo lei sto facendo una follia?», le chiedo dopo averla lasciata andare.

«Non lo so. Non sono proprio la persona giusta per dare consigli».
«Come no? Lei ha dalla sua l'età e quindi l'esperienza».
La vecchietta sospira. «Certe volte ho la netta impressione che ci raccontino la frottola dell'esperienza solo per indorare la pillola dell'invecchiare...».
«Grazie, avevo bisogno di una parola d'incoraggiamento».
«Sciocchezze, lei sapeva benissimo quello a cui sarebbe andata incontro suonando alla mia porta».
«Comprensione femminile?», fingo di ipotizzare.
La signorina Berry alla fine cede e scoppia a ridere a sua volta, scuotendo la testa. «Lei è proprio un bel tipo. E lo intendo al cento per cento come un complimento».
«Grazie».
Sto per voltarmi e tornare in casa, in attesa che il giovanotto passi a prendermi, quando apre la bocca per assicurarsi un'ultimissima volta. «Davvero non vuole la pancera?».

Terrence suona alla mia porta alle sette precise e sebbene abbia avuto parecchie ore per abituarmi all'idea, aprendo e trovandolo appoggiato come al solito al mio stipite, mi sento tutto tranne che padrona della situazione. Tanto per iniziare lui è una visione. Non so bene cosa mi aspettassi, ma di certo non un completo elegante: la giacca blu gli calza alla perfezione e il bianco candido della sua camicia, sbottonata quanto basta, senza esagerare, esalta la sua carnagione. Per una volta, niente berretto calzato sulla testa.
È bellissimo. Non mi vengono altre parole. Non pensavo nemmeno possedesse un vestito simile.
Sono così presa a studiare ogni suo centimetro che nemmeno mi accorgo che lui sta facendo la stessa cosa con me.
«Wow», lo sento mormorare. «Questo vestito è uno spettacolo. Non ti facevo tipo da rosso».
«E infatti non lo sono. Di solito. Ma questa sera avevo bisogno di qualcosa di forte. Vestito aderente e rosso fuoco e un

drink, prima. Per il coraggio». Qualcuno sigilli la mia bocca, prima che gli spiattelli in faccia altro. Come per esempio la biancheria che mi sono messa.

Terrence scoppia a ridere. «Un drink per il coraggio? Davvero?»

«Stavo quasi per farmene due, ma poi sarebbe stato peggio».

«In che senso?»

«Con due, è probabile che oltre a volerti baciare a mia volta, avrei finito anche con il confessartelo...».

Altra risata. «Ti ho messo a disagio ieri sera? È per questo che sei ricorsa all'alcol?»

«Assolutamente no. Cosa vuoi che sia. Mi capita di continuo che gli uomini mi facciano confessioni simili...». Sto cercando di darmi un tono, ma invano, perché il mio vicino sta facendo un'incredibile fatica per non scoppiarmi a ridere in faccia. «Ok, ok, basta con le sciocchezze. La verità è che sono nervosa», cedo alla fine. Siamo stati sinceri sin dal primo istante; tanto vale continuare a esserlo.

«Interessante...», si sporge verso di me. E per quanto io adori il suo profumo, questa sera pare che la concentrazione sia eccessiva.

«Sei caduto di nuovo nella boccetta del profumo?»

«Magari sono nervoso anch'io...», bisbiglia. Questo vestito, questo suo tono di voce unitamente al suo accento potrebbero mettermi KO. Dico davvero.

«Tu non ne hai motivo...».

«Credimi, non ne hai motivo nemmeno tu». Il modo in cui lo dice e l'intensità del suo sguardo mi convincono che lo stia pensando sul serio. E, se mi è permesso fare un'ipotesi, direi che non sia la sola cosa a passargli per la testa, perché il suo viso continua ad abbassarsi pericolosamente in direzione del mio.

Dovrei fermarlo: chi inizia un primo appuntamento con un bacio? Questo è il modo in cui si conclude una serata simile, se è stata di successo. Strepitoso successo, per quel che mi riguarda.

Ma Terrence e io abbiamo fatto un percorso strano per arrivare fino a questo momento e forse un bacio è quello che potrebbe servire per rompere il ghiaccio. Prima di poter cambiare idea, mi sollevo sulle punte delle mie scomodissime scarpe con il tacco – se solo fosse socialmente accettabile, giuro che uscirei con le mie meravigliose pantofole – e lo incontro a metà strada. Lo stupore è ben visibile nei suoi occhi, ma è uno che non si fa sfuggire le occasioni. E nemmeno i baci, a quanto pare: con una mano mi cinge sicuro la vita e con l'altra mi sfiora ripetutamente il volto, sollevandolo finché non è allineato alla perfezione al suo. C'è quasi familiarità nel modo in cui mi bacia, come se fosse normale e giusto. Mi sfugge un sonoro sospiro sognante che mi fa sorridere perché, per quanto abbia scritto decine e decine di scene simili, in verità non credo di aver mai sospirato prima durante un bacio. Ero arrivata a ritenerlo quasi una mera finzione letteraria. Ma ho sperato – quanto ho sperato! – che un giorno arrivasse qualcuno capace di mostrarmi di essere in errore.

Ed eccolo qui questo uomo: così diverso da come l'ho sempre immaginato che non so bene cosa pensare, cosa dire, come comportarmi. Capita spesso di avere aspettative ben precise sulle persone; è un errore umano molto comune. Ho trascorso tutta la notte a ripensare a quello che Terrence mi ha detto di fronte alle mie amiche.

Abbiamo fatto *clic*.

Sì, in realtà è vero. E io sono così poco abituata a sentirmi "giusta" con qualcuno che è quasi drammatico che questo *clic*, più raro di un unicorno, sia accaduto con una persona così tanto più giovane di me. Ero sempre stata certa che nel mio caso l'interesse sarebbe scattato verso qualcuno di più maturo, con un vissuto simile al mio.

«Non faremo tardi per la cena?», ricordo a Terrence staccandomi da lui.

«Non importa». Abbassa la testa, chiaramente intenzionato

a riprendere a baciarmi, ma io lo fermo con una mano. Lui sarà anche abituato ai *clic* con donne più grandi, ma io no. Non sono abituata a un bel niente e credo di aver bisogno di più tempo per elaborare cosa ci sta succedendo. Di certo ho bisogno delle ore della cena.

«Ma importa a me: sei una visione vestito così, fatti almeno un po' guardare», lo tento.

Il suo sguardo mi dice che gli è chiaro che sto giocando la carta dell'adulazione. «Se proprio devo… Ho prenotato in un ristorante francese», mi rivela tutto fiero. È chiaro che i ventenni non sono soliti frequentare posti simili. Credo che lo abbia fatto per me, per mettersi idealmente al mio livello. Solo che io… Cielo, non un altro ristorante francese da puzza sotto il naso.

Gli sorrido forzatamente mentre recupero l'impermeabile e la borsetta. «Ottimo».

Il suo sguardo si corruccia perché a questa persona – ragazzo o uomo che sia – sfugge poco. «Pensavo che ti sarebbe piaciuto un posto elegante. Quella sera, quando sei uscita con il tizio tutto impettito, immagino ti abbia portato in un ristorante di un certo tipo…».

È così dolce che sto quasi per ribaciarlo per tranquillizzarlo. «Oh, sì. Locale meraviglioso. Cucina francese stellata. Sono morta di fame», gli rivelo ridendo.

«Ah…», mormora perplesso. «E dove vorresti andare?»

«Pizzeria?».

Mi sorride con approvazione. «Hai appena conquistato un altro pezzetto del mio cuore», mi confessa scherzando.

O almeno lo spero.

Terrence chiede al tassista di portarci nel Village, in una storica pizzeria in Bleecker Street. Il problema del posto, ottima pizza a parte, è la sua dimensione contenuta e i nostri vestiti totalmente inadatti all'ambiente. Pur essendo martedì qui pullula di gente, tutta piuttosto giovane, a iniziare dalla nostra cameriera poco più che maggiorenne, che per poco non ha un mancamento nel momento in cui scorge Terrence.

«Oh cielo, tu sei...», balbetta imbarazzata.

Lui le sorride con grande serenità. «Sì, sono», conferma con una risata.

Ero così tesa per la pancia, il vestito, il bacio e tutto il resto, per non parlare del suo aspetto, che non mi sono minimamente soffermata a riflettere sulle conseguenze del trascinarlo in un posto simile. In un ristorante francese da puzza sotto il naso e tavoli ben distanziati, pochi avrebbero fatto caso a un ragazzo con i capelli bicolore, ma qui sono numerose le teste che si sono voltate nella nostra direzione. Merda...

«Volete ordinare?», chiede confusa la ragazza, come se la presenza di Terrence fosse surreale.

«Sì, grazie. Julie, cosa prendi?», mi si rivolge galante.

«Scegli tu. Per me va bene tutto». Ormai mi conosce e sa benissimo che non sono una dai gusti difficili. «Magari potremmo prendere una pizza d'asporto», mi permetto di suggerirgli, visto l'intensificarsi del vociare e delle dita che ci indicano.

Lo sguardo di Terrence mi conferma che ha ben intuito le mie preoccupazioni. A qualche tavolo di distanza, qualcuno ha estratto un cellulare e gli sta scattando una foto. Anzi, mi correggo: *ci* sta facendo una foto.

«Assolutamente no», è la sua risposta perentoria.

Tra di noi passa una strana comunicazione non verbale. «Ok. Allora direi di prendere una pizza grande da dividere in due: prosciutto, funghi e salsiccia piccante?».

Annuisce soddisfatto. «Ottimo. Avete del vino rosso?», chiede alla ragazza, che continua a fissarlo con fare sognante.

«Che cosa?», gli chiede arrossendo.

«Vino. Rosso», ripete con una risata.

La poveretta annuisce e fugge, salvo ricomparire con una bottiglia che sottopone a Terrence. Lui la approva e poi aiuta la cameriera ad aprirla, viste le difficoltà e la mano tremante. «Grazie, facciamo noi», la rassicura.

Versa a entrambi una generosa dose di vino e poi solleva il bicchiere. Io faccio tintinnare il mio contro il suo, mentre lo scruto curiosa. «Prevedi di farmi ubriacare?».

Lui non conferma e non smentisce ma incurva la bocca, sfoderando quel suo meraviglioso sorriso. «Magari sto solo cercando di far ubriacare me stesso», mi confessa. «Il mio agente mi farà a pezzi domani mattina».

«Perché sei qui con me?»

«Perché sono qui. Punto. Sono anni che mi supplica di evitare posti pubblici. O di frequentarli in modo anonimo, se proprio devo».

«E tu sei solito dargli retta», presumo. Nonostante l'atteggiamento a volte disinteressato, Terrence mi è sempre parso una persona corretta. Con la testa sulle spalle.

«Diciamo che *ero* solito. Fino a oggi». Afferra di nuovo il suo bicchiere e lo svuota in fretta. Sì, è decisamente nervoso, nonostante l'atteggiamento apparentemente sereno.

«Guarda che possiamo andarcene», mormoro a bassa voce, sporgendomi in avanti nella sua direzione.

Lui copre la mia mano con la sua e scuote la testa. «Per nessuna ragione al mondo». Il tono non ammette discussioni.

La pizza ci viene servita in tempo record – sospetto che la nostra cameriera abbia usato un occhio di riguardo – e presto la serata prende quota: tra vino e buon cibo è facile dimenticarsi di tutto il resto, delle aspettative e delle persone che ci osservano con occhio di falco. Terrence e io ci troviamo a ridere e scherzare come facciamo quasi sempre da quando ci conosciamo: nonostante la mia evidente attrazione nei suoi confronti, è il fatto di poter essere davvero me stessa che mi colpisce ogni volta. Tutto questo è raro. È raro provare questa sensazione di benessere in compagnia di un'altra persona. Ed è per questo che faccio fatica a chiudere una porta che non avrei mai nemmeno dovuto aprire: sulla carta io e un ragazzo così tanto più giovane non avremmo dovuto avere punti in comune, e invece ne abbiamo. Primo fra tutti la capacità di ridere insieme. Il mondo è un posto abbastanza triste; inutile perdere tempo con le persone che non ti aiutano a sentirti meglio, no?

Quando ci alziamo dal tavolo della pizzeria, abbiamo entrambi bevuto e mangiato più di quanto sarebbe stato raccomandabile. Almeno, per quel che mi riguarda: il mio vestito, già pericolosamente sul punto di esplodere prima di cena, mi ricorda crudele che mi sono fatta fuori qualche pezzo di pizza di troppo. Quella che prima era aria, ora è decisamente cibo. La signorina Berry avrebbe fatto meglio a insistere di più con quella sua proposta di biancheria contenitiva.

Inoltre, il vino deve aver reso precario il mio equilibrio – già non eccezionale quando indosso delle scarpe con il tacco – motivo per cui ci manca poco che non finisca a gambe all'aria uscendo dal ristorante. Per fortuna Terrence mi afferra prima che io possa finire per terra.

«Tutto bene?», mi chiede.

«Meravigliosamente», mi tocca confessargli. Perché è vero ed è piuttosto difficile fingere il contrario.

«Saranno le endorfine», ipotizza il mio galante accompagnatore. «O magari sarò io», ride.

Quanto vorrei baciarlo in questo preciso momento da uno a dieci? Probabilmente cento. «Chi lo sa...», prendo tempo. Non devo essere l'unica ad aver pensato a certe cose perché il suo sguardo si incolla alla mia bocca. Resistere è molto, molto difficile. «Terrence, non per voler uccidere il momento, ma siamo in mezzo alla strada. Qualcuno potrebbe farci una foto», mi sento in dovere di fargli presente.

«Probabile. Ma a me non importa, se a te non importa».

Per la serie, poca pressione, eh... «Non so se mi importa», gli confesso sincera. «Diciamo che sono un tantino confusa. E pure brilla. Mai prendere decisioni sotto effetto dell'alcol, non trovi? Magari potremmo chiamare un taxi?»

«E andare a casa?», chiede interessato.

«Per esempio».

Terrence resiste il tempo necessario per entrare dentro l'abitacolo dell'Uber black che ha prontamente chiamato e poi assale la mia bocca. O magari io assalgo la sua. Il dubbio è lecito.

Al povero autista tocca schiarirsi la voce diverse volte, prima che ci rendiamo conto di essere arrivati al capolinea. Non ho pomiciato sul retro di una macchina da ragazzina ed è terribilmente imbarazzante che mi capiti a un'età in cui dovrei avere molto più raziocinio. Audrey sarebbe dannatamente fiera di me. E la cosa dovrebbe farmi preoccupare.

Il viaggio in ascensore avviene in una nuvola di imbarazzo misto a tensione sessuale. Non so da dove sia sbucata ma è qui con noi, palpabile, e ci impedisce di ragionare. Altrimenti non si spiega come mai Terrence mi afferri nel bel mezzo del pianerottolo e mi inchiodi alla porta di casa mia. E io non solo lo lasci fare, ma mi arrampichi addosso a lui come se fossimo le uniche due persone in questo edificio.

«Ehi...», sentiamo pronunciare. «Ehhhhi....». La voce della signorina Berry è inconfondibile anche quando si è su una nuvola.

Terrence separa malvolentieri le nostre labbra e appoggia la sua fronte alla mia. Il suo sguardo è sinceramente divertito. «A dispetto di quello che stai per dirmi, nessuno dei due ha l'età per farsi riprendere», mi fa notare ridendo.

«Davvero? Nemmeno tu?».

Scuote la testa prima di girarsi in direzione della nostra vicina. «Signorina Berry, quale piacere...», la saluta fingendo che non ci abbia appena sorpresi a ispezionare le rispettive cavità orali.

Lei ha la faccia tosta di scoppiare a ridere di fronte alla sua frase. «Vedo che ti sei dato una bella ripulita, caro», lo canzona a sua volta. «Occasione speciale?», finge di non sapere.

«Qualcosa del genere, sì... Aveva bisogno di aiuto?»

«La televisione deve essere risintonizzata», ci informa.

Ho il sospetto che l'autocontrollo di Terrence si stia incrinando. E in modo del tutto perverso la cosa mi fa sorridere.

«Proprio ora?», le chiede con una piccola punta di disperazione.

«Be', sì. È comparsa una scritta che dice che bisogna risintonizzare alcuni canali».

«Canali fondamentali?». La dose di disperazione sta aumentando a vista d'occhio.

La nostra sadica vicina non ha alcun dubbio a riguardo. «Sarei qui in caso contrario?».

Terrence inspira in profondità. «Chiaramente no», borbotta a bassa voce, affatto convinto. Si volta poi verso di me. «Ci metto un secondo».

E io, che già avevo un vistoso debole per lui, mi rendo conto di poter perdere ancora di più la testa per una persona disposta a sintonizzare i canali di una donna anziana e sola. C'è chi ha un debole per gli addominali scolpiti. Io ce l'ho per la bontà di cuore, a quanto pare.

Certo, se si accompagna agli addominali non mi lamento, sia chiaro...

Terrence è già entrato nel suo appartamento, ma la mia vicina è rimasta sulla porta a osservarmi. «Questo passa il test», mi fa sapere con espressione seria. E poi aggiunge il colpo di grazia: «Signorina Morgan, trattenga il fiato che la sua pancia ora si vede davvero», si raccomanda prima di scomparire.

Esattamente due minuti dopo, Terrence suona alla mia porta. La risintonizzazione della signorina Berry potrebbe essere stata la più veloce del mondo.

«Hai fatto in fretta», gli faccio notare mentre mi sposto per permettergli di entrare in casa. Lui non perde tempo a rispondermi, ma allunga una mano nella mia direzione e mi afferra la vita. Un secondo dopo la sua bocca è sulla mia: il suo assalto è irruento e dolce insieme. Non so come ci riesca, ma si toglie la giacca del completo senza mai staccarsi da me, come se avesse paura che possa eclissarmi. Quella sua camicia immacolata è una tentazione troppo grande per le mie mani, che infatti si incollano al suo petto e iniziano a lottare con i bottoni. A proposito, è complicato baciare e denudare qualcuno nello stesso momento…

La pazienza di Terrence deve aver superato il punto di non ritorno perché abbandona la mia vita appena il tempo per afferrare i due lembi della sua camicia e tirare con forza, facendo volare i bottoni sul tappeto della mia sala.

«Ma era bellissima!».

La verità è che sono piuttosto colpita. Non mi è mai capitato di assistere a una scena simile dal vivo prima d'ora; nei romanzi sembra sempre eccessiva e troppo plateale, ma dal vivo è maledettamente sexy. Certo, sempre che uno sappia cucire e rimettere a posto le cose dopo…

«Non importa. Ne ho altre tre uguali e non le metto mai», e si riavvicina per baciarmi il collo. «E il tuo bel vestito farà presto la stessa fine, se non ti decidi a sfilartelo», cerca di convincermi con voce roca.

«Sempre che *riesca a sfilarmelo*, vorrai dire».

«È una sfida?», chiede con espressione intensa. I suoi occhi si sono fatti più scuri del solito e mi osservano come se volessero divorarmi.

«È solo la triste verità. Non so cosa mi avesse preso quando l'ho comprato. Probabilmente un momento di profonda follia».

«Mi piacciono i tuoi momenti di follia», confessa candidamente.

«Perché vi rientri a pieno titolo?».

Scoppia a ridere. «Ah sì? È questo che sarebbe la serata? Folle?», chiede interessato.

«Probabilmente. Non riesco a capire perché sto facendo certe cose…».

«Intendi queste?». E così dicendo solleva il mio volto e mi bacia facendomi quasi cascare morta sul pavimento.

Cerco di ribattere qualcosa sull'assoluta assurdità dell'esperienza, sulla nostra sempre palese differenza di età, opposti stili di vita, quando mi rendo conto che sarebbero parole sprecate. Terrence sa benissimo quali sono i nostri limiti, ma per qualche strano motivo non gli interessano. Almeno, non questa sera. E poi, per una volta nella mia vita, ho voglia di fare qualcosa di folle anch'io. Siamo sinceri: se non lo avessi voluto con tutta me stessa, avrei trovato con facilità una scusa per non uscire con lui questa sera.

«Queste e altre…».

Solleva la testa di scatto. «Altre?», chiede speranzoso.

«Non siete la generazione che brucia le tappe? Quella per cui non vale più la regola dei tre appuntamenti?», lo prendo in giro.

Sorride mentre mi accarezza i capelli. «Giuro che non ho regole. Né in un senso né nell'altro. Possiamo fare quello che vogliamo. Con i tempi che preferiamo».

Sarà anche giovane, ma l'arte di dire le cose giuste l'ha già fatta sua. «Ottimo, tu cosa preferisci?».

I suoi occhi brillano divertiti. «Io? Non è questione di cosa voglio io, ma di quello che vuoi anche tu…».

«E io che pensavo di essere piuttosto trasparente, a questo punto…».

Lui scuote la testa e mi cinge con le braccia. «Ah no, nemmeno un po'. Sei sempre stata la donna del mistero, ai miei occhi».

«Il che potrebbe indicare il fatto che ci vedi poco».

Terrence scoppia in una fragorosa risata. «Vedi? Parlo di questo. Non so mai cosa uscirà dalla tua bocca».

«Sciocchezze, temo».

«Sarà, ma sono sciocchezze che a me piacciono».

Voglio clonarlo. Dico davvero. Pretendo un campione del suo DNA e una macchina del tempo perché possa viaggiare nel passato, in modo da ritrovarci poi con la stessa età. «Sei l'unico essere umano di sesso maschile ad averlo mai detto». E non sto scherzando.

«Perché io so riconoscere le cose di valore».

«Lo dici solo perché speri di vedere la mia biancheria intima…».

«Non mi metterò a negarlo perché, sì, mi piacerebbe *eccome* scoprire cosa nascondi sotto il tuo vestito attillato, ma si dà il caso che lo pensi, biancheria in bella mostra o meno».

«E allora forza, in camera da letto e vediamo di capire come farmi uscire da questo scomodissimo abito. Se non lo tolgo nel giro di cinque minuti, potrei arrivare a morire di asfissia».

Lo prendo per mano e lo trascino fino alla stanza; una volta dentro, cadiamo insieme sul mio letto in un miscuglio caotico di gambe e braccia. Ed è proprio sul più bello, quando cingo i suoi fianchi con le mie gambe, che udiamo un chiaro rumore di stoffa che si rompe. Ho il sospetto che il tessuto elasticizzato del mio vestito sia proprio a un punto di non ritorno. Anche i materiali elasticizzati hanno i loro limiti…

«Oh mio Dio», singhiozzo senza ritegno, tentando inutilmente di tornare seria. Ho paura di esplodere per il troppo ridere. Il mio momento sexy si è trasformato in una scena da cabaret. Così la prossima volta imparo a fingere di poter essere sensuale…

«Te ne comprerò uno uguale», mi rassicura Terrence, che non ha perso tempo e mi sta slacciando la cerniera sulla schiena. Se non altro, non mi pare colpito dall'episodio. Il vero problema è che anche così il vestito è bloccato, come incollato alla mia pelle. Altro che serpente…

«Cielo, no, non farlo! Non ho più l'età per infilarmi in vestiti simili. E di certo non potrò che peggiorare», lo supplico.

«Sciocchezze, sei perfetta», vengo prontamente rassicurata. Si mette a sedere e dopo aver studiato a lungo la situazione afferra i due lati del mio vestito e strappa con decisione. Tanto, era già andato. Cerco di darmi un tono mentre mi sfilo i pezzi rimanenti; per fortuna ho indossato uno di quei completi mozzafiato scelti dalle mie amiche. Quello rosa antico.

Non so bene cosa si aspettasse Terrence, ma a quanto pare non una scelta simile da parte mia: la sua bocca si apre per la sorpresa e per un attimo rimane assolutamente immobile, concentrato a fissarmi. Poi solleva una mano e mi accarezza la guancia. Il ragazzo ha stile: chiunque altro avrebbe mirato al seno, che nel mio caso è piuttosto difficile da mancare. Apprezzo che si sia trattenuto. «Te lo dirò ancora una volta e considererò la discussione chiusa: tu sei perfetta», mi ripete.

La cosa incredibile è che gli credo pure. Mi lancio su di lui senza mai smettere di ridere, baciandogli il collo, il petto, la pancia. Forse è così che dovrebbe essere l'intimità: un momento di gioia condivisa. Sì, gioia prima che passione. Perché, per quel che mi riguarda, la passione è una sensazione del tutto vuota, se tra due persone non c'è qualcosa di più della mera attrazione. E per quanto sia assolutamente e irrimediabilmente attratta da Terrence, sono le risate che ci siamo fatti in questi mesi, le serate trascorse insieme e le conversazioni senza capo né coda ad aver creato il nostro strano legame.

Lui mi afferra e mi rigira, sovrastandomi. «Mi sono sempre chiesto che cosa nascondessi sotto quei tuoi maglioni enormi… A quanto pare, tesori», sussurra mordicchiando il lobo del mio orecchio, il mio collo e infine il mio seno.

«Esagerato…».

«Affatto. E sarai felice di sapere che sono molto, molto colpito».

«Perché di solito frequenti donne trasparenti che non hanno molto seno. È solo il fattore novità», lo rassicuro prontamente.

«Ah no, sei decisamente tu…». La sua bocca si è intrufolata sotto il pizzo del mio reggiseno e sta cercando di farmi perdere la testa più di quanto già non abbia fatto. «Il tuo seno è assolutamente perfetto», mormora con una certa riverenza.

Il secondo dopo ha già slacciato il mio reggiseno. E con una mano sola.

«Le famose dita da musicista?», cerco di distrarlo.

«Certo, fanno questo e altro». Il suo volto si è abbassato ancora su di me e questa volta la sua bocca ha catturato un capezzolo.

Le mie mani si ritrovano tra quella sua massa bicolore di capelli, mentre dalla bocca mi escono solo sospiri. Stuzzica, mordicchia, succhia. Nessuno dovrebbe essere così tanto bravo in qualcosa.

Quando penso di poter avere un mancamento, si stacca dal mio seno e torna a concentrarsi sulla mia bocca. «Allora, secondo te eravamo solo amici?», chiede con l'espressione soddisfatta di chi sa benissimo di aver del tutto sconvolto il mio piccolo mondo.

Visto che dalla bocca non mi uscirebbe niente di intelligente, faccio scorrere le dita sulla sua schiena. Come risposta, lui si inarca facendo strusciare i nostri fianchi. Poi con una mano si riappropria della mia gamba e mi aiuta a cingerlo. Il piacere che ne deriva è così pungente che sono a due passi dal venire. E lui lo sa... Spinge ancora una volta, costringendomi a chiudere gli occhi. «Vieni», mi sussurra a bassa voce.

«Cosa? No, così no...», cerco di emettere una labile protesta.

Ma Terrence non vuole sentire ragioni. «Così e in mille altri modi». Promette. Minaccia. Poi torna a succhiare l'altro capezzolo, senza mai smettere di strusciarsi contro di me.

A quel punto è questione di attimi: l'onda mi attraversa a partire dalla punta delle dita fino ad arrivare alla mia testa, dove esplode come un potente fascio di luce. Non ne vado fiera, ma nel momento dell'apice afferro la sua testa e la tengo stretta a me come una disperata che ha paura di affogare.

E pensare che ho ancora addosso le mutandine. E lui i pantaloni.

Quando riapro gli occhi il suo volto è terribilmente compiaciuto. «Ti stai divertendo?», ha la faccia tosta di chiedermi.

«Ebbene sì, mi sto divertendo», non mi faccio problemi a confermargli. La mia mano si insinua oltre i suoi pantaloni, dentro gli slip, fino a toccare i suoi glutei. «E vorrei far divertire anche te».

«Ti sembra che mi manchi il divertimento?»

«Non so. Ma la situazione non mi pare granché alla pari. Togliti quei pantaloni», gli intimo con voce molto più autoritaria del solito.

«Agli ordini signora», risponde scherzando, staccandosi per un breve momento. Il secondo dopo è di nuovo sul letto, con i suoi pantaloni eleganti lanciati chissà dove nella stanza.

«Per un attimo ho temuto che finissi per strappare anche quelli», gli confesso ridendo.

«Ci ho pensato. Ma è l'unico completo decente che possiedo…».

«Ma non mi dire… Quindi ti sei messo un completo non del tuo genere per uscire con una donna sempre non del tuo genere…».

«Chi diavolo ha detto che tu non sei il mio genere?», mi chiede iniziando a sfilarmi le meravigliose mutandine di pizzo rosa.

«Lo dicono i giornali, mio caro. Tu hai sempre mostrato interesse per una tipologia femminile specifica».

Il suo sguardo è curioso. «Stai per caso parlando dei giornali che fingi di non leggere?», chiede ironico.

«Esatto, quelli», borbotto arrossendo.

«Be', allora ho appena cambiato genere». E così dicendo fa sparire anche l'ultimo pezzo di vestiario che avevo addosso. Sto iniziando ad apprezzare la sua età. Solo una persona giovane potrebbe dire una cosa così carina e non risultare finta. «E tu?», mi domanda.

«Io mi avvalgo del primo emendamento».

«Sono inglese, non conosco questi vostri emendamenti».

«Na, non ci casco, mi spiace».

«Non vuoi proprio darmi la soddisfazione di dire qualcosa di carino su di me, eh?»

«Il tuo ego non ne ha davvero bisogno», lo stuzzico.

«E cosa ne sai? Il mio ego è piccolo e fragile, quando si tratta di te». Lo pronuncia con uno strano tono, tanto che non riesco a comprendere se lo stia dicendo per ridere o perché lo crede davvero.

«Non c'è niente né di piccolo né di fragile in te».

Terrence scoppia a ridere a crepapelle.

«Vedi? Non sono in grado di essere sexy. Proprio per niente».

«Tu sei sexy. Ma a modo tuo. Del tutto inconsapevole».

«È la classica cosa che diresti a una "diversamente attraente"», gli faccio notare.

«No, no. Io ti trovo proprio *interamente* attraente. E ora vorrei mostrartelo, se permetti». Afferra la mia mano con la sua e mi incita a sfilargli gli slip.

È imbarazzante confessare che non riesco a smettere di fissarlo completamente nudo? È una visione. Anzi, è più che una visione. Non si può arrivare alla mia età e aver fissato così poco il corpo nudo maschile. Avrei dovuto impiegare meglio tutto questo tempo. Scrivere di meno. Passare più tempo a letto con gli uomini, quelli così sbagliati da risultare giusti alla fine.

Dovrei essere timida e invece niente. La mia mano si posa sicura su di lui e lo accarezza. Terrence chiude gli occhi ed emette un gemito, salvo allontanarsi quasi subito. «Ok, fermi tutti. Non farlo altrimenti esplodo», mi confessa ridendo.

«Letteralmente?», non riesco a fare a meno di chiedergli.

Spalanca gli occhi per la sorpresa. «Signorina Morgan!».

«Mai fatto battute simili in vita mia, prima di oggi. Deve essere l'aria giovane che si respira», gli rispondo con ironia. «Mi sento quasi come la mia amica Audrey».

«Tu sei molto meglio della tua amica».

«Credo che tu sia il primo e l'unico a pensarlo».
«Sai cos'altro penso? Che tu parli decisamente troppo...».
«Ma a te piace parlare con me!», gli ricordo.
«Io *adoro* parlare con te. Ma non ora... In questo momento preferirei che ti concentrassi su altro», mormora a bassa voce.
«Per esempio?».
Le mani di Terrence rispondono al suo posto, accarezzandomi prima sul seno, poi sulla pancia e infine più in basso. È difficile rimanere rigidi di fronte a un simile massaggio seducente.
Le mie gambe si aprono da sole, strappandomi un sospiro. Chiudo gli occhi e lo lascio fare; per una volta il mio proverbiale imbarazzo non sta avendo la meglio. Ben presto la sua bocca è lì dove desidera essere, intenta a sedurmi un'altra volta. E questa volta, quando l'orgasmo arriva, non posso nemmeno dire di essere impreparata: è stato un magnifico viaggio.
«Cielo...», riesco solo a pronunciare, mentre cerco di riprendere fiato. Quando riapro gli occhi, la sua espressione è persino più compiaciuta di prima. Ma va detto che ha ragione a esserlo. Ragione da vendere.
«Visto? Non sapevi cosa ti stavi perdendo...», mi sorride.
«Giravano storie», è tutto quello che sono disposta a concedergli.
«Non c'è fumo senza arrosto».
«Mi piace la tua generazione. Davvero. Viva i Millennials».
«Guarda che ci sei dentro anche tu. Sei nata nel 1981, no? Vedi, siamo persino nella stessa categoria generazionale», mi fa notare con espressione soddisfatta.
«Non ci avevo proprio pensato», gli confesso.
«Ergo, non sono così tanto giovane...».
«E invece lo sei. E io davvero non capisco cosa ci fai qui a letto con me».
«Hai bisogno di un disegnino?», mi prende in giro. Si sporge oltre il bordo del letto e recupera dalla tasca dei suoi pantaloni il portafoglio con dentro un preservativo.

«Ah, il famoso extra large», mi esce di bocca.

Mi osserva confuso. «Dimmi un po', come fai a saperlo?»

«Saperlo? Sapere cosa?», fingo di non capire.

Per mia fortuna Terrence ha a cuore ben altro, e infatti si limita a consegnarmi il preservativo. «Be', visto che conosci già quello di cui stiamo parlando...».

La sua pazienza doveva essere più apparente che reale, perché da quel momento lo coglie una vera e propria irruenza: riprende a baciarmi con frenesia e lo fa ovunque. Domani la mia pelle riporterà i segni di tutta questa follia, ma oggi non mi importa.

Sorprendendomi ancora, ci rigira e si appoggia alla spalliera del mio letto. «Vieni qui», mormora allungando una mano nella mia direzione.

Resistere a un simile invito sarebbe un vero delitto. Mi siedo a cavalcioni sopra di lui e lo cingo a me: sto iniziando a pensare che non vorrei mai lasciarlo andare, quando per fortuna il suo bacino si spinge contro il mio, facendomi dimenticare questi pensieri pericolosi. Quello che segue sono solo baci frenetici, un sali e scendi di emozioni e infine una grande esplosione. Esattamente quella che mi aveva promesso. C'è persino un tesoro, alla fine dell'arcobaleno. E se mai esistessero unicorni veri, sceglierebbero di vivere all'interno di questa bolla perfetta.

Il suo orgasmo arriva mentre mi strappa l'ennesimo bacio da condannato a morte. Sarà perché è giovane, ma nessuno mi ha mai baciato prima d'ora come se avesse fame e sete e nulla potesse saziarlo.

Quando tutto è finito e non ci sarebbe motivo per rimanere abbracciati, continuo comunque a stringerlo a me e cerco di non pensare a cosa succederà domani. Per i pensieri brutti c'è sempre tempo.

Capitolo 14

Ho sempre considerato poco verosimili quelle scene dei romanzi in cui i protagonisti, dopo la prima notte di sesso sfrenato, si addormentano secchi l'uno accanto all'altra, braccia e gambe intrecciate. Perché il sesso può anche avere una propria motivazione – l'attrazione, la follia, una momentanea incapacità di intendere e di volere – ma l'intimità mischiata alla quotidianità è davvero difficile. Sì, anche se ci si conosce bene e si sono passate giornate intere a ridere insieme.

Il mio cervello inizia pian piano a rielaborare tutto quello che è accaduto e anche se cerco di dormire, è l'agitazione a farla da padrone: mi rigiro in continuazione nel letto e non riesco a dimenticarmi nemmeno per un istante che, maledizione, lui ora mi ha visto nuda.

E avendo io giusto qualche annetto più di Terrence, direi che l'agitazione deve essere moltiplicata per undici. Come farò a scendere da questo letto fingendo indifferenza, ora che la luce del mattino metterà impietosamente in risalto tutti i miei difetti? Ho delle evidenti smagliature sui fianchi nonostante non abbia scuse tipo gravidanze precedenti. E ho la cellulite, come presumo quasi tutti gli esseri umani di sesso femminile, a meno che uno non sia una modella. Mai, mai ritrovarsi nudi nel letto con gente che prima di te dormiva con emblemi di perfezione…

Mi rigiro per l'ennesima volta nel letto cercando di non disturbare il sonno di Terrence, imponendomi di resistere alla tentazione di ammirarlo addormentato.

Quasi sussulto quando una mano mi afferra per la vita, avvicinandomi a sé. Ero così presa dalle mie personali paranoie che non mi sono nemmeno accorta che il suo respiro era mutato. «Hai sempre un sonno così agitato?», mi chiede con voce roca. Il suo timbro mattutino è illegale, dico davvero. Dovrebbero varare una legge che gli vieti di aprire bocca prima di aver abbandonato il letto.

«Sono come la principessa delle favole: faccio fatica ad abituarmi ai materassi nuovi», cerco di giustificarmi.

Lo sento ridere direttamente sul mio collo. «Guarda che siamo nel tuo letto...», mi ricorda.

«Ah già...», rido nervosa.

«Sei già andata in crisi?», mi domanda con tono palesemente ironico.

Ha poco da sfottere, comunque. Vorrei tanto vedere come si sarebbe comportato lui, se si fosse ritrovato al mio posto.

«No. Perché dovrei?», mi fingo serafica.

«Non so. Me lo chiedo anch'io. Ma voi donne siete strane. Non vorrei che ora cercassi di trovare subdoli sistemi per nasconderti, alla luce del giorno... Non per insistere, ma ho già visto tutto quello che c'era da vedere... Anzi, credo di averne assaggiato ogni centimetro».

Farebbe meglio a non ricordarmelo. La mia mortificazione, a quanto pare, può sempre aumentare. «Non sono un vampiro. Mattina o sera non fa alcuna differenza», cerco di sembrare sicura.

«Davvero non lo sei? No, perché mi ricordo certi tuoi baci...».

Nascondo la testa nel cuscino nella speranza di soffocarmi da sola. Tutto pur di non dover assistere alla mia personalissima umiliazione estrema. «Era da un po' di tempo che io... Insomma...», balbetto.

Sì, si può sempre peggiorare.

«Guarda che non mi stavo lamentando...».

«Ti prego, non dire niente. Questa mattinata è già abbastanza complicata».

«Perché?», finge di non comprendere.

Mi scosto il cuscino dalla faccia e mi faccio forza per guardarlo occhi negli occhi: è una visione, chiaramente. Sospetto che il look scompigliato non mi doni altrettanto. «Qualsiasi cosa io ti risponda, dubito potresti comprendere fino in fondo. Perciò, per favore, facciamo finta di niente. E quando ora scenderò da questo letto avvolta nel lenzuolo, ti sarei estremamente grata se potessi fingere di non essertene accorto».

Scoppia a ridere divertito. «Davvero? Tipo mummia? Perché?».

Sbuffo. «Perché, cara la mia rock star, non sono un angelo di Victoria's Secret».

«Certo che non lo sei. Tu sei molto meglio», ribatte senza esitazione.

«Parli per esperienza diretta?».

La sua risata è un modo per evitare una risposta, ma lascio correre. Non sono certa di volerlo sapere davvero. «Dobbiamo perdere tempo con discorsi simili?». La sua bocca sta baciando il mio collo e rispondere in modo sensato è francamente difficile.

«Terrence... dobbiamo parlare...», cerco di farlo ragionare.

«Stiamo parlando», mormora mordicchiando.

«No, stiamo facendo altro».

«Allora preferisco questo altro».

Sì, si era capito. «Va bene, vorrà dire che parlerò io per prima. Diciamo che è stato un momento. Che ci siamo tolti lo sfizio... Il mondo è pieno di giovanissime e magrissime modelle con cui uscire... Eh, mi stai ascoltando?», lo rimprovero.

A quando pare no: la sua bocca si è posata sul mio seno e lì si è incollata. Quanto vorrei essere il tipo di donna risoluta e dalla volontà di ferro, che riesce a rispedirlo dall'altra parte del letto.

Vorrei essere quello che non sono, a quanto pare: le mie mani afferrano la sua testa mentre mi sfugge più di un sospiro. Cosa stavo cercando di dirgli qualche momento fa? «Terrence, noi siamo amici. Vicini di casa...», è il mio ultimo tentativo di sterzare prima del precipizio.

«E infatti sei la mia vicina preferita», mi conferma ridendo. La mia schiena è ora incollata al letto e lui mi sovrasta, sorreggendosi sulle braccia.

«Per forza. Se mi avessi detto che lo era la signorina Berry, mi sarei offesa a morte».

«È stata una dura scelta, sappilo». Si abbassa per rubarmi un bacio. E poi un altro. I giovani non sanno quando è il momento di smetterla.

«Non possiamo fare sesso di nuovo...», cerco di convincere almeno lui, perché all'improvviso il mio corpo non mi pare così certo.

«Perché? È una regola non scritta?»

«È la mia regola. Mero senso di sopravvivenza».

«Oh, sopravviverai...», pronuncia con tono volutamente seducente. «*Eccome*».

Le mie gambe traditrici gli hanno permesso di sistemarsi comodamente tra le mie cosce e ora lo tengono stretto come se l'idea di una sua fuga gli fosse particolarmente sgradita.

Visto? Non è colpa mia ma del corpo che non ne vuole sapere di collaborare.

«Ok. Ancora questa volta. Ma poi basta». Lo dico e lo intendo. Forse.

Lui mi scruta con espressione ironica. «Ne riparliamo più avanti?».

Il secondo dopo mi sta baciando e io mi sono dimenticata di tutto.

Sinceramente stupita di essere sopravvissuta alla maratona sessuale, il giorno seguente Laurel e io ci incontriamo per fare qualcosa che di solito evitiamo entrambe come la peste: la pedicure. In questa città l'antica arte del maltrattamento da seghetta è saldamente in mano alla comunità asiatica.

Quella cinese, per essere più precisi. Non si sa come mai, ma pare che non si possa essere di un'etnia differente, se si vuole avere successo nel business. Pare inoltre che un altro punto non in discussione sia la difficoltà di comunicazione reciproca, motivo per cui mezza Manhattan (di solito la parte femminile, ma gli uomini crescono di anno in anno più del PIL) ogni anno inserisce nella propria lista di cose da fare assolutamente anche quella di frequentare un corso di cinese. Le persone che contano masticano abbastanza cinese da riuscire a farsi pitturare le unghie di un colore decente. Le altre si accontentano o di sembrare pornostar o di avere una passione segreta per i diamantini.

E io odio i diamantini.

Nell'ultimo periodo mi sono spesso limitata a lottare da sola con le mie unghie. Voglio dire, per fortuna: l'ultima volta che ho messo piede qui dentro ho chiesto un colore neutro e ne sono uscita con lo smalto fucsia. Avendo perciò imparato la lezione, questa volta ho messo sotto il naso della ragazza la boccetta di colore prescelto. Non può sbagliare.

«Allora...», inizia Laurel, che mi sta sorridendo con fare sornione. «Non per metterti fretta, ma Audrey sarà qui a breve, perciò ti consiglio caldamente di raccontarmi tutti i dettagli succosi prima che possa carpirteli lei. Sai com'è Audrey...», mi minaccia.

«Cosa dovrei raccontarti di preciso?», fingo di non ricordare.

Mi fulmina con lo sguardo. «Molto simpatica...».

«Certo che lo sono».

Per qualche minuto la mia amica è occupata a litigare con la ragazza che le sta facendo la pedicure che, poveretta, non capisce come mai anche Laurel – che fa parte della folle categoria di quelli che conoscono sul serio qualche parola di mandarino – non voglia sentire storie riguardo a un colore vivace. Siamo strane e per nulla alla moda, questo devo ammetterlo. Laurel, dopo averla spuntata con un grigio perlato che ha fatto alzare più di un sopracciglio cinese diffidente, si rimette a sedere nella poltrona e torna a concentrarsi su di me. «Julie, prima che tu dica qualche sciocchezza del tipo: "Non è successo niente", sappi che hai la faccia di chi non dorme da due giorni. Presumo perché non dormi effettivamente da due giorni».

«Potrei solo avere problemi di insonnia», le faccio presente.

«Cosa saresti, Aidan Tyler?», ride. «Me ne basta già uno con orari sfasati. Per fortuna la mia influenza è stata benevola sul suo bioritmo: lo minaccio di morte se non viene a letto. E non so come mai, ma corre».

«Corre perché nel letto ci sei tu».

Laurel scoppia a ridere. «Corre perché ha paura. Non scherzo mai con le minacce».

«Buono a sapersi».

«E sto per minacciare anche te, se non ti decidi a raccontarmi cosa hai fatto negli ultimi giorni».

«Cosa? Al massimo *chi*...», mi trovo a rettificare. Influenza negativa di Audrey, sia chiaro.

Laurel emette un suono di esultanza che spaventa non poco le ragazze cinesi. Se mi ritroverò con mezza unghia tranciata, sarà solo colpa sua. «Lo sapevo!», esclama felice. «O, meglio, lo speravo. Non ero affatto certa che le tue paranoie mollassero gli ormeggi».

«Be', li hanno mollati...».

«Evidentemente. E siccome sono certa che la rock star ci sa fare, non capisco il perché della tua espressione. Dovresti brillare di luce propria». Credo si stia prendendo gioco di me per vedere di strapparmi una qualsiasi reazione.

«Non riesco a dormire con una persona accanto. Il mio subconscio non è in grado di rilassarsi, se qualcuno respira a poca distanza da me».

«Perché, vorresti sul serio dormire?», chiede divertita.

«Sì, mi piacerebbe. Non ho più l'età per le nottate selvagge».

Laurel scuote la testa. «Mi piace come con poche parole sei

appena riuscita a dirmi tutto quello che c'era di interessante da sapere: sì, le nottate sono state di fuoco e, sì, sei in paranoia totale per la questione dell'età».

Non provo nemmeno a negare. «Persino più di quello che mi aspettavo», le confesso candida.

«Perché tra di voi funziona», afferma certa.

«Per quanto possano funzionare le cose in due giorni...». Ci tengo a sottolineare il dettaglio di non poco conto.

Si sporge nella mia direzione e mi sussurra con fare cospiratorio. «Credimi, due giorni bastano e avanzano per capire cosa aspettarsi da una relazione».

È la sua ultima parola a farmi storcere il naso. «Non è una relazione», sono veloce a puntualizzare.

«Ah no? E cos'è, solo sesso? Pensavo che voi foste amici», mi stuzzica.

«Lo siamo», confermo sbuffando. «Mi chiedo se lo saremo ancora dopo tutto questo caos».

Ci riflette per qualche attimo. «Sarà difficile. Le menti maschili tendono a volerti incasellare a tutti i costi: se vai a letto con loro, smetti di essergli amica, per qualche strana ragione».

«Motivo per cui ho tutta l'intenzione di non fare più un simile errore».

Laurel mi osserva dubbiosa. «Davvero?», chiede.

«Certo. Anzi, sono sicura di non doverlo nemmeno fare io. Immagino che uno dei vantaggi del sedurre una donna più grande sia proprio questo: noi non siamo ragazzine disperate. Sappiamo come vanno questo genere di nottate...». O dovremmo comunque saperlo, e il fatto che io sia una trentaseienne rimbambita è un problema mio e non suo.

«Per curiosità, come?»

«Be', ognuno si fa gli affari suoi. È stato divertente ma poi si torna alla propria vita, no?».

La mia amica mi osserva stranamente pensierosa, mentre riflette sulle mie parole. «Senti, non per essere portatrice di cattive notizie, ma gli uomini giovani tendono a essere più idealisti, più estremi nei loro sentimenti. *S'innamorano*».

Un lungo brivido mi percorre la schiena. «Ma non scherziamo...».

«Prendi per esempio il tipo di Snapchat...».

«Snapchat? Che cosa c'entra, adesso?». La osservo sinceramente confusa.

«L'hanno quotata da poco in borsa e i giornali erano pieni di storie su questo ex ragazzetto prodigio poco più che ventenne, padrone di Snapchat che, tra le altre cose, si stava per sposare con Miranda Kerr».

«L'ex di Orlando Bloom?», chiedo colpita, perché Orlando era in voga quando ero ventenne e certi sex simbol ti segnano per la vita.

«Proprio quella. Avrà sei o sette anni in più del giovane nerd».

«Sarà anche più grande, ma rientra comunque nella fattispecie. Cosa fa di professione?»

«Be', la modella», le tocca rispondere quasi a disagio.

«E non una modella qualsiasi! Era un angelo di Victoria's Secret». Il mio tono non nasconde una certa soddisfazione: amo avere ragione, in fin dei conti.

«Poco importa: lui è un miliardario e ha scelto di sposare una donna più vecchia di lui. Perché i ventenni che si innamorano sono romantici. A differenza di quelli della nostra età. Prendiamo per esempio Aidan...», cita la sua dolce metà.

Ma io la blocco prima che possa andare avanti. «No, per favore non prendiamo a esempio Aidan Tyler. Il mondo è un posto già abbastanza complicato anche senza che il tuo uomo venga preso quale emblema di un'intera generazione di maschi perduti».

Laurel ride a crepapelle. «Ma non è così tremendo! E se anche lo è stato, io gli ho fatto abbassare parecchio la cresta».

«Certo, perché a te segretamente piacciono le sfide. Ti annoieresti, se le cose fossero banali. Ma io non ho né la voglia né l'inclinazione per quel tipo di rapporti. Se questo fosse *Orgoglio e pregiudizio*, tu saresti Elizabeth e io Jane». Certe volte un esempio, specie della cara Austen, è più efficace di mille parole.

«Lo so!», è d'accordo Laurel. «Motivo per cui non ti vedrei mai bene con uno come Aidan. E nemmeno come Norman, a quanto pare. A proposito, cosa aveva di sbagliato?», si ricorda di chiedere.

«Nulla. È perfetto. Ma emozioni zero. Non lo spoglierei nemmeno se fosse l'ultimo uomo al mondo», le rispondo con sincerità.

«Certo che no, hai spogliato la rock star».

Pare che l'abbia fatto. «Non ho mai pensato di essere *quel* tipo di donna...», sospiro a voce alta. «E poi, nei miei piani, se io avessi voluto spogliarlo, lui non avrebbe comunque dovuto spogliare me».

«Comunque, per quanto riguarda la disfatta con Norman, non la prendere sul personale. Credo che lui abbia il cuore occupato. Insomma, sulla carta eravate perfetti, nella vita molto meno».

«Me ne sono resa conto anch'io. A proposito, credo che dovremmo fare qualcosa per il tuo agente».

«Qualcosa?», chiede Laurel.

«Non lo so, qualcosa. Chiedi al tuo fidanzato qualche informazione in più. Amo far accoppiare felicemente gli altri».

«Inizia ad accoppiare te stessa».

«Inizierò. Dopo che mi sarò fatta un giro da un bravo psicologo che si farà pagare profumatamente per spiegarmi perché all'improvviso sono attratta da gente troppo giovane».

«Perché è carino e ci sa fare?».

Come la fa semplice la mia amica...

«Smettila di prendermi in giro e torna un attimo a ragionare sul mio problema impellente: ora che la biancheria è volata via e le regole sono venute meno, cosa faccio?».

Laurel è sul punto di darmi il suo suggerimento quando la

porta si apre e dentro al salone irrompe Audrey. Ha le guance rosse di chi ha corso per arrivare qui il prima possibile. In mano tiene il suo cellulare, esibito quasi come un trofeo. «Julie, sei famosa!!!», esclama spaventando ancora una volta le cinesi. Che non ci vorranno mai più come clienti, mi pare evidente.

E il dramma è che non devo nemmeno chiedere di cosa stia parlando, perché il mio subconscio era quasi preparato all'evento.

«Guarda, un altro sito che ha pubblicato le vostre foto!», esclama Audrey emozionata, mostrandomi lo schermo del suo cellulare, quando ci rechiamo da Starbucks per prenderci un caffè. «Come ci si sente a diventare davvero famosa?», mi prende in giro.

Credo che a me ne servirebbe uno corretto. O forse dovrei lasciar perdere il caffè e concentrarmi direttamente sull'alcol. Sarebbe la scelta migliore, dopotutto.

«Male», ringhio seccata. «Puoi mettere via quell'affare?». È un'ora che non fa altro che mostrarmi le fotografie di due sere fa; temo di essere vicina a un punto di non ritorno. Chi sostiene che gli scatti "al naturale", senza posa, vengano meglio, racconta scemenze.

Per carità, lo sapevo che avrebbero potuto apparire da qualche parte, prima o poi, ma speravo di avere più tempo. E che intanto qualcosa di più succoso e interessante intervenisse per salvarmi dalla mia totale umiliazione. Perché è di questo che si tratta: è una colossale figura di merda. Non esiste altro modo di vedere la questione. Kellyanne Conway, consigliera fuori di testa del nostro esimio presidente, non potrebbe gentilmente sparare una delle sue solite fesserie in qualche intervista e farmi tornare poco interessante? Non ci sono altri membri della famiglia Trump che sarebbero disposti a twittare il contenuto segreto e incriminatorio delle loro email, come ha fatto il figlio scemo?

Gli articoli che mi ha mostrato Audrey hanno più o meno lo

stesso contenuto: tutti si chiedono chi sia la donna al fianco di Terry Graham, quella con addosso un vestito improbabile capace di mettere in forte risalto la sua pancia. Non c'è nemmeno bisogno di ingrandire l'immagine: la mia ciccia è visibile a occhio nudo.

«Guarda questa: non sei venuta niente male!», cerca di risollevarmi il morale.

Mi sporgo quanto basta per dare una velocissima occhiata. Lo sapevo, non avrei dovuto. «Cielo, ma esiste una foto dove la mia pancia gonfia non sia in primo piano?»

«Quale pancia?», chiede Laurel confusa.

«Come quale? Questa enorme protuberanza qui... Mai mangiare pizza a un primo appuntamento», borbotto.

«Tutti hanno un po' di pancetta», cerca di consolarmi Audrey. Apprezzo che non stia fingendo di non vedere l'ovvio.

«No, non tutti: le modelle non ce l'hanno», ribatto piccata.

«Sì, ma rischiano la morte per malnutrizione, se beccano un virus intestinale», è pronta a ribattere.

Scoppio a ridere mio malgrado perché, dannazione, ha ragione. «Chissà come mai, ma quelle non si ammalano mai... E poi, quando arrivano alla mia età, si fidanzano con il miliardario di turno».

«Di chi stiamo parlando, ora?», chiede Audrey confusa.

«Miranda Kerr», le svela Laurel prontamente. «Ha sposato il fondatore di Snapchat».

Audrey impallidisce visibilmente. «Cielo, non parlarmi di quei due lì perché qualche mese fa ho letto un'intervista da brivido: pare che abbiano aspettato il matrimonio per farlo», ci svela con espressione sconvolta. Sì, è il tipo di notizia che Audrey potrebbe trovare terrificante, in effetti. «Ti prego, dimmi che voi scopate», mi supplica con l'espressione più seria di cui sia capace.

Non so come interpretare il fatto che non mi sia andato di traverso il caffè: devo essermi abituata alle sue uscite. E non so se sia un bene o un male, a dirla tutta. «Audrey!».

«Ok, scopate», desume. «Quindi, ricapitolando, qui sono l'unica che non batte chiodo?»

«Perché sei diventata esigente», la consola Laurel.

«Certo! Non sono più disposta a fare da nave scuola a uomini che in teoria dovrebbero benissimo sapere dove si trova il clitoride...». Sospira, alzando gli occhi al cielo.

«Confesso che mi è sfuggito il perverso meccanismo di associazioni per cui siamo passate dalla mia pancia sbattuta in primo piano su ogni sito che si rispetti, fino alla nave scuola di Audrey», ammetto con una risata. Almeno sono riuscite a farmi sorridere.

«Niente più nave scuola. Non mi porterò più a letto qualcuno a meno che non mi dia prima dimostrazioni di saper usare la lingua».

Questa volta il caffè mi finisce davvero nella trachea... «Oh mio Dio...», borbotto tossendo, mentre Laurel cerca di salvarmi dalla morte per soffocamento con forti colpi alla schiena. «Ogni volta che penso di essermi abituata, ecco che lei alza il livello», mi giustifico dopo essermi in qualche modo ripresa.

«Certo, perché non vorrei mai darti l'illusione di essere sullo stesso piano...».

Ovviamente no. E non lo saremo mai. Credo che potrebbe morire per lo shock, se le confessassi di aver sempre avuto uomini che rifuggivano il sesso orale, come i celiaci rifuggono il glutine. Certo, questo prima di due giorni fa. Si può recuperare una vita intera in poche ore? Be', se anche non si può, Terrence ce l'ha messa davvero tutta per portarmi allo stesso livello delle altre donne meno sprovvedute di me.

«Mai nemmeno pensato a qualcosa di simile...».

«Comunque questa notizia mi ha colpito. Per carità, sono felicissima per te, ma pensavo che avrei fatto prima io a trovarmi un uomo. Senza offesa, sia chiaro».

«Uomo... adesso...», mi tocca precisare, tornando al tasto dolente.

«Quanti anni hai detto che ci sono di differenza?», mi richiede. È tipico di Audrey dimenticarsi le informazioni che non ritiene essenziali. Il problema è che di solito ha un metodo tutto suo – per gli altri discutibile – di classificare le cose.

«Undici», borbotto a denti stretti.

La sua espressione è quasi di reverenza. «Sono colpita. Dico davvero».

«Puoi tornare a non esserlo. Si è trattato di un episodio che non si ripeterà», mi affretto a rassicurarla.

«Perché, cosa vi siete detti questa mattina?», vuole sapere Laurel, che stringe uno dei suoi soliti drink improbabili.

«Niente. Ci siamo detti ciao. Lui doveva correre alla sala prove e io avevo da scrivere». E segretamente ne sono stata felice, perché all'improvviso ritrovarmi parte della nutrita schiera di gente che rimanda i confronti mi ha fatto sentire meglio.

«Hai scritto?», vengo incalzata.

«Certo che no! Chi potrebbe mai mettere sulla pagina anche solo mezza parola, dopo trentasei ore simili?», sbotto.

«Vi sarete pur detti qualcosa in trentasei ore», alza le sopracciglia Audrey. «E se lo dico io...».

«Ci siamo detti un'infinità di cose. Ma serie? Zero. Perché noi siamo un po' così...».

«Quindi, hai un piano per quando lo incontrerai questa sera?»

«Deve essere già oggi? Non potrebbe passare qualche giorno?», domando battagliera.

Laurel mi osserva come se mi fossi bevuta il cervello. «Potrebbe, certo. E la CIA potrebbe spiarci tutti tramite il microonde».

«Psss, non ridere che poi la nostra amministrazione si offende. Probabilmente tutti quelli alla Casa Bianca sono stati costretti a buttar via il microonde. Sono traumi. Io non credo che potrei mai vivere senza».

«Mi associo. È più o meno l'unico elettrodomestico che so

usare», mi rassicura in fretta. «Quindi, microonde a parte, il tuo piano quale sarebbe?»

«Concretamente? Non ne ho uno. Vorrei provare come si vive alla giornata». Non ho quasi finito di dirlo, che il mio cellulare prende a squillare. Numero sconosciuto. Perché ho una brutta sensazione? «Pronto?», rispondo con voce titubante.

«Signorina Morgan, sono Jenna Lemmon e la chiamo dalla redazione di "US Magazine"...».

Cosa fa una persona matura e responsabile quando viene scovata da una giornalista? Chiaramente fa cadere la linea. Riattacco per istinto di autoconservazione. Le vere emergenze fanno risvegliare il nostro sesto senso. Un po' come gli uomini primitivi con gli animali pericolosi.

Laurel e Audrey mi osservano preoccupate. Passano letteralmente due secondi e il cellulare riprede a suonare una seconda volta. La mia nuova strategia? Spegnere il telefono. Sì, non molto maturo da parte mia, ma chi se ne frega. Quello che dico dopo non passerà di certo alla storia ma almeno rende molto bene l'idea. «Merda, mi hanno trovata...».

Rientro nel mio appartamento con un cappellino gentilmente prestatomi da Laurel. Voglio dire, non credo proprio che qualcuno potrebbe riconoscermi, ma a questo punto sono diventata un po' paranoica. È la storia della pancia, sia chiaro: finché ero un'anonima faccia come tante, potevo reggere il colpo. Ma ora mi hanno identificato, sanno cosa faccio di professione, sanno come mi vesto di solito perché – maledizione – sono una scrittrice e sono dotata di social. Fino a oggi a nessuno importava delle mie foto o del mio status – pubblico, almeno fino a qualche ora fa – ma pare che la situazione sia destinata a cambiare. Terrence deve assolutamente ripristinare il normale ordine delle cose e uscire con una delle sue solite modelle. In un bel posto, molto pubblico, con un sacco di persone che possono scattargli foto. Magari la potrebbe anche baciare, perché niente mi farebbe cadere nel dimenticatoio così velocemente come un bel bacio immortalato dai giornalisti.

Il dolore in fondo al mio stomaco mi ricorda che l'immagine di Terrence che bacia un'altra donna non si sposa molto bene con i miei succhi gastrici, ma sono problemi digestivi che intendo curare in un secondo momento. Prima i problemi veri.

Rientrata nell'edificio, marcio dritta fino al suo appartamento e suono, sperando che sia in casa. Sospetto che il mio nervosismo si intuisca già dal campanello.

Terrence apre la porta e mi sorride. Un bellissimo, meraviglioso e del tutto immotivato sorriso. E per quanto mi senta in difetto, non riesco proprio a ricambiare. «Abbiamo un problema», gli rivelo subito.

Lui sbatte le palpebre confuso e mi osserva. «Ok… Ma qualsiasi cosa sia, prima vorrei fare una cosa». Così dicendo si sporge nella mia direzione e mi pianta un innocente bacio sulla bocca.

La mia mascella sprofonda per la sorpresa. Dire che non me l'aspettavo è un eufemismo. «Cosa?».

Terrence sorride ancora. «Era un bacio. Per stemperare la tensione», mi spiega. «Mi sei parsa tesa».

«Certo che lo sono!», mi ricordo finalmente di tornare indignata. «Sono uscite delle nostre foto!».

Lui non pare granché colpito. «Escono sempre…», sminuisce la cosa.

«Posto che nel mio mondo non escono mai, perché cosa vuoi che gliene freghi di noi scrittori alla gente che oggi quasi non sa leggere, non hai capito: sono uscite delle foto di noi due. Di me e te. Insieme», provo a disegnargli il quadro.

«Be', eravamo insieme», ha la faccia tosta di farmi notare.

Mi blocco per un secondo e osservo bene la sua espressione. «Tu sapevi che sarebbe successo…».

«Saperlo, no. Presumerlo, direi di sì».

«E non mi hai detto niente!».

Il suo sguardo diventa incredulo. «Julie, eravamo in un posto pubblico. Pensavo che anche a te stesse bene…».

«Ma eravamo in una pizzeria! Circondati da gente che stava passando una normale serata! Non erano mica paparazzi appostati. Immaginavo che avrebbero mostrato la foto all'amico di turno…».

«La gente oggi non si fa problemi e si rivende in fretta le foto».

Incredibile. Non so se sentirmi depressa per l'infimo livello raggiunto dall'umanità o se voler sprofondare per essere così estranea al contesto attuale. Sì, ogni tanto aggiorno qualche social, ma la mia vita funzionerebbe bene anche se domani staccassero Internet in tutto il mondo. Non seguo granché il gossip e le uniche cose che cerco su YouTube sono i comici che praticano la sacra arte della commedia politica. Non so fare il contouring. Anzi, so solo cos'è perché me lo ha spiegato Audrey. Non guardo i filmati sui gatti perché mi terrorizzano e non ascolto musica in streaming perché possiedo ancora dei CD ben funzionanti. Non sono vecchia, ma sono un po' all'antica. In un certo senso è persino peggio. Confesso, insomma, di aver del tutto sottostimato il fenomeno della fama di Terrence. Era facile fingere che tutto fosse sotto controllo, finché lui girava per la città in incognito e trascorrevamo le serata a mangiare pollo fritto condito da film improponibili. Ma ora che mi sono scottata, ora che ho capito la portata pubblica di questa cosa, qualsiasi essa sia, la mia unica tentazione è quella di scappare. Lontanissimo.

Lui deve intuire qualcosa del mio stato d'animo perché mi scruta con volto molto più serio rispetto a qualche attimo fa. «Pensavo che avessi riflettuto su questa cosa…», mi dice con attenzione.

Lo pensavo anch'io. M'immaginavo che ogni tanto qualcuno lo riconoscesse e gli chiedesse un autografo, non certo che i giornali scandalistici di mezzo Paese si facessero in quattro per documentare *ogni* sua uscita.

E poi, se anche mi fossi messa a riflettere su cosa significasse sul serio frequentare un musicista noto, non avrei mai potuto prevedere il mio panico di fronte alle foto della mia pancia sbattuta in primo piano. Pensavo di essere meno influenzabile.

Pensavo, appunto.

«È evidente che non l'ho fatto sul serio. Anche perché non avevo la più pallida idea di quello a cui andavo incontro. Se provo a riaccendere il telefono sono solo giornalisti a chiamarmi. Il che vuol dire che sanno chi sono, cosa faccio, quanti anni ho».

«Sempre lì dobbiamo finire? Sulla storia dell'età?», mi chiede per la prima volta con aria seccata. «Non capisco perché permetti alla gente di giudicare cosa è importante e cosa no».

Brucia sentirsi rimproverati da un ragazzo. A maggior ragione se nelle sue parole c'è del vero. «Certo che non capisci. Non è mica la tua pancia a essere finita su tutti i siti di gossip!».

La sua faccia si fa ancora più incredula. «Di cosa stiamo parlando adesso?».

Cercando di mantenere un minimo di dignità – ma dubito si possa definirla tale quando ci si è appena lamentati della propria pancia apparsa ovunque su Internet – mi sporgo verso di lui con il cellulare in mano. Mi tocca persino lottare contro l'irrazionale e sconveniente tentazione di avvicinarmi ancora un po' per ricambiare il bacio di poco prima. Che donna debole che sono…

«Ecco, le vedi queste? Sono tutte foto di noi che usciamo dal ristorante. E questa è la mia pancia».

Terrence studia lo schermo del telefono, poi la mia faccia, e ancora il cellulare. «Mi stai prendendo in giro?».

Gli uomini dovrebbero imparare che noi non scherziamo mai sui nostri difetti fisici. «Ti sembro una che scherza?»

«No, hai la faccia di una che si è bevuta il cervello. Si nota giusto un accenno di pancetta…», prova a convincermi.

Vuoi vedere che ora sono io la paranoica? Seleziono una nuova pagina Internet e gli ripropongo le notizie della stampa alternativa. Audrey ha cercato di nascondermi l'articolo, ma l'occhio mi è caduto subito sul titolo: *La nuova fiamma di Terry Graham è già incinta? Relazione segreta che ha portato alla rottura con Liz Tellman?*

Terrence scoppia a ridere a crepapelle. Cerca di contenersi a un certo punto, ma niente, è più forte di lui. Ha letteralmente le lacrime agli occhi. «Oh mio Dio... Ma cosa beve certa gente?», chiede più che altro a se stesso. «Tu non sembri affatto incinta in questa foto. Si vede chiaramente che è la normale pancetta di una che si è strafogata di pizza un minuto fa».

Lo colpisco su un braccio. «Mi avevi detto tu di mangiare fregandomene!», lo accuso piccata.

«Certo!», ride. «E ora ti sto dicendo che devi fregartene di questa foto. O di tutte le altre. Spegni quel cellulare. Dimenticati per un po' che esista».

Non ha quasi finito la frase che il malefico aggeggio ha ripreso a squillare. Sbuffo. Sono a tanto così dal lanciarlo contro il muro, dico davvero. Vuole sapere come ci si sente? Bene, non ha che da guardare. «Pronto?». Il mio tono è battagliero.

«Julie Morgan?»

«No, sono la sua assistente. Quella senza pancia». È nei momenti difficili che bisogna tirare fuori l'ironia. La maggior parte della gente non ha abbastanza presenza di spirito per reagire a dovere.

E infatti... «Mi scusi?»

«Devo riferire qualcosa alla signorina Morgan?», fingo di cinguettare.

«Siamo della rivista "People". Vorremmo una conferma sull'età della signora...».

Mi ha chiamato signora. Di proposito. Sto per uccidere qualcuno. Forse io e la mia vicina di casa siamo ancora in tempo per fondare un club per zitelle acide. «Signorina», la correggo. «E no, l'età non si chiede mai a una donna».

«A noi risulta trentasei. Se potesse gentilmente confermare...».

«No comment». Per un attimo mi sento quasi fiera di me stessa. Peccato non sia destinato a durare.

«E la gravidanza?»

«Nessuna gravidanza», tuono seccata.

«Sicura?»

«Assolutamente. Era solo pizza».

Dall'altra parte la giornalista scoppia a ridere. «Non possiamo scrivere una cosa simile!».

«È proprio questo il punto: non dovete scrivere! Niente! Ci sono temi molto più seri da trattare: la terrificante proposta di revisione della disciplina sanitaria, quell'idiota del nostro presidente, i suoi contatti con la Russia...».

«La gente si annoia a leggere cose serie». Già. È proprio questo il problema della nostra epoca. «Potrebbe essere una gravidanza gemellare?», vengo incalzata dalla stramaledetta giornalista.

Ok, io ci ho provato. Dico davvero. Riattacco piuttosto irritata. «Ora diranno che aspetto dei gemelli», lo informo con espressione furente.

Terrence cerca di rimanere serio di fronte al mio evidente umore nero. Cerca e fallisce. «Ma dài, chi vuoi che la legga quella roba!».

«È esattamente quello che io ho sempre detto di Breitbart! E guarda a che punto siamo arrivati! Ci manca solo che eleggano senatore uno di quei giornalisti imbecilli!».

A quel punto Terrence cambia strategia. Allunga le mani nella mia direzione e tenta di abbracciarmi. «C'è da dire che sei sexy quando sei arrabbiata...».

«Non ci provare nemmeno!», lo avverto più con le parole che con i fatti.

«A fare cosa?», finge di non comprendere, continuando ad abbracciarmi.

«A cercare di sedurmi per non farmi rimuginare su queste nubi cupe che si stanno concentrando sopra la mia testa».

«Addirittura… Comunque, ho un debole per come combini le parole: sarà una cosa da scrittori».

«E non contento ti arrischi pure nell'arte dell'adulazione…». Incrocerei le braccia, se solo ci fosse dello spazio tra di noi. Dal momento che i nostri corpi sono piuttosto attaccati, mi accontento di incenerirlo con lo sguardo. Sto giusto per lanciarmi nell'ultima parte del discorso, ovvero quella relativa al fatto che tra di noi, sempre che sia mai nato qualcosa, è tutto finito, quando il mio cellulare squilla di nuovo. E ora chi diavolo è? Ah, mia madre. Giusto, in questa giornata che mi ha messo a dura prova mancava appunto lei.

«Pronto?». Sono costretta a rispondere perché la conosco e so bene che richiamerà altre ottanta volte, ritenendo impossibile l'idea che di tanto in tanto io abbia altro da fare oltre che parlare con lei.

«Julie, ma sei incinta!!!», esclama.

Credo che sia ufficiale: lassù qualcuno mi vuole molto, molto male.

Visto che – del tutto correttamente – sospettavo la telefonata sarebbe andata per le lunghe, ho mollato Terrence e mi sono rifugiata a casa mia, dove mia madre mi sta tenendo al cellulare da un'ora. No, non è un modo di dire.

«Te lo ripeto per la quindicesima volta: non sono incinta!». Sono partita con un tono tranquillo e ragionevole, ma più mi costringe a ripetere l'affermazione e più la mia solita calma lascia il terreno al nervosismo. A questo punto sono uscita del tutto fuori dai gangheri.

«E il tuo amico non è gay! Non negare! Me l'ha detto la vicina!».

Ma i miei non potevano vivere in una landa desolata senza anime attorno? Era proprio necessario che le sue amiche la tenessero informata su tutto?

«No, non è gay». L'evidenza empirica – leggasi foto di Terrence con numerose fiamme – non è dalla mia.

«Julie, non mi dirai che frequenti un ragazzino...», quasi sussurra per l'orrore.
Sospiro alzando gli occhi al cielo. «Mamma...».
«No, perché capisco che una nella tua situazione possa sentirsi disperata...».
«Non sono affatto disperata!». Ma lei nemmeno mi sente.
«...Ma c'è un limite a tutto. Alla tua età non ci si può ridurre a uscire con una rock star di una dozzina di anni di meno».
«Non sono dodici, sono undici». E il fatto che mi sia affrettata a rettificarlo è davvero pietoso.
«Julie, non so se considerarlo un moto di ribellione o altro...».
«Sinceramente? Non lo so nemmeno io», le confesso alla fine di questo infinito scambio di parole.
La mia ammissione di colpevolezza la fa ammutolire. Almeno per un attimo. Con mia madre un attimo è roba seria.
«Quindi, state insieme?», chiede timorosa.
«No, non stiamo insieme. Siamo amici. Mangiamo la pizza insieme. E anche il pollo fritto. E la cheesecake», finisco di incriminarmi. Le evito il sesso perché ormai ho detto cheesecake e credo di non avere altri spazi di manovra.
«Julie...», mi richiama con quel tipico tono "da mamma".
«Lo so, lo so. Dovrei smetterla di mangiare schifezze, trovarmi un uomo serio e vivere una vita normale...», anticipo la sua ramanzina.
«Sì, dovresti».
Il problema è che, se prima condividevo la sua stessa idea, nell'ultimo periodo qualcosa è cambiato. E se in verità non fossi destinata al tipo di vita "seria" che la gente si attende da me? Se non fosse casuale questo essermi trovata così tanto a mio agio con una persona più giovane? Se il suo atteggiamento, la sua capacità di comprendere pienamente quanto non desidero essere presa sul serio fosse il perno intorno al quale ruota tutto?
«Quindi definitivamente non incinta?», mi chiede un'ultima volta ma almeno si intuisce che sta ridendo.

«Definitivamente».
«Julie, vuoi che ti venga a trovare?».
I miei occhi si spalancano terrorizzati. «Cielo no! Mi hai appena detto che alla mia età non ci si può rifugiare in atteggiamenti infantili!».
«Quindi ti comporterai da persona matura?»
«C'è mai stato un momento – intendo un momento realmente importante – in cui non l'ho fatto?».
Mia madre si prende il giusto tempo per riflettere. «No, direi di no», concede alla fine.
«Appunto. Allora saprai che lo farò anche questa volta».
«Lo spero», mormora.
Mi sa che siamo in due, allora.

Capitolo 15

La mattina seguente apro la porta a Terrence e alle sue valigie. «In partenza, presumo», commento mentre mi concedo la debolezza di inspirare a piene narici il suo profumo. L'idea che stia per andarsene via è agrodolce: da un lato è la soluzione ideale a tutti i miei problemi, ma dall'altro mi provoca un dolore in mezzo al petto che mi pare piuttosto prematuro. Certo, potrà anche parere a me, ma ormai è realtà.

È buffo come uno trascorra anni a cercare di cementare certi legami – tra l'altro senza riuscirci – e come invece altre persone ti rimangano dentro senza che tu abbia fatto nulla perché accadesse.

Lui si passa imbarazzato la mano tra i capelli. «In partenza. Te l'avrei detto ieri, ma ho ritenuto che tua madre bastasse e avanzasse...».

«Bastava e avanzava», gli confermo. Mi sento assalire dalla più totale mortificazione ancora adesso, se solo ci penso. Dopo le foto di ieri, l'esercizio fisico e gli addominali quotidiani passeranno in cima alla mia lista di priorità. Sì, lo so che lo dico da un decennio, ma questa volta sarà diverso. Voglio dire, mezzo mondo ha scambiato la mia leggera pancetta per quella di una donna incinta...

«Hai sempre le mie chiavi? Se non ti dispiace salvare anche questa volta le mie piante...».

Prima o poi dovrò raccontargli di non avere affatto il pollice verde. «Ma certo. Quanto starai fuori?», domando cercando di sembrare serafica.

Il suo sguardo non molla nemmeno per un istante il mio.

«Qualche settimana. Magari un mese. Abbiamo un disco nuovo da incidere».

«Chiaro», annuisco comprensiva. Sollevo la testa e gli sorrido. «In un certo senso è meglio…», provo a convincermi. «Le cose si erano fatte strane».

Terrence solleva le sopracciglia. «Strane?»

«Sì. Complicate. Inutilmente difficili. Noi siamo vicini e amici. Andiamo d'accordo, no? Nessun bisogno di ingarbugliare ulteriormente la questione…».

Molla la sacca che teneva in mano, che cade per terra con un suono deciso. «Alt», quasi mi ordina, allungando la mano per cingermi i fianchi. «Smetti subito di pensare tutto quello che stai pensando. Era in programma che partissi, il viaggio è solo stato anticipato di qualche settimana. Ma vado e torno. Possiamo sentirci».

La tentazione di dire sì è grande come i tagli repubblicani alla salvaguardia dell'ambiente. «Sarebbe meglio che non lo facessimo perché, come stavo cercando di dirti ieri sera prima che mezzo mondo prendesse di mira il mio telefono, non mi sembra il caso. Tanto non abbiamo chissà quale futuro, no?».

Mi osserva cupo. «Perché no?»

«Perché… siamo in due fasi differenti della vita: io vorrei una relazione stabile e duratura e tu no».

La sua espressione si fa determinata. «Veramente io *voglio* una relazione duratura», ribatte.

Non mi è chiaro se lo stia dicendo solo per testardaggine o perché pensa di esserne convinto. «Be', il tuo concetto di relazione duratura è del tutto differente dal mio: io vorrei sposarmi. Avere dei figli. E sarei anche disposta ad attendere se non fosse che no, non lo potrò fare più di tanto, data la mia età». Ho tirato fuori apposta l'artiglieria pesante. Sto giocando per farlo fuggire a gambe levate. In genere è quello che fanno gli uomini non appena nomini il matrimonio, no?

Rimane in silenzio e riflette. «Ok», dice solo.

«Ok, cosa? Ok, ognuno per la sua strada?», chiedo conferma.

Scuote la testa abbozzando un sorriso. «No, ok alla tua idea di matrimonio e di figli».

Qualcuno potrebbe passarmi gentilmente dei sali? «Non puoi essere d'accordo su matrimonio e figli! Siamo usciti insieme una sola volta!», gli ricordo. Ma credo che lui lo sappia benissimo, esattamente come ha capito i miei tentativi di tenerlo a distanza. C'è un nuovo sorriso sulle sue labbra.

«Una volta dice tanto. Credo che potremmo concordare un giusto periodo: se tutto va come deve andare, tra un anno ci sposiamo. O magari vuoi prima rimanere incinta?», mi stuzzica avvicinando la sua bocca alla mia. Cielo, quanto vorrei baciarlo…

Sospiro e cerco di concentrarmi sul problema impellente. «Non puoi volere dei figli alla tua età…».

«Perché? Cosa ci sarebbe di male? Ho sempre pensato che fare il padre giovane fosse meraviglioso».

«Ma noi… voglio dire, noi non siamo innamorati». Temo di essere arrossita alla sola idea.

«Ah no?», chiede interessato. «Sicura?».

Quando mi osserva con quell'intensità, certo che non lo sono. Quasi non riesco più a ricordare il mio nome. Sollevo una mano per cercare di frapporre della distanza tra di noi, ma il mio palmo si incolla in qualche modo alla sua maglietta. «Facciamo un breve riassunto delle puntate precedenti, perché all'improvviso mi pare di non capirci più niente: fino al viaggio dai miei noi non eravamo che due grandi amici, e ora tu mi parli di sentimenti? Di *grandi* sentimenti?».

Con un dito traccia il contorno del mio naso e sorride. «Avrei voluto attendere, ma tu mi costringi sempre a cose un po' folli: a baciarti per ore in mezzo al nulla, a non farti uscire di casa per due giorni, a dichiarazioni strampalate sul pianerottolo…».

«Quindi questa è una dichiarazione», voglio l'assoluta conferma.

«Lo è. E se non avessi un volo da prendere, ti mostrerei quanto sono serio». La sua voce è sempre stata così maledettamente sensuale o ultimamente è peggiorata? «A proposito: ti ho comprato un regalo».

Seppure malvolentieri, è costretto a lasciarmi andare quanto basta per recuperare un sacchetto dal suo borsone. È tutto infiocchettato, carta con unicorni stampati. Dio sto per piangere e non ho nemmeno visto l'interno.

«Non dovevi...», balbetto tesa.

«È per sostituire il vestito che si è rotto l'altra sera».

Da bambina quale evidentemente devo essere, non riesco a fare a meno di scartare subito il regalo. Impiego parecchio tempo, perché cerco di non rovinare più dello stretto necessario la meravigliosa carta che ha scelto per me. Ad attendermi al suo interno vi è un vestito nero, con la gonna ampia e svolazzante, sulla cui estremità si trovano disegnati degli unicorni. È il vestito insieme più improbabile e perfetto su cui abbia mai posato gli occhi. Sembra che lo abbiano fatto per me.

«Terrence...». Non so bene cosa dire. Non so nemmeno cosa pensare. Poche cose gridano "tengo davvero a te" più di un vestito con ridicoli unicorni cercato con ostinazione. Mi sollevo sulle punte e gli stampo un bacio sulla bocca. «Grazie».

Lui riavvicina di nuovo il volto e mi bacia ancora a lungo. «Ora devo andare altrimenti l'aereo parte davvero senza di me. E in quel caso, chi lo sente il mio agente».

Mi lascia andare ma si nota che gli costa fatica. «Magari potresti venire a Los Angeles il prossimo weekend», mi propone all'improvviso.

«Magari». Chiaro che non dovrei, ma ormai siamo nel pieno del precipizio.

Afferra il borsone e le sue valigie e si sporge a baciarmi

un'ultima volta. «Ti prego, vieni». Poi si gira e scompare dentro l'ascensore.

Rimango immobile, sorretta dallo stipite della porta, per un periodo piuttosto lungo mentre tengo stretto il mio nuovo vestito. Ma l'uomo capace di regalarmi qualcosa di simile doveva proprio essere un ragazzino famoso?

Ho passato le successive giornate – e, ahimè, nottate – a cercare di convincermi a tenere le chiappe ancorate al terreno newyorkese. Ora che la distanza fisica tra Terrence e me è molto reale, dovrebbe essere facile voltare pagina. Ma, vuoi perché i giornalisti continuano a non darmi tregua, vuoi perché lui si ostina a messaggiarmi tutto il tempo, è difficile fingere che non ci siamo mai conosciuti e ancora di più dimenticare quella sua supplica finale. Le mie amiche, poi, mi hanno spinto a prendere il toro per le corna (spero metaforicamente parlando) e a comprare un maledetto biglietto aereo. Quando hanno capito che non lo avrei fatto, me lo hanno regalato loro. Perciò eccomi qui, classe economica di un volo New York-Los Angeles che sta peggiorando la mia gastrite. Prima d'ora non mi sono mai considerata una persona granché ansiosa. Emotiva e sensibile, ma non in preda all'ansia inutile. Perché mai dovrei essere ansiosa?

Quando atterriamo scopro che praticamente tutta la popolazione qui indossa pantaloncini corti, indumento che di solito evito come la peste: non esaltano la forma delle mie gambe e mettono in evidenza la mia totale assenza di abbronzatura.

Ho comunicato in modo piuttosto formale a Terrence che stavo arrivando e di certo non mi aspettavo che venisse a prendermi di persona – al massimo ho sperato che mandasse qualcuno – e invece, dopo aver perlustrato con attenzione la zona degli arrivi, una volta passati i controlli, noto una sagoma familiare appoggiata a una parete. In testa calza un cappellino viola dei Lakers e il solito paio di occhiali da sole da controspionaggio russo. Scoppio a ridere mio malgrado. Qui dentro siamo le due persone vestite in modo più improbabile.

Avanza nella mia direzione e mi prende la valigia. «Benvenuta nella terra del perenne bel tempo», mi sorride. «Mi toglierei gli occhiali, ma questo posto pullula sempre di fotografi, perciò meglio non rischiare».

«Non saresti nemmeno dovuto venire...».

«Scherzi, vero? E poi è altamente probabile che quello che sto per fare sia ancora più vietato, ma come ben sai sono testardo». Così dicendo mi cinge le spalle e mi bacia. È un gesto veloce ma insieme molto dolce. Abbassa gli occhiali quanto basta per potermi guardare negli occhi. «Mi sei mancata».

Cosa si risponde a un'affermazione così semplice ma al tempo stesso così piena d'effetto?

«Anche tu».

Ma non avrebbe dovuto e il fatto che dieci giorni mi siano parsi dieci anni la dice lunga sul mio coinvolgimento in quello che dovrebbe essere lo stato iniziale di questa specie di relazione. Sì, uso la parola sebbene non mi piaccia nemmeno un po', perché per quanto mi sia sforzata, non sono riuscita a trovare qualcosa di alternativo. Parlerei volentieri di amicizia, ma credo che ormai quella nave sia salpata senza di me ...

«E a te piace fare cose vietate, presumo», lo rimprovero.

Scrolla le spalle. «Il pericolo è il mio mestiere, bellezza».

«Veramente lo sarebbe la musica. A proposito, come sta procedendo l'incisione del disco?»

«Qualche intoppo. Ma niente che non si possa sistemare».

«Intoppo di che genere?», gli chiedo mentre entriamo nella macchina con cui è arrivato qui. Vetri oscurati e autista. Mai avuto bisogno di privacy in vita mia, prima di conoscerlo.

«Ma niente... Il nostro agente è un po' agitato. Gli capita di tanto in tanto. Nulla di cui preoccuparsi», cerca di sminuire la cosa. Ma una volta in macchina, con gli occhiali e il cappellino finalmente scomparsi, ho modo di leggere i suoi occhi: mi pare sulle spine più di quanto vorrebbe dare a vedere.

«Allora, forse il mio arrivo non capita in un buon momento».

Terrence è categorico nello scuotere la testa. «Non mi importa degli altri o delle circostanze. I problemi possono attendere. L'unica cosa che mi sta davvero a cuore è che tu sia qui e che ci rimarrai per tre giorni».

«Ok...», gli rispondo a disagio. In verità, nonostante le circostanze non ideali, anch'io mi sento terribilmente felice all'idea di essere qui con lui. Sarei entusiasta anche se ci trovassimo nel posto più brutto del mondo. E per mia fortuna non è così: sole e cielo meraviglioso, gente abbronzata e sorridente, un clima molto diverso da quello a cui siamo abituati noi della costa Est.

«Quindi, cosa hai voglia di fare?», mi chiede con un sorriso malizioso.

Ho sempre voluto visitare gli Universal Studios o magari anche Rodeo Drive ma, mentre osservo il suo volto, la mia lista da turista passa subito in secondo piano. Voglio rimanere da sola. Con lui. In una camera.

«Non so. Tu cosa proponi?», cerco di non sembrare troppo disperata.

Terrence scoppia a ridere; è il tono della voce o la mia faccia ad avermi tradito? «Cosa propongo? Morgan, Morgan... non sono certo che tu lo voglia sapere sul serio», mi stuzzica.

«Sarei qui in caso contrario?».

Questo pare colpirlo positivamente. «Be', se è così, vuoi vedere dove vivo?»

«Non aspetto altro».

L'autista ci lascia di fronte a una bella villa bianca con un'alta staccionata che protegge da occhi indiscreti.

«Davvero è casa tua?», gli chiedo colpita mentre lo seguo dentro.

«Sì, l'ho comprata due anni fa, quando ero costretto a trascorrere molto tempo a Los Angeles. Ma io sono inglese e riesco a sopportare il bel tempo fino a un certo punto. Mi mancavano le stagioni, quando vivevo qui. Comunque, direi di far partire il giro ispettivo dalla camera da letto. Ho un materasso magnifico, vuoi provare?», mi tenta.

Scoppio a ridere di fronte alla sua irruenza. «Non mi offri da mangiare, prima?».

Il suo sguardo si incupisce. «Perché, hai fame?»

«Un po'. Il cibo in aereo non era un granché. E poi ho sete. E mi piacerebbe vedere la spiaggia...», inizio a elencargli tutto quello che mi sta a cuore.

Sì, mi pare decisamente deluso. Scoppio a ridere a crepapelle. «Spiritosa, eh?», intuisce finalmente.

«Un po'. Avevi una faccia...».

«Lo sai che ora mi toccherà fartela pagare?». Si avvicina e mi solleva, posandomi con sorprendente grazia sul suo tavolo da pranzo.

«Non avevi parlato di un meraviglioso materasso?».

Scuote la testa. «Questo era più vicino. Temo che dovremo farci andare bene il tavolo».

«Mai fatto sesso su un tavolo».

«Non è sesso, Julie. Meglio, non è solo sesso. Lo sai, vero?», mi domanda tornando per un secondo molto meno sicuro di qualche attimo prima. Potrebbe dissimulare ma non vuole farlo. Perché con lui nulla va secondo i piani?

Sospiro. «Se fosse solo sesso secondo te sarei venuta di mia spontanea volontà nella terra dei pantaloncini perenni?»

«Mah, chi può dirlo...».

«Credimi, no».

«Magari vuoi solo abbronzarti...».

«Chi, io? Erano gli anni Ottanta l'ultima volta che ho cercato di catturare una tintarella. Sono sempre stata molto saggia e ho capito piuttosto presto che carnagione cadaverica e raggi solari non vanno d'accordo».

Sorride e mi accarezza i capelli. «Quindi, in definitiva, perché sei qui?».

È una domanda da un milione di dollari. «C'è questo ragazzo… si chiama Terrence, non so se lo conosci…».
«Ne ho sentito parlare», conferma avvicinandosi per baciarmi il collo. «Un bravo ragazzo, dicono».
«Chi lo dice? Gli angeli di Victoria's Secret?», lo provoco.
La risata di Terrence mi scuote tutto il corpo. «La tua ossessione con gli angeli inizia a preoccuparmi. Devo trovare un modo per farti pensare a qualcos'altro…».
E poi procede a fare esattamente quello che ha promesso.

Terrence e io siamo costretti ad abbandonare la camera da letto, poi raggiunta, ventiquattro ore dopo, quando l'incessante squillo del suo cellulare raggiunge livelli di guardia tali da non poter più essere ignorati. L'uomo dalle mille abilità si è dovuto arrendere all'evidenza, si è vestito e diretto verso lo studio di registrazione. Prima di andarsene mi ha però baciato un'ultima volta e sospirato un "a dopo" piuttosto carico di significato. Non sapendo bene cosa fare in sua assenza, mi sono infilata un costume da bagno e mi sono messa a leggere a bordo della piscina. Non è imponente come quelle di certi personaggi hollywoodiani famosi, ma è assolutamente perfetta come sfondo per una lettura pacifica.
Sono così rapita dalla nuova storia di Laurel che nemmeno mi accorgo della porta a vetri che viene spalancata: per mia fortuna è solo il manager di Terrence e non qualche ladro malintenzionato. Sarebbe stato davvero poco piacevole dover ritenere la letteratura responsabile di una mia dipartita prematura.
Lo osservo avanzare con passo rapido nella mia direzione; lo sguardo è accigliato e la postura nervosa. «Buongiorno», mi saluta fermandosi a pochi passi dal mio lettino.
Io cerco in qualche modo di coprirmi con l'asciugamano perché non sono molto a mio agio in costume da bagno, a maggior ragione di fronte a gente quasi sconosciuta.
«Buongiorno, Terrence è uscito mezz'ora fa per venire

allo studio di registrazione», lo informo con un sorriso di circostanza.

«Sì, finalmente. Lo stavamo aspettando questa mattina». Preferisco non commentare perché non so bene cosa dire. Terrence mi aveva rassicurato di essersi preso la mattina libera. Se ci sono state delle incomprensioni tra di loro non è certo a causa mia: la serietà professionale è sempre stato un mio marchio di fabbrica. «Signorina Morgan, temo che ci aspetti una chiacchierata niente affatto piacevole», mi preannuncia, sedendosi sulla sdraio accanto senza nemmeno essere stato invitato.

«Vedo che nel frattempo ha imparato il mio nome», confesso con un certo sarcasmo.

«Diciamo che l'ho dovuto imparare mio malgrado».

Quest'uomo non finge nemmeno di essere simpatico. Mi domando se sia una caratteristica di tutti gli agenti o solo la sua. «Le assicuro, avrebbe potuto tranquillamente vivere andando avanti a ignorarmi».

«Credo proprio di no. Avevo avuto un presentimento su di lei già la prima volta. Avrei dovuto dare retta al mio istinto e muovermi prima», mi fa sapere.

«Muoversi prima?», ripeto incredula.

«A mia parziale discolpa posso solo dire che lei ha fatto davvero il possibile per apparire innocua».

«Io *sono* innocua», gli dico ridendo, sebbene non sia chissà quanto divertita in questo preciso istante.

«Non c'è più bisogno di fingere, no? Mi dica quanto vuole e la finiamo qui».

Sono costretta a sollevarmi dalla mia comoda sdraio e a osservarlo a lungo. «Mi scusi?».

Il manager degli Alien Temptation mi sembra annoiato di fronte alla mia reazione. È probabile che la trovi artefatta. «Ha capito bene. Ho fatto qualche controllo su di lei e non ho trovato nessuna situazione finanziaria precaria. Anzi, direi che si mantiene in modo del tutto dignitoso con il suo lavoro da scrittrice, il che vuol dire che nella sua testa crede di essersi avvicinata a Terrence per scopi nobili, ma se ci rifletterà bene si renderà conto che anche lei è come tutte le altre: vuole fama. Non lo neghi».

E invece lo contraddico subito. «No, guardi, la fama proprio no...».

«Allora i soldi», insiste.

«Mi scusi, non ha appena detto di "avermi fatto controllare" e di avermi trovato a posto, economicamente parlando?».

Lui scrolla le spalle. «Non c'è mai fine alla brama umana».

«Vero, ma io sono sempre stata una che si accontenta di poco».

«Motivo per cui ha messo gli occhi addosso alla rock star emergente più famosa del momento», mi fa notare sarcastico.

«La storia della rock star è un impiccio non da poco, in effetti».

L'uomo sospira seccato. «Signorina Morgan, non mi faccia perdere ulteriore tempo o costringere a vestire i panni di quello antipatico...». Il che vorrebbe significare che fino a questo momento si è considerato piacevole. Interessante. «Vorrei che mi desse atto che non ho nemmeno toccato la questione dell'abissale differenza d'età tra di voi».

Per quanto sia assolutamente pronta ad affrontare l'argomento, il dolore c'è comunque perché, inutile che finga diversamente, è un tema davvero spiacevole. «Be', tocchiamola...», lo sfido, preparandomi per andare in guerra.

«Io posso comprendere che una donna della sua età possa trovare molto lusinghiero il fatto di accompagnarsi a un ragazzo molto più giovane...».

La mia risata di scherno blocca la sua frase assurda. «Cielo no, non ho affatto bisogno di nutrire il mio ego!».

«E allora di cosa si tratta?», mi chiede.

Mi prendo tutto il tempo del mondo per rispondergli perché è una domanda che mi sono posta mille volte negli ultimi giorni. E in tutta sincerità non sono certa di essere arrivata a un responso. «Terrence e io semplicemente ridiamo delle stesse cose. Non mi è mai capitato di trovare qualcuno così a proprio agio con le mie stranezze».

L'agente mi lancia un'occhiata a tratti compassionevole. «Signorina Morgan, non può funzionare nel lungo periodo. Lo so io e credo proprio che lo sappia anche lei».

«Nel lungo periodo no, non può funzionare», sono costretta ad ammettere non senza sofferenza, perché è esattamente quello che penso anch'io. Lo so, lo so, ho preso l'aereo e mi sono lanciata in quest'avventura californiana e se a una prima occhiata tutto può sembrare meraviglioso, il manager di Terrence ha appena dato voce a quello che è il mio più grande timore. Anzi, non timore, ma certezza: storie come queste non funzionano mai nel lungo periodo.

L'uomo deve percepire il mio turbamento perché il suo volto si distende almeno in parte, perdendo quella belligeranza iniziale. «Senta, vediamo di essere sinceri, perché le concedo che potrei essermi sbagliato sul suo conto: i suoi sentimenti per Terrence mi paiono autentici. Il che è una complicazione». Non usa giri di parole. «Io non sarei venuto qui a farle strani discorsi se non fossi seriamente preoccupato per il ragazzo. Non so cosa le ha raccontato, ma Terry ha sempre tenuto una certa distanza emotiva dalle persone. E non mi stupisco, perché gli è mancata una madre a cui era legatissimo. Quindi io non so se il vostro sia un legame che ai suoi occhi serve in qualche modo a compensare questa mancanza...».

Ohi... adesso mi sta dicendo che sono una figura materna???

«...Ma, qualsiasi sia questo legame, Terry non è più se stesso da quando la frequenta: è distratto, con la testa tra le nuvole, compone cose molto diverse dal suo genere e poi pretende di dedicarle il prossimo album».

«Cosa?». Spalanco le palpebre per la sorpresa.

«Ha scritto una canzone intitolata *Julie* e giusto qualche

minuto fa mi ha mandato un messaggio in cui mi suggerisce di chiamare così tutto l'album».

Si blocca in attesa di una qualche reazione da parte mia. Ma non so bene cosa vuole che dica. Sono troppo sciocca-ta per riuscire a formulare frasi di senso compiuto. «Idea bizzarra...», è tutto quello che riesco a concepire dopo una lunga pausa.

«È una dichiarazione d'amore, signorina Morgan. Molto pubblica e piuttosto ostinata. Io e lei sappiamo benissimo come sono i ragazzi: estremi in tutto, specie nei sentimenti. Terry è convinto di essere innamorato di lei, ma non credo che le stia facendo un favore componendole canzoni. Lei ha trentasei anni. Si può davvero permettere di perdere tempo dietro a una rock star rincorsa dalle ragazzine? E non per essere antipatico, ma provi a immaginarsi tra dieci anni: lui ne avrà trentacinque e sarà nel fiore degli anni per un uomo mentre lei ne avrà quarantasei».

Le coltellate nel mio petto si susseguono una dietro all'altra. E fanno male. Tanto male.

«Nessun amore è realmente per sempre», prosegue.

«A dire il vero mi piacerebbe credere che non sia vero», ribatto finalmente a voce bassa.

«Sì, ma se anche fosse, sarebbe possibile con un amore simile?».

Mi lascio di nuovo cadere sulla sdraio e osservo l'acqua della piscina. «Non lo so...».

«Ci rifletta, signorina Morgan. Ma ci rifletta bene. Non è forse meglio dare un taglio quando ancora non si sono sprecate promesse e canzoni? Quando ancora ci sono bei ricordi?».

Per quanto quest'uomo sia assolutamente disdicevole e abbia solo ed esclusivamente a cuore gli interessi economici degli Alien Temptation, non è uno stupido e non si sbaglia del tutto. Forse ne ha già viste naufragare di storie simili.

Cerco di ragionare con razionalità, anche se il profumo di Terrence che mi sento ancora addosso non mi sta aiutando.

Provo a immaginare davvero un futuro, sempre che possa esserci. Mi vedo invecchiata con accanto un uomo buono che magari un giorno arriverà a sentirsi in trappola. E a quel punto tutto quello che di bello c'è stato passerebbe in secondo piano. Io mi ritroverei di nuovo sola, questa volta fuori tempo massimo per crearmi una famiglia, ancora più segnata dalle esperienze di quanto non lo sia ora.

Forse non tutte le storie sono destinate a durare, per quanto la romantica che è in me ami credere ai miracoli. Forse, in qualche caso, per esempio il nostro, dare un taglio netto e tenersi solo il bello potrebbe essere la scelta più saggia. Forse tutto quello che potrò mai ottenere da Terrence è un attimo veramente felice. Uno da portare nel cuore, mentre si va avanti a cercare la persona giusta in questa giungla di incontri sbagliati.

Sospiro. «Ci rifletterò», mi limito a dire, sperando di troncare una volta per tutte questa spiacevole ma forse necessaria conversazione.

L'agente di Terrence si alza dalla sdraio e scompare dopo un veloce gesto di saluto.

Capitolo 16

Mi prendo qualche giorno per fare il pieno di ricordi bellissimi, vivendo attimi di assoluta perfezione. Sì, Terrence pensa di amarmi e non mi serve che lo dica con le parole. Lo fa in ogni momento con gesti e sguardi che non posso non notare: in fin dei conti ho riempito pagine e pagine di romanzi, vivisezionando ogni gesto e ogni atteggiamento della gente innamorata. Sono una specie di esperta, temo.

Ma per quanto lui possa considerarsi innamorato, sono sentimenti destinati a sfiorire. Le regole del gioco mi dicono che dovrei essere fortunata ad aver avuto anche solo qualche momento. Non tutti li hanno. Io, almeno, avrò di cosa scrivere quando finalmente mi siederò al tavolo con l'intenzione di dare vita alla mia prima storia ambientata ai giorni nostri, che avrà come protagonista una giovane rock star, nonostante non vada più di moda. Sono sempre stata fuori tempo massimo e non vedo perché questa volta debba andare diversamente.

«Domani sera terremo un concerto qui a Los Angeles», mi comunica Terrence mentre stiamo facendo colazione a letto. Un piccolo lusso che ci stiamo concedendo da quando siamo qui.

«Davvero? E sei nervoso?»

«Io non sono mai nervoso quando si tratta di musica. Anche se questa volta potrei esserlo», svela sibillino. «Mi farebbe piacere se tu ci fossi».

Mi blocco con il biscotto a mezz'aria. «Come mai?»

«Be', per iniziare, non hai mai ascoltato una nostra canzone dal vivo, no?»

«Mai», devo dargli ragione.

«E poi c'è un pezzo che ho scritto di recente e su cui vorrei il tuo parere».

Oddio, la famosa canzone... «E di cosa parla?».

Mi pare che sia arrossito prima di rispondermi. «Non voglio svelarti troppo per non influenzarti. Tu ascoltala e poi dammi il tuo parere spassionato».

«Ok», sono costretta a rispondere, ma in verità non sono affatto certa di volerlo fare.

Anzi. Sento un impellente bisogno di preparare le valigie e sparire; ho l'impressione che il mio momento perfetto sia arrivato alla fine e che sia ora di aprire gli occhi e guardare in faccia la realtà. Una volta per tutte.

È evidente che non sono affatto brava a pianificare fughe improvvise perché il mio rientro a New York è tragicomico, con più enfasi sul tragico che sul comico. Ho dovuto attendere infatti che Terrence uscisse per recarsi alla prova prima del concerto della sera. Mi ha baciato e dato il lasciapassare per essere in prima fila e se si è accorto della disperazione con cui ho ricambiato il bacio, non ne ha fatto parola. Mi ha solo osservato bene, accarezzato la guancia e ripetuto: «Mi raccomando, questa sera».

E siccome mi piace pensare di essere una romantica con la testa sulle spalle, appena ha girato l'angolo mi sono seduta al tavolo e gli ho scritto una lettera che ho affidato al suo agente, che mi lasciato all'aeroporto qualche ora dopo.

Perché non gli ho parlato di persona? Perché sarebbe stato un dolore inutile. La mia lettera dice molto meglio di quello che io sarei mai riuscita a fare di persona quanto lui abbia significato per me e con quale sentimento conserverò per sempre il ricordo di questi giorni. Non voglio e non posso essere presente questa sera quando canterà quella canzone, perché la mia capacità di rimanere impassibile ha dei limiti e non so davvero come potrei reggere l'idea di una canzone tutta mia. Mia. Nostra. Non cambia.

Il problema è che, presa dalla mia personale tragedia amorosa, mi sono del tutto dimenticata di cambiare il mio biglietto aereo così, all'ora in cui Terrence è impegnato con il suo concerto, io sono in attesa di imbarcarmi sul primo volo libero. Sto cercando di andare avanti con la lettura del romanzo di Laurel ma non faccio che rileggere infinite volte la stessa scena, quella del primo bacio. Accanto a me una ragazzina non ancora maggiorenne ha le cuffiette nelle orecchie e muove la testa a tempo di musica, mentre il suo tablet trasmette live il concerto degli Alien Temptation. E non che sia solita curiosare, ma questa volta non riesco proprio a distogliere lo sguardo. Fissare quello schermo è un po' come morire ma, d'altronde, è esattamente quello che mi sta succedendo. La camera zooma sul volto di Terrence, che ha appena terminato di cantare una canzone e ha afferrato il microfono per dire qualcosa. Non so bene che cosa, ma si vede la folla applaudire in modo forsennato. Lui si passa la mano tra i capelli e pare nervoso. Cielo, quanto vorrei teletrasportarmi da lui in questo momento…

Qualsiasi cosa abbia appena finito di dire fa sospirare la ragazzina alla mia sinistra. «Oh…», la sento mormorare. La telecamera ha ora iniziato a inquadrare la prima fila e sono tutti in attesa che trovi qualcosa o qualcuno. Una terribile sensazione si propaga in tutto il mio corpo.

«Scusami, cosa è successo?», chiedo agitata.

L'altra si toglie una cuffietta e mi guarda male. «Eh?»

«Il concerto degli Alien Temptation. Cosa è successo?», le chiedo in panico.

Deve di certo pensare che io sia una folle donna di mezza età ma mi accontenta comunque. «Terry ha appena cantato una nuova canzone dedicata alla sua dolce metà, che pare dovesse essere fra il pubblico e ha fatto una dichiarazione pazzesca e invece la tipa non c'è… Voglio dire, puoi immaginarti di essere la ragazza di Terry Graham e non presentarti a un evento simile?». Il suo sgomento è piuttosto palese.

«Non lo so, magari avrà avuto i suoi motivi...».
La ragazzina scuote la testa decisa. «Impossibile. Non esistono motivi validi. Il povero Terry sembrava avere il cuore spezzato».
«Magari lei gli ha mandato una lettera spiegando bene tutte le sue ragioni...».
«Mi pare evidente che questo non sia stato il caso perché a me Terry è sembrato del tutto impreparato. Poverino...». E sospira ancora.
Rimango seduta al mio posto come una statua finché non sento chiamare il mio volo. E sempre come una statua arrivo fino a New York, dove entro nel mio appartamento e faccio quello che ogni donna con la testa sulle spalle non farebbe nemmeno morta: scoppio a piangere.

Siccome i guai non vengono mai da soli, dopo una notte di lacrime senza fine, il suono dell'ambulanza il mattino seguente è solo un degno compagno. Ancora mezza sconvolta e con occhi gonfissimi, apro la porta e vedo i paramedici che stanno mettendo su una barella la signorina Berry. La poveretta ha una grossa maschera d'ossigeno sulla faccia ma alza la mano quando mi scorge a pochi passi.
«Il mio gatto!», mi dice prima di scomparire in ascensore.
«Certo, non si preoccupi! Ci penso io al suo gatto», la rassicuro. «Cosa è successo? Dove la state portando?», chiedo poi ai paramedici.
«La signora ha le convulsioni per via del diabete. È a un passo dal coma. Se ha modo di avvertire i familiari, dica loro che stiamo andando al Cornell Presbyterian Center».
L'attimo dopo le porte dell'ascensore si chiudono e rimango sola sul pianerottolo. O, per meglio dire, quasi sola.
Attila scruta me.
Io scruto lui.
Tra di noi s'insinua una strana comunicazione non verbale. Alla fine il felino emette un miagolio stranamente dimesso

e mi si avvicina. E pur non essendo affatto tipo da gatti, mi accovaccio per prenderlo in braccio. Lui nasconde il muso arancione nel mio petto ed emette un suono che assomiglia quasi a una sorta di pianto. Lo accarezzo ripetutamente. «Andrà tutto bene», provo a convincerlo. E spero sia davvero così, perché in questo momento nulla potrebbe andare più storto.

Ho sempre detestato gli ospedali. E non tanto perché sono un luogo a elevata concentrazione di malattie, quanto per i parenti costretti ad attendere l'esito di un'operazione o seduti a fianco dei propri cari, impotenti e nervosi. Non è nella natura umana dover attendere inerme. Tutti vorremmo fare qualcosa pur di far sentire meglio la persona a cui teniamo, eppure l'ospedale è il luogo che ci ricorda che ci sono occasioni nella vita in cui tutto quello che possiamo fare è sperare.

Questo è più o meno il mio stato d'animo mentre sono seduta su una sedia a fianco del letto della signorina Berry, in attesa che la mia temibile vicina di casa si svegli. A vederla così, piccola e magrolina in questo letto stranamente grande, pare tutt'altro che minacciosa: è solo un'anziana signora sola.

Cercando nella sua rubrica sono riuscita a rintracciare una sola parente, una nipote di non so quale grado che vive a Portland e che non può viaggiare perché reduce da un intervento al ginocchio. Ha chiesto di essere informata sugli sviluppi ma a quanto pare questo è più o meno tutto quello a cui la signorina Berry può aspirare: gente dall'altra parte del Paese che mostra l'interesse che la buona educazione richiederebbe in casi simili. E non posso nemmeno biasimare la nipote, visto che la mia vicina non passerà di certo alla storia come la donna più affabile del mondo. Il fatto è che anche la gente più ostica ha comunque bisogno di qualcuno. Tutti abbiamo bisogno di qualcuno. Nel caso della signorina Berry quel qualcuno sono diventata io.

Sospiro e rigiro nervosa il cellulare tra le mani. È sorprendentemente taciturno. E sebbene una parte di me ne sia sollevata, l'altra non può fare a meno di chiedersi come stia Terrence. Se ha finalmente preso in mano la mia lettera e se ha compreso perché ho dovuto fare armi e bagagli, fuggendo in modo poco onorevole.

È evidente che sia arrabbiato a morte per quello che ho fatto perché, conoscendolo, in caso contrario mi avrebbe mandato almeno un messaggio. Un banale "Capisco". O anche "Non capisco". Insomma, qualsiasi cosa. Invece non mi chiama, non mi scrive ed è probabile che non mi pensi nemmeno. D'altronde, anch'io non mi penserei al suo posto. Una trentaseienne che scappa nel momento in cui sa di essere la destinataria di una canzone d'amore.

Certo, sempre che sia d'amore. Ora potrebbe riarrangiarla e farla diventare d'odio.

Sono così presa dai miei patetici ragionamenti che nemmeno mi accorgo che la signorina Berry ha finalmente aperto gli occhi. «La smetta si sospirare», mi rimprovera con un filo di voce. «E la smetta di stringere quel telefono: finirà per spezzarlo».

Le sorrido malgrado tutto. È un buon segno che il suo stile sia rimasto lo stesso. «Come si sente?», le chiedo avvicinandomi.

«Male, ovviamente. Lei come si sentirebbe al mio posto?», borbotta.

«Cosa è successo? Ho parlato brevemente con il medico e mi ha detto che deve aver saltato qualche dose di insulina».

Alza gli occhi al cielo. «A sapere che sarebbero seguite prediche su prediche, avrei fatto meglio a morire», sentenzia.

«Non è una predica. Sto solo cercando di capire», le dico con un sorriso benevolo, che spero interpreti nel giusto modo.

«Non so cosa sia successo. Devo essermi distratta». Ma non mi sta dicendo tutta la verità. Per il momento decido di non insistere oltre ma di concentrarmi sul futuro.

«Qualsiasi sia stato il motivo, direi che sarebbe meglio se si cercasse una...».
«Badante. Guardi che lo può dire».
«Badante», ripeto dopo di lei. Per un attimo ho temuto che esplodesse di rabbia alla sola idea.
Rimaniamo entrambe in silenzio, non sapendo come proseguire la conversazione. Alla fine è lei a spezzare l'attesa. «Be', perché ha quella faccia? E non doveva essere in California?», mi interroga.
«Ci sono stata e sono tornata», rispondo solo.
«Ovviamente. E pure con una faccia cupa. Cosa è successo, avete litigato?»
«No, non abbiamo litigato». Ed è la triste verità.
«E quindi qual è il motivo della sua espressione da zombie?».
La signorina Berry riesce nell'impossibile impresa di strapparmi una mezza risata. «Non sapevo nemmeno che conoscesse gli zombie».
Scuote la testa. «Non cerchi di cambiare discorso. Sono vecchia ma non scema», mi fa notare.
«Tutto si può dire tranne che lei sia scema».
«E non cerchi nemmeno di confondermi con i complimenti. Non funziona».
«Non sono certa di volerci credere: i complimenti funzionano con tutti».
«Con me no», ribatte ostinata.
«Va bene, con tutti tranne che con lei».
«E quindi, signorina Morgan? Mi vuole dire che diavolo ha combinato oppure devo morire e rinascere una seconda volta prima di scoprirlo?».
La mia vicina di casa è una donna davvero divertente. «Perché sta dando per scontato che sia stata *io* a combinare qualcosa?», chiedo curiosa.
«Perché ha l'aria colpevole. Si arrenda all'evidenza».
«Ok, ok...», getto la spugna. «Temo di averne combinata una delle mie».

«Intende, stupidaggini?»

«Non intenzionali, sia chiaro», mi affretto a precisare. «Ero convinta di stare facendo la cosa giusta».

«E ora invece si è pentita?»

«A dire il vero no. Sono ancora convinta di aver scelto il male minore, se non fosse che...».

La signorina Berry quasi si sporge nella mia direzione, la curiosità ha comunque la precedenza sulla malattia. «Che?», mi incalza.

«Pare che Terrence mi abbia scritto una sorta di canzone-dichiarazione e che avesse tutta l'intenzione di cantarla davanti a un sacco di persone durante un concerto. Ecco, potrei essere scappata via, convinta di fare la cosa giusta...».

Lo sguardo della vecchietta è artico. «Senza parlargli prima?»

«Be', gli ho scritto una lettera...», provo a difendermi. «Non sono granché brava con i discorsi; molto meglio scrivere».

Sbatte le palpebre incredula. «Gli ha scritto una lettera ed è scappata?».

Annuisco, facendola scoppiare in una risata fragorosa. A quanto pare sta molto meglio di quello che avevo temuto in un primo momento. «Lei è una demente, ecco cos'è», mi redarguisce a dovere.

«Ma pensavo che proprio lei potesse capirmi, visto le sue scelte passate», mugugno.

«Le mie scelte sono state sbagliate! Se lo metta bene in testa. Alla fine sono rimasta sola, come vede, costretta a svegliarmi in una camera d'ospedale con accanto una pazza che scrive ancora lettere. Cielo, ma chi diavolo scrive lettere al giorno d'oggi?»

«Veramente, io...».

«Evidentemente. E non sono certa che dovrebbe continuare. Per il futuro, fossi in lei, mi limiterei ai romanzi. Quelli le riescono piuttosto bene», mi svela alla fine.

«Non mi aveva mai detto di averli letti».

«Perché la gente svela sempre solo una parte di quello che fa. Motivo per cui nascono le incomprensioni e così via. A proposito, quali sciocchezze gli ha scritto in quella terribile lettera?»

«Non era affatto terribile. Era dolce, se proprio vuole saperlo. Comunque, gli ho detto che avrei custodito per sempre il ricordo di quello che c'era stato tra di noi ma che la differenza d'età era davvero troppa perché io potessi passarci sopra».

«E osa definirla dolce? Ma scusi, se a lui non importava un accidente della differenza d'età, perché ne ha fatto una malattia? Anzi, di più: l'ha eletta ad altare sacrificale del suo amore. È come se si aspettasse una medaglia dagli altri: "Amò disperatamente un ragazzo di valore e se lo fece scappare perché era cocciuta"», mi prende in giro.

«Non sono cocciuta, sono anzi piuttosto ragionevole».

«No, lei è una di quelle persone cocciute che si illudono di essere ragionevoli. Lei è della specie peggiore. Almeno io sono cosciente dei miei limiti».

Sono stata colpita ma fingo comunque serenità. O almeno ci provo. «Signorina Berry, non faccia schizzare alle stelle la sua pressione per colpa mia. Si riposi e pensi a riprendersi. Non vorrei mai che morisse e mi toccasse tenermi il suo gatto».

«Già, ci pensa? Lei e Attila uniti per la vita...», mi prende in giro.

Ma, all'improvviso, che sia Attila o qualche altro gatto, inizio a temere che finirò con il fare la stessa fine della mia simpatica vicina.

Capitolo 17

Gli scrittori hanno il grande vantaggio di poter elaborare gran parte dei propri dispiaceri tramite la scrittura. Relazioni difficili con i propri genitori, visioni cupe sulla politica e sul mondo, storie d'amore improbabili… tutto confluisce magicamente nel calderone della narrazione che, se accompagnato da dolore vero, in genere garantisce una produzione piuttosto ispirata.

E io non faccio eccezione, perché trascorro il mese successivo chiusa in casa a scrivere. Ho finalmente preso il coraggio a quattro mani e ho mollato il romanzo storico che non avevo voglia di portare avanti per dedicarmi alla mia prima storia contemporanea. Non sono affatto certa di avere il registro narrativo adatto, ma dopo aver iniziato non me ne sono più curata. La storia si è letteralmente riversata sulle pagine del mio file, tanto che ho terminato la stesura delle vicende della giovane rock star e della sua dolce metà in un tempo che è il mio personale record. Solo quattro settimane.

Va detto che non ho avuto granché da fare e scrivere è stata più o meno l'unica cosa che mi abbia salvato dall'autocommiserazione.

Inutile girarci intorno, è stato un mese durissimo, con il mio cellulare in religioso silenzio a eccezione di qualche ormai sporadica telefonata da parte di giornalisti implacabili. L'appartamento sopra la mia testa è ancora più tranquillo: del legittimo proprietario non c'è traccia, né nel palazzo né sulla stampa. E lo posso dire con certezza perché, da persona che non aveva quasi mai aperto un sito di gossip in vita sua, mi sono trasformata in una specie di dipendente dall'informazione trash. No, non tutta, solo quella che riguarda la scena musicale e gli Alien Temptation. E se i suoi compagni di band si sono visti in giro tra una festa californiana e l'altra, su Terrence non è stato pubblicato nemmeno mezzo trafiletto. Pare essere letteralmente scomparso dalla faccia della Terra.

Ormai, una volta sveglia, la prima cosa che faccio bevendo il caffè è impostare la ricerca su Google e setacciare in lungo e largo il web a caccia di informazioni. È questo che mi sono ridotta a essere: una trentaseienne sfigata.

Nonostante tutti i miei sforzi, niente da fare. Il fanciullo si è eclissato.

Ho composto e cancellato almeno un milione di volte il testo di un ipotetico messaggio da inviargli ma, come ho scoperto da poco, sono una gran codarda. Fino a qualche settimana fa l'avrei probabilmente chiamato buonsenso, dato dall'età, ma ogni notte che passo sveglia a riflettere su tutto quello che ho fatto e non avrei dovuto fare non fa che ricordarmi che più che di senno qui si tratta di codardia. Bella e buona.

Il mio cellulare prende a squillare: con mia grande gioia si tratta di Laurel e non di mia madre.

«Agenzia funebre, buongiorno», la saluto.

Come da copione, lei scoppia a ridere. «Che scema... Anche se, in effetti, il tuo tono continua a rimanere piuttosto lugubre. Comunque, ti ho chiamato così presto perché questa notte non ho quasi chiuso occhio per terminare il tuo romanzo. Mi è piaciuto da matti!», esclama entusiasta.

«Ne sono felice...».

«Però non hai il tono felice», mi fa notare.

«Sì, be', non so quando riuscirò a farmelo tornare, ma in questo momento sono contenta che la storia ti abbia colpita».

«Oh, il tuo protagonista è un amore! Ci ho lasciato un pezzetto di cuore».

«Quindi, nonostante sia ambientato ai giorni nostri, dici

che potrà piacere?», chiedo titubante. Questa storia è troppo personale perché io possa essere distaccata.

«Cielo, non solo piacerà ma provocherà reazioni di vero entusiasmo nelle tue lettrici. Non avere paura, è la storia giusta al momento giusto anche perché, pur non essendo direttamente autobiografica, è piuttosto ispirata...».

La sua è un'affermazione e non una domanda e infatti non ha senso che io cerchi di smentirla. «Sì, la storia non è la mia ma le emozioni sono al cento per cento genuine. Non le ho semplicemente condivise con i miei protagonisti, le ho letteralmente vissute sulla mia pelle».

Laurel si prende un attimo di pausa prima di passare all'argomento scomodo. «Senti, è passato un mese ormai. Perché non lo chiami?».

Mi fa quasi sorridere il fatto che non abbia nemmeno dovuto fare nomi; è tutto così ovvio. In effetti, il quesito è corretto. «Perché... a dire il vero, non so cosa dirgli. Forse ho sbagliato a scappare in quel modo, senza chiarire di persona, ma le mie convinzioni di fondo rimangono valide».

«Lo dici solo perché ti sei fatta convincere da quell'agente da quattro soldi», mi rimprovera.

«No Laurel, non è per questo. Le sue parole hanno fatto centro perché anch'io nutrivo le sue stesse perplessità. Le ho sempre avute. Solo che poi, spinta dall'entusiasmo, ho chiuso gli occhi per un po'. Ma era scontato che prima o poi avrei dovuto riaprirli o sarei andata a sbattere».

La mia amica sospira. «Ah, tu e le tue metafore sulla vita...».

«In fondo sai che ho ragione».

«Guarda, non faccio altro che riflettere e domandarmi cosa avrei fatto io se mi fossi trovata al tuo posto. E ti concedo che la questione non è facile. Tutti quelli che ti dicono semplicemente di buttarti ignorano che il mondo in cui viviamo, che noi lo vogliamo o meno, ha comunque delle regole».

«Appunto».

«Ma tante sono anche in fase di revisione, no?»

«Tante, ma non tutte. Piuttosto che eleggere il primo presidente donna, ci siamo ritrovati con *quello*...», mi tocca ricordarle. «Non è ancora un mondo per donne presidenti o per donne molto più grandi all'interno di una coppia. Magari un giorno. Ma io vivo ora e qui, e non posso immaginare cosa troverà normale la società in futuro».

«No, certo che no, ma non puoi nemmeno trascorrere la vita a chiederti "e se"... Perché io ti conosco, ed è esattamente quello che stai facendo», mi avverte. «A me puoi dirlo: ti sei pentita di non essere andata a quel concerto?».

Il mio caffè è persino più amaro del solito questa mattina, e non perché mi sia dimenticata di zuccherarlo. «Forse. Non lo so nemmeno io. Diciamo che, se di azione giusta si è trattata, mi aspetterei di iniziare a stare meglio dopo un mese d'inferno. E invece io sto sempre peggio. Sono persino dimagrita...».

«Perché ti manca».

«Drammaticamente...», riconosco non senza fatica.

«E allora fa' qualcosa!», mi incita in perfetto stile Laurel.

«Per esempio?»

«Sei mancata a un concerto. Rifatti con il prossimo!».

Ho come l'impressione che non stia parlando a caso. «Sai qualcosa?»

«Si vede che non hai ancora letto le notizie del giorno sul tuo nuovo gruppo preferito», mi prende in giro. Le ho confessato qualche giorno fa di trascorrere le mie mattinate solitarie setacciando la Rete a caccia di informazioni. «A proposito, hai finalmente recuperato tutta la storia musicale degli Alien Temptation».

Se l'ho fatto? Potrei recitare a memoria ogni loro canzone, temo. Tutte meno una, perché il masochismo per fortuna conosce ancora qualche limite. «Sì, signora maestra, l'ho fatto. Stavi dicendo?»

«Hanno appena annunciato un concerto straordinario a New York per la settimana prossima. I biglietti sono in vendita da domani a mezzogiorno», mi informa. «E sai cosa penso?»

«No, ma tanto me lo dirai…».

«Credo che questo concerto inaspettato non sia solo un caso. No, io sono piuttosto certa che sia una specie di messaggio», afferma elettrizzata. O pazza. Solo lei arriverebbe a pensare qualcosa di simile.

«Un messaggio *per me*? Adesso mi dirai che Terrence è riuscito a far annullare chissà quale evento al Garden…». La sola idea è piuttosto inverosimile.

«No, quella è stata oggettivamente una botta di fortuna: avevano previsto un comizio repubblicano che hanno pensato bene di annullare, visto il clima politico. Inutile che ti dica che non sono granché dispiaciuta… Ma ogni tanto servono anche le coincidenze favorevoli. E credo che Terrence l'abbia colta al volo».

«Certo, come no…». Sia chiaro, mi piacerebbe eccome credere alle favole, ma persino le donne che calzano improbabili pantofole con unicorni ogni tanto devono piegarsi alla dura legge della realtà.

«Ti sta dando una seconda possibilità!».

«Laurel, lo dici solo perché mi vuoi bene…», commento bonaria.

Lei pare quasi offendersi. «Credimi, ho naso per queste cose. Fino a prova contraria sono quella con più testa sulle spalle tra tutte noi».

Vero. Ma forse questo era prima che la perdesse per l'illustre signor Pulitzer. «Per quanto tu possa avere naso, permettimi di dubitare profondamente che Terrence abbia bisogno di un concerto a New York per entrare in contatto con me… Se non te lo ricordassi, abita sopra la mia testa. Se lo avesse voluto, a quest'ora sarebbe rientrato da Los Angeles e avrebbe suonato il mio stramaledetto campanello».

Dall'altro capo del telefono si sente la risata squillante di Laurel. «Una volta non eri il tipo da parole simili».

«Sì, te ne do atto. Ma come vedi sono cambiata».

«No, mi spiace deluderti ma sei sempre la solita romanticona. Ecco perché domani a mezzogiorno ci ritroveremo tutte insieme e riusciremo a impossessarci di quattro dei migliori biglietti per il concerto!».

Quando si mette in testa una cosa, è davvero difficilissimo dissuaderla. «Laurel...», sospiro.

«Domani. Mezzogiorno. Noi quattro e quattro PC. Ce la faremo!», esclama per autoconvincersi.

E io sorrido, nonostante tutto, perché sarà anche una testa dura, ma è un'amica meravigliosa.

Non sono solita tirar fuori la manfrina del "te l'avevo detto", ma in questo caso l'ho pensato eccome. Sarà che alla nostra età non conosciamo sufficienti trucchetti informatici (e ormai si compra tutto su Internet), sarà che i ragazzini hanno riflessi ben più veloci dei nostri, fatto sta che non riusciamo in alcun modo ad accaparrarci i biglietti per il famoso concerto.

Ma Laurel, invece che darsi per sconfitta, afferra il telefono.

«Chi stai chiamando?», le domanda Audrey.

«Norman. Lui ha agganci ovunque. Ci troverà i biglietti», afferma sicura. O almeno vuole sembrarlo. «Norman, sono Laurel? Come stai? No, non chiamavo per la storia del romanzo nuovo ma perché avrei bisogno di un favore e siccome so che tu sei un tesoro e per te nulla è impossibile, specie quando si tratta dei tuoi autori, ho pensato che tu fossi il mio metaforico uomo all'Havana. Mi servono quattro biglietti per il concerto degli Alien Temptation della settimana prossima a New York». Non riesco a udire la sua risposta ma immagino di cosa si tratti. «No, non ci può pensare Julie e no, non chiederlo, perché è una storia lunga. Ok, grazie, rimango in attesa di una tua telefonata allora».

«Quindi, cosa dice?», non resisto dal domandarle dopo che ha salutato e riattaccato. Volevo dare l'impressione di maggior distacco ma direi che ho appena fallito nell'impresa.

Lei mi sorride con comprensione. «Che si metterà al lavoro. E quando dice così, Norman è un panzer…».

Non passano nemmeno dieci minuti, ovvero il tempo che impieghiamo per far fuori una scatola di ciambelle, che l'agente di Laurel richiama. Il cenno di esultanza della mia amica parla da sé. «Grazie, grazie, sei un vero tesoro. E ti devo un favore!», lo saluta Laurel.

«Abbiamo i biglietti!», esulta tutta felice. «Andiamo al concerto!».

E poi, per festeggiare, usciamo a comprare altre ciambelle.

Il Madison Square Garden è noto sia per aver ospitato nel corso degli anni musicisti leggendari come Frank Sinatra, Elvis, i Led Zeppelin, Madonna e mille altri, sia quale luogo di culto per fanatici sportivi di tutti i tipi: basket, hockey, wrestling… Più o meno tutto quello che è degno di nota dalle nostre parti è destinato a svolgersi in questo posto. I suoi spazi si prestano a numerose trasformazioni, perché non avrei mai potuto pensare che fosse possibile rinchiudere qui dentro ventimila persone. Eppure eccoci. Siamo finalmente tutti qui, dopo una coda agli ingressi resa letteralmente eterna a causa dei rigorosi controlli di sicurezza.

«Mi prendete per vecchia se vi confesso di essere già stanca?», si lamenta Cindy, che ha dato voce a un pensiero comune. Siamo *tutte* stanche dopo aver atteso ore ed esserci dovute far largo a gomitate per arrivare ai nostri posti. Bellissimi posti in prossimità del palco, a proposito – Norman deve aver smosso più di qualche semplice conoscenza – ma che richiedono non indifferenti capacità da ninja.

«È che siamo vecchie. Avete visto qual è l'età media delle persone presenti?», chiedo sconsolata. Non vorrei essere la solita guastafeste che torna sempre sullo stesso tema, ma la fauna locale mi sta deprimendo.

«Hmm, venti?», azzarda Laurel.

«Fai pure diciotto. E solo perché noi stiamo alzando di parecchio la media».

«Be', non siamo le uniche. Guarda quella tizia...». E mi indica una donna sulla quarantina a qualche metro di distanza, che sta scattando foto a un gruppo di ragazzine che non avranno più di quindici anni.

«Ha accompagnato la figlia», mi duole farle notare. Perché, che la cosa a me piaccia o meno, se avessi incontrato l'uomo giusto e mi fossi sposata appena uscita dall'università, ora probabilmente avrei anch'io dei figli che potrebbero saperne più di me della scena musicale attuale.

«Ah...», mormora colpita la mia amica, dopo essersi resa conto che ho ragione.

«Forse venire qui non è stata poi chissà quale idea...», mugugno. In questi giorni faccio in fretta a cadere nello sconforto. «Siamo sincere: Terrence deve essere per forza a New York, visto il concerto di questa sera, e nonostante la sua indubbia presenza in città non si è fatto vedere nel palazzo. E lo dico perché ho controllato». Ho persino smesso di vergognarmi per aver trascorso tutta la giornata con l'orecchio sulla porta. Non solo, mi ha dato una mano anche la signorina Berry che, di nuovo vispa e burbera, dopo aver superato brillantemente l'emergenza medica, ora che ha un'infermiera che passa tutti i giorni nonché la sottoscritta che non manca mai di bussare alla sua porta, ha trascorso buona parte delle ultime ore sul pianerottolo di Terrence. Perché, checché ne dica, mi vuole bene.

Ma niente. Niente di niente. Non so dove stia alloggiando, ma di certo non a casa sua.

«Magari è tutta tattica», prova a ipotizzare Audrey, ma per la prima volta la vedo incerta.

«O magari devo solo accettare di aver fatto la cosa giusta andandomene da Los Angeles. Io non starò granché bene, ma è altamente probabile che lui abbia voltato pagina», sospiro.

«Lui non ha voltato pagina», è convinta Laurel. «L'avesse

fatto, si sarebbe fatto vivo. Avrebbe ripreso possesso di casa sua. Se invece l'ha evitata è per un motivo preciso».

«Sì, perché non vuole vedermi».

«Tutto è meglio dell'indifferenza, no? Non è quello che scriviamo sempre nei nostri libri?», mi fa notare a corto di argomenti più persuasivi.

«Confesso di aver usato l'idea in un caso o due, ma avevo torto marcio: non è affatto vero che sia meglio essere odiate. Per niente. Provare per credere». Laurel alza gli occhi al cielo. «E comunque quale sarebbe il nostro geniale piano? Ora che siamo qui, cosa dovrei fare secondo voi?»

«Riuscire a parlarci in qualche modo. Non so, attirare la sua attenzione».

Mi volto dubbiosa verso Laurel. «Ci sono ventimila ragazzine urlanti in questa sala. Esattamente, cosa dovrei fare per farmi udire da Terrence?», domando pessimista.

Laurel sa bene che ho ragione da vendere e infatti è in evidente difficoltà. «Be'...».

«Diciamo che ci serve un miracolo», s'intromette Audrey. «Un dannato miracolo».

«E allora perché mai siamo venute?», chiedo sconsolata.

Mi scruta con un'espressione seria che ho raramente visto sul suo volto. «Perché, per quanto non sia razionale crederci, ogni tanto i miracoli succedono. E io non vedo perché non dovrebbe succederne uno a te».

Le sorrido perché Audrey raramente si concede esternazioni così dolci. Certo, le sorrido e poi le consiglio di tornare con i piedi per terra. «Perché tutti pensano di meritarselo e invece non accade quasi mai».

«Quasi Julie. Quasi...».

«Sentite, avete voluto che affrontassi i miei problemi e infatti sono qui. A subire l'umiliazione finale: indosso un vestito con disegnati sopra gli unicorni, che per mia fortuna è fatto di un tessuto elasticizzato, altrimenti non sarei nemmeno riuscita a infilarmelo, e sono rinchiusa in una sala da

la fiducia che si ripone nell'altra persona affinché abbia a cuore il nostro bene.

Grazie ai gorilla mi trovo in pochissimo tempo nel camerino di Terrence, che è stato invaso di fiori e regali delle sue fan. Manca solo lui, ma non tarda ad arrivare. Per un attimo rimane sulla porta e mi sorride. «Bel vestito», mi dice come prima cosa, facendomi sorridere.

«Me l'ha regalato una persona speciale».

«Ah sì? Quanto speciale?», vuole sapere.

«Perché, esiste un metro di giudizio per l'essere speciale?», chiedo ridendo.

«Non lo so, ma possiamo sempre inventarlo».

«Be', in quel caso direi che siamo sui valori massimi».

Lui si avvicina e mi prende la mano. «Da un lato sapevo che saresti venuta perché Norman mi ha chiamato...».

«Chi, Norman?», lo interrompo.

«Sì. Chi diavolo pensavi potesse procurarti dei biglietti simili se non il sottoscritto?»

«Confesso di non averci ragionato. E bravo Norman...».

«Sono stato costretto a rivalutarlo, in effetti. Ma, a mia discolpa, avrei avuto da ridire su qualsiasi uomo ti avesse strappato un appuntamento, a suo tempo. Sarei stato critico anche se fossi uscita con un premio Nobel».

Gli sorrido comprensiva. «A proposito, visto che siamo in fase di ammissioni, vorrei dirti che mi spiace moltissimo per come mi sono comportata a Los Angeles. Intendo, la mia sparizione, la lettera e tutto il resto. Non è stato il mio momento migliore...».

«No», conviene. «Ma, smaltita la rabbia iniziale, ho compreso. E in verità la tua lettera era piuttosto dolce, se lasciamo perdere l'idea del sacrificio per il mio bene».

«Non solo per il tuo, in teoria anche per il mio».

«Ancora convinta di volerti sacrificare?», chiede titubante.

Scuoto la testa. «Pare che dopotutto non sia affatto destinata al martirio».

Terrence scoppia in una fragorosa risata. «Meno male. Stavo iniziando a preoccuparmi, quando per fortuna Norman mi ha chiamato».

«Quindi eravate d'accordo», lo incalzo.

«In un certo senso. Comunque, se anche non avessi saputo nulla, avrei notato il cartello di Laurel...», confessa prendendomi in giro.

«Oh cielo! Non mi ci far pensare!».

«E invece voglio. Mi piacerebbe ricordare ogni singolo dettaglio di questa serata, perché passerà alla storia».

«In che modo?», non resisto dal domandare.

«Come la serata in cui hai finalmente compreso di essere innamorata di me».

«Terribilmente pieno di sé, signor Graham».

«Sì, lo so. Ho infiniti difetti», afferma.

«Non so davvero chi potrebbe mai prendersi un uomo simile, allora», lo punzecchio.

«Ah, io conosco qualcuno: indossa un meraviglioso vestito con unicorni».

«Donna di buongusto».

«Per forza, visto che ha scelto me».

«Terrence, io non ti ho scelto affatto».

Lui ride. «Oh sì, lo hai fatto. Ma a modo tuo, come fai con tutto il resto».

«Credimi, se avessi avuto libertà di scelta avrei optato per un uomo d'altri tempi».

Mi cinge la vita e mi stampa un bacio sulle labbra. «Chiedo scusa per il sudore ma dopo un concerto è sempre così».

«Io amo il sudore».

«E da quando, donzella d'altri tempi?»

«Da adesso. E se mi baci ancora una volta potrei persino cambiare idea e farmi andare bene i tempi moderni...».

«Per mia fortuna sei terribilmente facile da corrompere».

«Così pare...».

«Pollo fritto e unicorni, vero?»

«E strampalati musicisti dal ciuffo ribelle. Cerca di non dimenticartene».

«Chi io? Mai...».

E poi procede a baciarmi come si deve perché, contrariamente a quel che ho sempre pensato, ci sono degli innegabili vantaggi nel perdere la testa per un uomo al passo con i tempi.

Epilogo

Un anno dopo

Il corriere tiene in mano il pacco e attende con palese impazienza che io abbia finito di apporre un ridicolo sgorbio sopra il suo tablet, prima di scomparire alla velocità della luce.

«Secondo te quanto tempo abbiamo ancora, prima che i droni si mettano davvero a lanciare oggetti acquistati online sui tetti delle case?», chiedo a Terrence, richiudendo la porta del nostro appartamento. In teoria sarebbe il suo e quello sotto sempre il mio, ma ormai conviviamo qui da quasi un anno. Ho continuato a pagare l'affitto della mia vecchia casa perché, per quanto io ami Terrence, la vita mi ha insegnato che è molto meglio prevenire che maledire, senza contare che avevo comunque bisogno di uno spazio da destinare all'ufficio. Così ora abito in un meraviglioso appartamento arredato con buongusto e scrivo invece circondata da tanti e oggettivamente discutibili colori pastello. Anche se la mia dolce metà dice che il pastello non è male.

Come ho imparato con il tempo, il fanciullo non è affatto imparziale quando si tratta della sottoscritta. Ma trovo che nessun fidanzato al mondo dovrebbe esserlo. L'amore dovrebbe renderti il più imparziale possibile, nel senso migliore del termine.

Direi che la mia prudenza immobiliare ci abbia portato bene, perché da qualche giorno a questa parte sul mio anulare brilla quello che è stato l'anello di fidanzamento di sua madre. Deve essere una cosa molto inglese, passarsi gli anelli di fidanzamento di generazione in generazione. E non starò per sposare un duca o roba simile, ma mi sento piuttosto vicina a Kate Middleton.

Confesso di aver pianto quando Terrence si è inginocchiato, mentre eravamo in vacanza a Londra a trovare suo padre e suo fratello, con cui ora sta iniziando ad avere un rapporto pacifico. Non saranno mai troppo calorosi tra di loro – anche perché sono uomini e sono strutturalmente a disagio quando si tratta di mostrare i sentimenti – ma credo che la mia presenza abbia aiutato a lenire con il tempo certi dolori e fatto venire in Terrence il desiderio di abbassare il ponte levatoio che aveva ostinatamente tirato su alla morte di sua madre. E poi non possiamo ridere solo dei ridicoli aneddoti della mia famiglia: mi pare più che giusto che le mortificazioni vengano suddivise in maniera equa in una coppia che va così d'accordo come noi.

Perché lo facciamo.

Tutto il tempo.

Siamo una di quelle odiosissime e stravaganti coppie che ride per motivi che a tutti gli altri esseri umani non paiono affatto comici, che sa mettersi in tiro e presenziare a qualche serata di gala ma che sotto sotto è molto più felice quando rimane a casa e si addormenta abbracciata mentre guarda qualche film. Salvo dover poi scoprire su Internet com'è andato a finire.

Siamo felici, nel modo più banale e insieme più complicato che si possa pensare. Perciò ho detto di sì alla sua proposta di matrimonio. D'altronde, chi mai potrebbe rispondere in modo differente, trovandosi nella gloriosa sala da tè del Ritz? Ero in completa estasi per via del posto magico e dell'eleganza che pare essere ancora quella dell'epoca Regency, tanto che ci ho messo un discreto lasso di tempo per accorgermi che l'alzatina tipica con tutti i dolcetti da tè era sormontata da una mini torta a forma di unicorno, sul cui corno era stato infilato un anello. Chiunque, al mio posto e con le mie debolezze, avrebbe pianto come una fontana. E pensare che la proposta era comunque nell'aria, perché Terrence aveva accennato per scherzo alla storia del matrimonio in più di un'occasione.

Non voglio fingere che la differenza d'età sia una passeggiata, perché undici anni hanno il loro peso e ci sono ancora giornate in cui il mio amor proprio si incrina per qualche sciocchezza e mi chiudo in bagno immaginando scenari nefasti in cui lui mi pianterà per qualche modella ventenne curvy (credo apprezzi più la carne che la corporatura scheletrica, sotto sotto). Ma poi rinsavisco, mi impongo di smetterla con le paranoie e continuo a vivere la mia vita. Quello che ho imparato stando insieme a Terrence, in questo anno, è che le differenze tra le persone esistono in ogni coppia. Possono essere professionali, sociali, generazionali. L'importante non è tanto quanto si è diversi, quanto l'insieme delle cose che si hanno in comune. È dalla complicità che bisogna partire, sempre.

No, se avessi dovuto tirare a indovinare come sarebbe stato il mio uomo ideale, non lo avrei mai immaginato in questo modo. Ma Terrence è maledettamente adorabile, perciò ho preferito un uomo vero e in carne e ossa a ideali di perfezione irraggiungibili. Perché non è perfetto in senso assoluto, lo è solo per me, magliette sbrindellate incluse. Se non ci fossero, non avrei niente per cui prenderlo in giro a dovere. E in ogni relazione degna di questo nome la presa in giro è fondamentale. Bisogna sempre diffidare dalle persone che non sanno ridere di se stesse.

«Cos'hai comprato questa volta?», gli chiedo avvicinandomi al divano con il pacco in mano. Lui ha in mano la chitarra e sta correggendo uno degli ultimi spartiti partoriti dal suo genio musicale.

«Io? Niente...», risponde sollevando quegli occhioni.

«Nemmeno io. Dici che è un pacco bomba mandato da qualche tua fan?».

Lui scoppia a ridere e scuote la testa. «Non dicevi che finalmente si erano tutte arrese di fronte all'evidenza?»

«Ho solo detto che si sono arresi i giornalisti. Niente articoli sulla nostra stramba coppia nelle ultime settimane», lo informo con cognizione di causa, perché stare dietro agli improbabili gossip che ci riguardano è diventata un'occasione di continue risate comuni.

«Dagli tempo. Devono ancora rendersi conto del tuo anello...».

«Uh, non mi ci far pensare. Potrei quasi convincermi a indossarlo solo in casa».

Lui scuote la testa. «Naa, niente da fare. Devi indossarlo sempre», afferma solenne.

«Sempre, sempre?»

«Sei autorizzata a toglierlo solo quando scrivi. Per il resto, sempre».

«Non sapevo avessi un lato così possessivo», lo punzecchio sedendomi accanto a lui sul divano.

«Lo sapevi», ribatte certo. «E ti piace...».

Ok, confesso che potrebbe avere ragione. «Allora, apriamo questo pacco senza nome apparente?»

«Ma il postino non ha detto per chi fosse?»

«No, me lo ha messo in mano e mi ha fatto capire che aveva molta, molta fretta».

Terrence ride mentre abbandona la chitarra per aiutarmi ad aprire la scatola. Dentro c'è un biglietto, calligrafia a me piuttosto familiare. «Mia madre?», esclamo stupita, mettendomi a leggere il messaggio. «Ah, pare che sia un regalo di fidanzamento».

«Che carina!», commenta Terrence. «Visto? Stai sempre a lamentarti e invece ti manda persino doni nelle occasioni speciali».

Ho il tempo di sentirmi seriamente in colpa prima di arrivare al fondo della scatola e al suo contenuto.

Che è una bilancia, per la miseria.

No, non sto scherzando. È una di quelle bilance di ultima generazione che indicano la percentuale di grassi e la massa muscolare.

«Ti prego, dimmi che è uno scherzo...», sospiro.

Al mio fianco Terrence ha iniziato a ridere a crepapelle e pare non riuscire più a smettere. «Tua madre è davvero uno spettacolo...».

«Puoi farti adottare, se ti piace così tanto», borbotto risentita. Perché diavolo mi ha mandato una bilancia? Cosa vorrebbe dire, che devo perdere peso???

«È esattamente quello il motivo per cui voglio sposarti. Per poter avere una suocera così divertente».

Mia madre non si è mai interessata di politica estera in vita sua, ma l'elezione del nuovo presidente francese ha cambiato le carte in tavola. La vicina l'ha infatti convinta che io sia terribilmente alla moda avendo scelto un uomo più giovane, visto che la first lady francese ha ben ventiquattro anni in più del marito. Sarà, ma la first lady francese pesa circa quaranta chili, vestiti inclusi. Mia madre deve aver dedotto che la magrezza sia la chiave della felicità coniugale nelle coppie in cui la donna è più grande dell'uomo. Ergo il suo strano regalo.

«Come dovrei leggere secondo te il fatto che questa bilancia sia stata pensata per indicare la massa grassa?», gli chiedo dopo averla aperta e letto le istruzioni.

Terrence scuote le spalle. «Credo che dovresti riderci su e inserire questa scena in un libro».

«Buon suggerimento...», gli do atto. «Se non fosse che io scrivo storici, ultimo libro a parte, che ha visto la luce grazie alla tua presenza nella mia vita».

«Ah, che cosa carina. Fino a questo momento non mi avevi mai espressamente confessato che quel romanzo fosse nato grazie a me».

Alzo le sopracciglia. «Da chi diavolo pensavi fosse stato ispirato? Dai *Take That*?»

«Con te non si sa mai», ride divertito. «E comunque, visto il grande successo che ha avuto, direi che potresti benissimo scriverne un altro».

Mi prendo il giusto tempo per rifletterci. «Hmm, una storia

ispirata da una bilancia... Immagino ci siano stati impulsi letterari ben più strani».

«E visto che sono un bravo fidanzato, potrei scrivere anche una canzone sul tema».

«Sulla mia nuova bilancia? Cielo, no... Basta mortificazioni. Comunque, che questo episodio mi sia di monito: dovevo insistere di più con quegli esercizi per gli addominali. La colpa è tutta tua e del tuo atteggiamento amorevole. Avresti dovuto essere poco comprensivo e dirmi di volere a tutti i costi una donna con la pancia piatta».

«La perfezione è tristemente noiosa», commenta, avvicinandosi per baciarmi.

«È questo il problema: mi convinci sempre. C'è da dire che non sono così difficile da persuadere...».

«Ma scusa, cosa diavolo ti metti ad appiattire la tua pancia? Stavo giusto pensando l'altro giorno che mi piacciono molto le spose con il pancione», afferma con un sorriso malizioso.

Rimango in silenzio, incerta se sia serio o meno. «Non se ne parla. Pretendo di sposarmi in uno di quei ridicoli vestiti fascianti e voglio che i giornalisti scrivano che con il proprio fisico la sposa non se lo poteva permettere ma se ne è comunque fregata alla grande».

«Potresti sposarti incinta, avvolta in un vestito fasciante», mi tenta.

«Terrence, no», cerco di mostrarmi inflessibile.

Ma i suoi occhi hanno iniziato a brillare pericolosamente. «No?», domanda avvicinandomi a sé.

«No...», ripeto, ma il mio tono è molto, molto meno certo di qualche attimo prima.

«Mettiamola così: si vedrà. E ora gradirei che la mia fidanzata mi baciasse come si deve».

E per un prolungato periodo di tempo, della bilancia nessuno si preoccupa più.

Varie ed eventuali

Per prima cosa, una doverosa precisazione: le parole della canzone che Terrence ha composto per Julie sono in verità tratte da *Anywhere But Here* degli SafetySuit, che ho ascoltato con maniacale costanza durante la stesura di questo romanzo, tanto che alla fine non ho potuto resistere dal farne un cenno. Trovo che le parole si adattino in modo perfetto a quello che Terrence prova per Julie.

Seconda precisazione, l'episodio della bilancia è tratto da una triste storia vera. Mamma, grazie per avermi regalato la super bilancia. Davvero non so come ho fatto a vivere senza conoscere la mia massa grassa fino a oggi (leggi: meglio).

Julie e io siamo molto diverse in fatto di abbigliamento (partito del nero perenne, presente), e forse proprio perché i suoi gusti e la sua personalità sono tanto differenti dai miei, scrivere la sua storia è stato divertentissimo. Condividiamo invece una certa passione per gli accenti anglosassoni e gli uomini eleganti.

Credo che serva una grande dose di coraggio, mista a della salutare incoscienza, per fregarsene delle convenzioni sociali e prendere decisioni difficili come stare con un uomo parecchio più giovane. Le donne che hanno fatto una simile scelta hanno la mia più grande stima!

Ringrazio chi mi ha scritto per condividere con me la propria personale storia d'amore e le difficoltà eventualmente incontrate in una relazione con forte differenza d'età. Mio marito e io siamo coetanei, addirittura compagni di liceo, perciò il nostro è sempre stato un percorso fianco a fianco e senza la vostra preziosa testimonianza non sarei riuscita a scavare in profondità nella relazione tra Julie e Terrence.

Ah, a proposito di Terrence, il suo nome è un chiaro omaggio. Chi indovina? ;-)

Ringrazio la mia casa editrice che mi segue ormai da dieci (!) pubblicazioni. Se un giorno mi avessero detto che avrei finito per scrivere dieci storie d'amore, avrei riso per un mese. Diciamo solo che la vita ha parecchio senso dell'umorismo.

Ringrazio tutti i miei lettori/lettrici per l'affetto, le belle parole, la presenza tramite messaggi, foto e altro. Grazie, grazie, grazie!!! Non sono presente sui social se non tramite Instagram @anna.premoli, ma sono un utente mediamente attivo (che però controlla direct una volta alla settimana, quando si ricorda, perciò abbiate pazienza) e fare foto mi diverte. In alternativa, potete scrivermi all'indirizzo email anna@premoli.net o visitare il mio sito www.annapremoli.com, dove posto di tutto, clip sulla politica americana comprese.

Infine, una risposta a tutti quelli (tanti) che mi hanno chiesto di Alex e Norman: sì, ho iniziato a scrivere la loro storia.

Un bacio!

Colonna sonora

SafetySuit, *Anywhere But Here*
Thriving Ivory, *Angels On The Moon*
Ellie Goulding, *I Know You Care*
M83, *Oblivion*
Kelly Clarkson, *Stronger*
Ellie Goulding, *Your Song*
Christina Perri, *Jar of Hearts*
Take That, *The Flood*
Europe, *Carrie*
Harry Styles, *Sign of the Times*
Julia Michaels, *Issues*
Christina Aguilera, *The Right Man*
Collective Soul, *How Do You Love*
Sigur Ros, *Untitled 3*
Laleh, *Speaking of Truth*
Starset, *It Has Begun*

Indice

Anna Premoli

Un imprevisto chiamato amore

Volume rilegato di 288 pagine. € 4,90

Jordan ha collezionato una serie di esperienze disastrose con gli uomini. Consapevole di avere una sola caratteristica positiva dalla sua parte, ovvero una bellezza appariscente e indiscutibile, è arrivata a New York intenzionata a darsi da fare per realizzare il suo geniale piano. Il primo vero progetto della sua vita, finora disorganizzata: sposare un medico di successo. Jordan ha studiato la questione in tutte le sue possibili sfaccettature e, preoccupata per le spese da sostenere per la madre malata, si è convinta di poter essere la perfetta terza moglie di un primario benestante piuttosto avanti con gli anni. Ma nel suo piano perfetto non era previsto di svenire, il primo giorno di lavoro nella caffetteria di fronte all'ospedale, ai piedi del dottor Rory Pittman. Ancora specializzando, per niente ricco, molto esigente e tutt'altro che adatto per raggiungere il suo obiettivo...

Anna Premoli

È solo una storia d'amore

Volume rilegato di 320 pagine. € 4,90

Cinque anni fa Aidan Tyler ha lasciato New York sul carro dei vincitori, diretto verso il sole e il divertimento della California. Fresco di Premio Pulitzer grazie al suo primo libro, coccolato dalla critica e forte di un notevole numero di copie vendute, era certo che quello fosse solo l'inizio di una luminosa e duratura carriera. Peccato che le cose non stiano andando proprio così: il suo primo libro è rimasto l'unico, l'agente letterario e l'editore gli stanno con il fiato sul collo perché consegni il secondo, per il quale ha già incassato un lauto anticipo. Un romanzo che Aidan proprio non riesce a scrivere. Disperato e a corto di idee, in cerca di ispirazione prova a rientrare nella sua città natale, là dove tutto è iniziato. E sarà proprio a New York che conoscerà Laurel, scrittrice di romanzi rosa molto prolifica. Già, "rosa": un genere che Aidan disprezza. Perché secondo lui quella è robaccia e non letteratura. E chiunque al giorno d'oggi è capace di scrivere una banale storia d'amore… O no?

NEWTON COMPTON EDITORI

Anna Premoli

L'importanza di chiamarti amore

Volume rilegato di 320 pagine. € 4,90

Giada sa bene di essere una ragazza dal carattere piuttosto difficile, quindi non si stupisce affatto di trovarsi in una fase della propria vita nella quale non va d'accordo quasi con nessuno: con il suo ragazzo storico la situazione è appesa a un filo e del rapporto con i suoi genitori... meglio non parlare. Ma Giad a ha un obiettivo ben preciso: laurearsi con il massimo dei voti e il prima possibile. Il resto dei problemi può passare in secondo piano. Così credeva, almeno finché lo stage presso una prestigiosa società di consulenza di Milano non la mette di fronte a quello che per lei è sempre stato il prototipo dei ragazzi da evitare come la peste: Ariberto Castelli, fiero rappresentante del partito delle camicie su misura e dei pullover firmati. E tra loro c'è un precedente molto imbarazzante che potrebbe crearle qualche complicazione che non aveva assolutamente messo in conto...

NEWTON COMPTON EDITORI